Julia Fischer
Sehnsucht
auf blauem Papier

Julia Fischer

Sehnsucht auf *blauem* Papier

Roman

Besuchen Sie uns im Internet:
www.knaur.de

© 2014 Knaur Verlag
Ein Unternehmen der Droemerschen Verlagsanstalt
Th. Knaur Nachf. GmbH & Co. KG, München
»Stufen«, aus: Hermann Hesse, Sämtliche Werke in 20 Bänden.
Herausgegeben von Volker Michels. Band 10: Die Gedichte.
© Suhrkamp Verlag Frankfurt am Main 2002.
Alle Rechte vorbehalten. Das Werk darf – auch teilweise –
nur mit Genehmigung des Verlags wiedergegeben werden.
Redaktion: Dr. Gisela Menza
Umschlaggestaltung: ZERO Werbeagentur, München
Umschlagabbildung: FinePic®, München
Satz: Adobe InDesign im Verlag
Druck und Bindung: CPI books GmbH, Leck
ISBN 978-3-426-65350-0

2 4 5 3 1

*Für Emma, die Schöne,
den Vokal unter den Konsonanten, und
Coony, die Sanfte, die wir beide so sehr vermissen.*

»Der Rest ist Schweigen, Treue, Seelen-
erschütterung, azurner Schatten auf blauem Papier, das
alles aufnimmt, was ich schreibe,
lautloses Vorbeihuschen silber-
benetzter Pfoten.«
Colette

8. September 2012

Lieber Paul,

das Schweigen füllt alles aus. Es gießt Blei in die Worte, lässt sie auf den Grund der Ohnmacht sinken und raubt allen Trost. Doch Dir waren die Dinge unbenannt schon immer lieber. Unausgesprochenes kann der Realität so gut widerstehen, es muss sich nicht am Machbaren messen, nicht in eine Form zwängen lassen, die es nicht ausfüllen kann oder beengt ...

Milli blickte auf den untätigen Füllhalter in ihrer Hand. Sie war seit einer Stunde nicht vorangekommen, nur ein paar Worte standen auf dem blassblauen Papier. Das war doch kein Tag zum Briefeschreiben, dachte sie erschöpft, während sie ihn Revue passieren ließ. Das war der Tag zum Einmachen – milchsaures Gemüse, Marmeladen und Pflaumensaft. An so einem Tag ging doch keiner für immer fort, da stürzte nicht einfach eine Welt ein. Die Äpfel und Kartoffeln mussten schließlich eingelagert werden, die Roten Rüben, Möhren und der Sellerie aus ihrem unüberschaubaren Garten hinter ihrem alten Haus. Milli wollte heute die Schätze aus ihrem Gemüsebeet, das im Osten des verwilderten Grundstücks lag, in ihrem Keller in kleine Holzsteigen stapeln, deren Böden sie zuvor mit frischem Stroh ausgelegt hatte. So wie sie das jedes Jahr am ersten Septemberwochenende tat. Zum Abschluss drapierte sie noch eine Schicht Moos darüber und steckte kleine Schilder dazu, damit sie nicht im Halbdunkel wie ein Trüffelschwein zu wühlen brauchte, wenn es zur Winterzeit ans Kochen ging. Ja, heute war der Tag der Vorratshaltung, denn der Sommer hatte sich bereits verausgabt. Er rastete vor Millis Tür, dort, wo das Laub schon leicht verfärbt war und Birken und Buchen erste mattgelbe Blätter im Wind schaukeln ließen. Nur einer der Apfelbäume trotzte noch, grün und ungeerntet stand er da.

In altgedienten Kisten und Schüsseln aus verblichenem Porzellan hatte sich in der Küche, im Flur und sogar in der alten Schubkarre vor der Haustür den ganzen heutigen Samstag über die letzte Ernte gestapelt. Zum Teil stand sie immer noch dort. Damit war das Wochenende fest verplant gewesen, doch dann hätte Milli ihr Gemüse beinahe mit dem Salz der fassungslosen Tränen konserviert, fünfzehn Gramm auf einen Liter Quellwasser, unter sterilen Bedingungen in Gartöpfe und Einweckgläser abgefüllt.

Wie konnte das sein?

Milli hatte schon am frühen Morgen begonnen und den Holzherd mit dem klapprigen blechernen Saftkocher darauf in der Küche angeheizt, dass es ihr die Hitze nur so ins Gesicht trieb. Ihre hellblonden, langen Haare klebten auf der schweißnassen Haut, was ihr einen kleinen Vorgeschmack auf den bevorstehenden Wechsel in ein paar Jahren gab. Auf dem Elektroherd neben dem knisternden Feuer köchelten derweil die ersten Pickles und Chutneys, und gerade war Milli dabei gewesen, die dritte Ladung Pflaumen in den Entsafter zu füllen, da hatte es lange und durchdringend geklingelt, und jemand klopfte an der Haustür. An ihrem angestammten Einmachwochenende! War den Leuten denn nichts heilig? Die wenigen Bekannten wussten doch um diese Prozedur. Marie,

Millis »Pflege-Zieh-Tochter«, eine Dauerleihgabe ihrer überarbeiteten Mutter, hatte sich mit der schwachen Ausrede entschuldigt, sie müsse den Stoff vom letzten Schuljahr noch einmal durchgehen, die Ferien seien schließlich bald um. Und sogar Momo und Kassiopeia, Millis Katzen, hatten sich aus dem Staub gemacht, da sie lieber verhungerten, als das routinierte Scheppern und emsige Hantieren zu erdulden. Diese Geschäftigkeit raubte ihnen den Frieden im Haus. Aber bitte, der Unvorsichtige, der da gerade Einlass begehrte, würde gleich eingespannt werden, es gab schließlich genug Arbeit. Nun klopfte es auch noch am Fenster, und jemand rief: »Frau Gruber, bitte, ich weiß, ich störe, aber es ist ein Notfall. Frau Gruber!« Das war Sophie! Sophie Sager, Pauls Sprechstundenhilfe. Sie war in den letzten zwanzig Jahren immer wieder mal Millis Patientin gewesen und empfahl sie als Heilpraktikerin weiter, sooft sie nur konnte. Außerdem legte Milli ihr ab und an die Karten und beriet sie in privaten Angelegenheiten.

Über die vollgestellte Arbeitsplatte gebeugt, riss Milli jetzt das mittlere der drei Fenster auf, und sofort zog der Duft von Äpfeln, Ingwer und Rosinen in den mittäglichen Garten hinaus. Wie ein Schwall aus einem herbstlichen Füllhorn ergossen sich Aromen von Chili, Zimt, Nelken und Kardamom nach draußen. Sophie konnte das Konglomerat an britisch-kolonialer Geschmacksexplosion gar nicht zuordnen. Küchendämpfe wallten, und eine geschäftige Millicent Gruber in praktischer Schürze erschien dahinter. Sie ließ bei Sophies Anblick prompt den Kochlöffel fallen, so ehrlich verzweifelt sah diese aus. »Ich mache auf«, sagte Milli nur und lief zur Tür.

Dann, Milli saß mit Sophie am Küchentisch, denn sie durfte ihre Töpfe nicht aus den Augen lassen, weinte ihr Gegenüber und erzählte über das leise Köcheln der Herde hinweg stockend: »Sie ist tot. Emma Ebner ist tot. Es war ein Unfall auf der Straße nach Martinsried, gestern Nachmittag.«
»Haben Sie mit Dr. Ebner gesprochen?«, fragte Milli erschüttert.
»Nein, seine Schwägerin hat mich angerufen, vor einer halben Stunde erst. Dass die Praxis bis auf weiteres geschlossen bleibt und ich versuchen soll, eine Vertretung für ihn zu finden.« Sophie starrte mit stumpfem Blick in Millis Küchenchaos. »Ich weiß gar nicht, warum ich jetzt hier bin«, murmelte sie dabei geistesabwesend.
Der Tee war fertig, und Milli schenkte ein. Sie trank immer Tee, wenn das Leben keine Antworten mehr bereithielt und die Ratlosigkeit sich breitmachte. Wenn Verzweiflung, Angst oder Traurigkeit überhandnahmen, dann immer und zu jeder anderen Gelegenheit auch. Aber heute half er nicht, die Konfusion aufzulösen. Emma Ebner. Pauls Frau. Dreißig glückliche Ehejahre. Emma. Pauls Frau.
Die Gedanken wiederholten sich. »Ist er zu Hause?«, fragte Milli verzagt.
»Ich weiß es nicht.«
Sophie weinte immer noch, als Milli plötzlich aufsprang. »Sophie, Sie halten hier die Stellung. Das kleingeschnittene Gemüse da drüben muss in die Einweckgläser geschichtet werden. Eine Lage Gemüse, dann etwas von der Sole dort angießen. Gemüse, Sole und am Schluss die Steine obendrauf. Das Salzwasser muss abschließen. Sie sehen es bei den fertigen Gläsern hier.«

»Aber so was hab ich noch nie gemacht«, entgegnete die unfreiwillige Küchenhilfe entgeistert.
»Umso besser, das lenkt ab. Eine Anleitung gibt's im Kochbuch.« Milli deutete auf ein Regal über dem Tisch. *The complete Vegetarian* stand auf einem abgegriffenen Buchrücken, und Sophie überprüfte im Stillen ihre Englischkenntnisse. So ein Unsinn! »Wenn das Kleingemachte austrocknet, gärt es nicht mehr im Glas. Das ist mein B12-Vorrat für den Winter, verstehen Sie?«
Tat sie das? Sophie griff nach dem Buch und einer Schüssel und gab ihr Bestes, während Milli überstürzt das Haus verließ und in Ermangelung eines Autos nebst Führerschein wie immer mit dem Fahrrad losfuhr. Am Café in der Bahnhofstraße hielt sie an und kaufte zwei Stücke Sachertorte. Erst als sie die draußen in ihrem Fahrradkorb verstauen wollte, sah sie auf ihre Hände – orange, möhrengelb. Vom Rote-Bete-Saft hatte sie sogar dunkle Ränder unter den kurzen Nägeln. Und wie roch sie denn eigentlich? Puh, das war der Essig, der hing ihr in den Kleidern. Ach herrje, von wegen Kleider, sie trug ja noch die dunkelgrüne Küchenschürze! Und wie sie überhaupt aussah – sie entdeckte gerade ihr derangiertes Spiegelbild in der Auslage der Konditorei –, völlig aufgelöst und verschwitzt. Nein, so konnte sie doch nicht bei ihm in der Tür stehen. Und was sollte sie auch sagen? »Mein Beileid, Paul?« Nein, sicher nicht! Der Schürze entledigt, war Milli schon weitergefahren, da brannte ihr diese essenzielle Frage noch immer auf der Seele. »Paul, es tut mir so leid, ich kann nachfühlen, wie …« Guter Gott, nein! Ja, sie konnte nachfühlen, wie es war, und doch konnte sie nicht mit dieser dummen Floskel bei ihm in der Tür stehen mit

Sachertorte in der Hand. Was sollte das denn eigentlich mit dem Kuchen?
Da vorne musste sie links abbiegen, und dann stand am Ende der Straße sein Haus. Milli war in über zwanzig Jahren noch nie da gewesen. Wahrscheinlich war er auch gar nicht allein. Anna, seine Schwägerin, würde da sein. Sie würde sich vorstellen müssen: »Millicent Gruber, eine Kollegin. Also nicht direkt … Ich bin Heilpraktikerin. Nein, eine Freundin …« Ja, was war sie denn überhaupt? Verzweifelt, das war sie. Verzweifelt und ratlos und bereits wieder auf dem Rückweg, weil dieser Besuch eine Schnapsidee gewesen war.
Und so landete Milli, kaum eine halbe Stunde nachdem sie losgefahren war, unverrichteter Dinge wieder bei sich zu Hause und stellte ihr Rad in die Auffahrt. Die Nachmittagssonne wärmte noch kräftig. Was für ein wunderschöner Tag, dachte sie kurz. Was für ein Alptraum. Milli blickte ins Dickicht ihres Gartens, während sie den Kuchen und ihre Schürze an sich nahm. Die ungezählten alten und jungen Bäume dort, die Sträucher und vergessenen Rosenstöcke verschlangen jeden Blick. Der ehemals so respektable Garten ihrer Vorfahren war ein Wald geworden. Ein Dschungel von ungeheurer Größe, den Milli nur deshalb sich selbst überließ, weil sie um seine besonderen Kräfte wusste, die zunahmen, je ungezähmter die Natur hier Raum griff. Zwischen ihr und den Pflanzen hatte sich eine Symbiose gebildet, aus der sie ihre Heilkräfte zog. Genau wie aus dem Haus, das für sie keinesfalls nur ein Werk aus Stein und anderem Baumaterial war, sondern ein lebendiger Organismus. Es war ein Ort der Transzendenz, an dem Energie, die erstarrt war, in ihren

anfänglichen Zustand des ungeordneten Chaos zurückfand. Millis aktueller Seelenlage entsprechend.

Sophie hatte während Millis kurzer Abwesenheit sechs Einmachgläser und einige Flaschen Saft befüllt. Allerdings hatte sie die Deckel für Letztere nicht gefunden, weshalb Milli sie später verschloss, als der Pflaumensaft schon fast wieder abgekühlt war. Dabei blieb der Unterdruck auf der Strecke, der für die Haltbarkeit unerlässlich war. Egal, an so einem Tag mussten eben Abstriche gemacht werden. Neben der Küchenarbeit, die die zwei sich jetzt teilten – Sophie, nur weil sie nicht nach Hause wollte, und Milli, um sich an etwas festzuhalten, das wenigstens einen Anflug von Normalität verbreitete –, aßen sie freudlos den Kuchen. Und dann, die Küche war noch immer ein Schlachtfeld, aber es war schon spät, verabschiedete Sophie sich doch und versprach, anzurufen und Milli auf dem Laufenden zu halten. Diese verstaute daraufhin die letzten Einmachgläser im Keller, anstatt sie wie sonst erst einmal in der Speisekammer bei wärmeren Temperaturen zwischenzulagern, damit der Gärprozess in Gang kommen konnte, und räumte in Gedanken an Paul sinnlos ihr Küchengerät hin und her. Den Pflaumentrester hatte Milli in die blaue Papiertonne gekippt, was ihr wohl erst in ein paar Tagen auffallen würde, und den Saftkocher spülte sie nun schon zum zweiten Mal ab, ohne es überhaupt zu bemerken. Sie musste doch etwas unternehmen, dachte sie unentwegt über ihrem konfusen Tun. Irgendetwas. Was fühlte sich denn nicht albern an?
Als Milli die Schüssel mit dem Birnenschnaps, in dem sie immer die Flaschendeckel sterilisierte, in die Spüle leerte, dachte sie an ihre Mutter und die Granny, bei denen die

zeitaufwendige Einmachorgie auch schon Tradition gehabt hatte. Das bedurfte eines herzhaften Schlucks direkt aus der Flasche, obwohl Milli so gut wie nie Alkohol trank.

Die kleine Explosion führte sie in die Vergangenheit. Sie war einundzwanzig gewesen, als sie ihre Eltern verlor. Da war *ihre* Welt eingestürzt. Und Fanny war da gewesen, ihre engste und älteste Freundin. Wie Balsam hatte sie sich damals über alles ausgebreitet, über Millis Haus, in das sie faktisch eingezogen war, über ihre wunde Seele und sogar über die langen, wachen Nächte. Der Fanny-Balsam hatte irgendwann auch die letzte wunde Stelle ausgekleidet. Der und ihr zärtliches Schweigen, mit dem sie Millis begleitet hatte. Fanny war in dieser Zeit überall gewesen und doch nicht da. Genau das musste Milli jetzt auch schaffen, sie musste bei ihm sein und dabei unsichtbar bleiben. Sie musste Worte finden und trotzdem schweigen.

Seit sie diese Eingebung gehabt hatte, saß Milli in ihrem winzigen Büro, ihrem »Kontor der Worte«, wie sie es nannte, und versuchte diesen Brief zu schreiben. Der alte Stuhl ihres Vaters, der selbst ihr angemessenes Gewicht kaum mehr trug, knarrte mittlerweile sogar beim Luftholen, doch Milli liebte das Angeschlagene. Alles, was sich dem Leben und der Zeit mit sanftem Widerstand entgegenstemmte und doch langsam seine vertraute Form und Funktion verlor. Das Nutzlose, Sinnbefreite und Erlöste war für sie immer ein Bild der absoluten Freiheit. Natürlich brauchten solche Dinge besonderen Schutz. Die alte Pendeluhr ihres verstorbenen Großvaters etwa, die ganz aus Holz gemacht war. Nur ein Zeiger wanderte gemächlich zwischen den Stunden, die mit dunkler Farbe in latei-

nischen Zahlen aufs verblichene Zifferblatt gemalt waren. Er wurde durch ein kleines Werk hölzerner Zahnräder angetrieben und mit einem waagerechten Pendel über dem Zahlenrund in seiner Geschwindigkeit bestimmt. Wieder und wieder musste man ihn neu justieren, denn die Zeit war hier von allerlei Faktoren abhängig. Der Luftfeuchtigkeit zum Beispiel, die es erlaubte, dass sich das Holz der Uhr im trockenen Sommer zusammenzog und so den Stunden einen kräftigen Schub gab. Bei Regen dagegen sperrten sich die Rädchen, und das alte Ding verfiel in Trägheit. Milli vergaß auch oft, das große gusseiserne Gewicht nach oben zu ziehen, was das Ticktack des verschrobenen Zeitmessers regelmäßig verstummen ließ. Im Gruberhaus gab es Lampen, die nicht mehr leuchteten, weil die Elektrik versagte, fadenscheinige Teppiche, deren zartes Verblassen Millis mütterliche Instinkte ansprach, und munter durcheinandergewürfeltes Porzellan. Jedes einzelne Service hatte, noch in potenter Stückzahl, erlesene Gesellschaften im Haus erlebt. Ja, Milli hatte viele solcher Sinnlosigkeiten in ihrem Haus bewahrt. Sie genossen Asyl, da sie, von anderen als ihr geborgen, mit einem Bein auf der Müllhalde gestanden hätten. Ach was, mit einem Bein, mit beiden!
Über eine Stunde quälte Milli sich nun schon, doch sie war noch immer nicht über die ersten vier Sätze hinausgekommen: »Das Schweigen füllt alles aus ...« Die schmalen, hohen Regale, die sie umgaben, schienen immer näher zu rücken. Nun verstand sie die Feigen, die verstummten und sich davonmachten, wenn das Schicksal an die Tür ihrer Freunde klopfte. Das Leid musste einen nur heftig genug mitreißen, dann erschienen einem selbst die aufrichtigsten Worte banal. So banal wie milch-

sauer eingelegtes Gemüse neben der Nachricht vom Sterben und Verlassenwerden. Doch Milli hatte über dem letzten Raspeln und Stampfen der Vegetabilien und dem sinnlosen Räumen ihrer chaotischen Küche einen Plan gefasst. Sie würde Paul von heute an jeden Tag einen Brief schreiben, das ganze Jahr über, bis wieder geerntet wurde. Er konnte sie lesen, wenn er einsam war, oder auch weglegen. Er konnte sie sammeln, beantworten oder einfach ignorieren, aber sie würde damit stellvertretend in seiner Tür stehen, präsentabel, ohne Ränder unter den Nägeln. Milli wollte einfach in Pauls Briefkasten schlüpfen und mit der Zeit … Wie viel Zeit? Egal. Mit der Zeit würde er ihre Hilfe annehmen. Die Aufmerksamkeit. Die Sorge. Ihre Liebe.

8. September 2012

Lieber Paul,

das Schweigen füllt alles aus. Es gießt Blei in die Worte, lässt sie auf den Grund der Ohnmacht sinken und raubt allen Trost. Doch Dir waren die Dinge unbenannt schon immer lieber. Unausgesprochenes kann der Realität so gut widerstehen, es muss sich nicht am Machbaren messen, nicht in eine Form zwängen lassen, die es nicht ausfüllen kann oder beengt. Für das, was geschehen ist, gibt es ohnehin kein Wort. Keines, das Dich hält oder trägt, so wie sie.

Eine glückliche Ehe lässt Raum zum Atmen, sie ist wie ein Quadrat, das an einer Ecke offen bleibt, hast Du einmal gesagt. Eines, in dem die Liebe schwebt und eine zarte Schicht aus Vertrauen und gemeinsamen Träumen dafür sorgt, dass sie nicht hinausfällt aus dem Konstrukt aus Versprechen und Zeit. Doch Deine Träume sind gestern verschwunden. Deine Liebe ist auf dem Boden aufgeschlagen, mit Säcken gegürtet voll vom Tausendfragensand, wie Luftschiffballast. Sie wird nie wieder aufsteigen.

Wenn es doch nur eine Hoffnung gäbe, die ich Dir auf die leeren Augen legen könnte, in Dein leeres Herz. Paul, schläfst Du überhaupt? Isst Du etwas? Ich strecke meine Hand aus, um Dich inmitten der Hölle, in der Du vergehst, zu berühren, aber Du kannst mich dort nicht spüren. Und gewiss erträgst Du jetzt auch keinen Zuspruch. Aber ich werde trotzdem hier sein, mit meinen Zeilen bei Dir sein, an jedem Tag.

Millicent

Irene Mayer ging nun schon eine ganze Weile die idyllische Straße entlang und genoss die frühherbstliche Kühle. Die Adresse, nach der sie gesucht hatte, entpuppte sich als Grundstück mit Jugendstilvilla. Sie wirkte nicht mehr ganz taufrisch, aber immer noch herrschaftlich und beeindruckend. Der Besucher fühlte sich durch ihren Anblick in die Vergangenheit versetzt. Der umgebende Garten war völlig verwildert, ein Wald, wie ihn Irene nie zuvor auf einem Privatgrundstück in München und Umgebung gesehen hatte. Eine Schubkarre stand in der Einfahrt, alte Obstkisten stapelten sich darin.

Sie war mit ihrem Wagen auf dem Weg hierher über die Gräfelfinger Bahnhofstraße gefahren, vorbei an hübschen Geschäften, für Bekleidung, Blumen und Lebensmittel, die sie aber nicht abschreckten wie die Billigketten an den zentralen Punkten der übrigen Stadt. Oder wie die riesigen Supermärkte mit mannigfachen Produkten aller bekannten Hersteller und jeden Veredelungsgrades. In diesen Tempeln des dekadenten Überflusses schämte sich Irene. Musste man die vielen, die Tag um Tag ängstlich ihren Kontostand im Auge behielten, wirklich derart verhöhnen? Mit vierzehn verschiedenen Wassern im Angebot, während ein ganzer Kontinent verhungerte, weil kein Regen mehr fiel? Wie weit konnte man es treiben?

Sie hatte einen Optiker gesehen, vielleicht schaute sie auf dem Rückweg mal rein. An ihrer Lesebrille löste sich eine

dieser winzigen Schrauben. Wahrscheinlich brauchte sie sowieso eine neue, die Buchstaben waren nicht mehr so bestechend klar wie noch vor drei Jahren. Aber man log sich ja gerne eine Weile lang in die Tasche.
Irene blickte auf die Uhr, neun Uhr fünfzig. Sie war immer noch zu früh dran.
Für eine neue Brille würde sie erst zum Augenarzt gehen müssen. Mein Gott! In diesem Jahr hatte sie das Screening beim Hautarzt ausgelassen und war noch nicht beim Zahnarzt gewesen. Den Gynäkologen hatte sie erst vorgestern aufgesucht, da war alles in Ordnung. Dass sie seit Mai nicht mehr atmen konnte, war auch erst einmal genug. Es hatte mit einer Frühlingsgrippe begonnen, doch die Enge in ihrer Brust verschwand nicht mehr. Also musste sie zum Lungenfacharzt, einem HNO und zuletzt zum Allergologen, der dann das allergische Asthma diagnostiziert hatte. Eine Tierhaarallergie, die wie aus dem Nichts gekommen war. Sie war keine Allergikerin! Sie hatte die laufenden Nasen und rot verquollenen Augen der Freunde oder Kollegen immer mit Mitleid betrachtet und dachte, dass ihr so etwas nie passieren würde. Die Gesundheit ging eben gerne mit der Überheblichkeit der Unverwundbarkeit einher. Doch dieses Asthma betrachtete Irene nur als beunruhigendes Intermezzo, als Warnschuss eines verrückten Immunsystems. Wenn sie jetzt allerdings bloß die Auslöser eliminierte und zum Kortison griff, würde sie vielleicht größere Probleme bekommen. War Krebs nicht auch eine Immunschwäche im weitesten Sinn? Nicht jede Art vielleicht, aber manche?
Letzten Winter war ihr alter Kater schwer krank geworden, und sie mussten ihn einschläfern lassen. Ihr neunjähriger Sohn hatte in der Tierarztpraxis neben seinem gro-

ßen Bruder gestanden und war starr gewesen vor Angst, als die Arzthelferin dem schwindenden Körper die Spritze gab und die Augen des Katers daraufhin erloschen. Sah man das Leben gehen? Irene bemerkte tatsächlich, wie etwas aus dem Blick ihres Katers verschwand. Es waren nur Sekunden, doch sie verteilten sich, zerstreuten, der Moment verlor seine vertraute Form. Vergangenheit, Zukunft, aber nichts dazwischen. Die Gegenwart wurde zum Vakuum. War das das richtige Wort, Vakuum? Darin dürfte der Schmerz eigentlich nichts wiegen. Er dürfte nicht schneller auf den Grund der Seele sinken als die geliebte Erinnerung.
In dieser Nacht war ihr Kleiner aufgewacht.
»Boomer hat Angst, Mama«, hatte er gesagt. »Er ist da ganz allein.«
»Glaub mir, er fürchtet sich bestimmt nicht. Es geht ihm gut. Und er hat endlich keine Schmerzen mehr.«
»Aber er ist doch nachts immer hier bei mir. Ich will, dass er hier ist. Wir müssen ihn heimholen, Mama.«
So war sie tags darauf ins Tierkrematorium gefahren und hatte eine leere Urne mit nach Hause gebracht. Der Kater war schon eingeäschert worden, namenlos und unter den vielen Tieren nicht mehr auszumachen gewesen, doch das konnte sie den Kindern nicht sagen. Also hatten sie das kleine Gefäß, das freilich nicht mehr geöffnet worden war, im Garten begraben, das Grab geschmückt und ein Licht angezündet. Es war eine Lüge aus Liebe.
Und dann schenkte Irene ihren Buben im Mai ein neues Kätzchen. Die Kleine war seitdem das Leuchten in den Augen ihres Jüngsten am Ende jedes Schultages, sein Hausaufgabenbegleiter und Nachtgefährte. Und der Grund für ihren Termin bei Millicent Gruber, die ihre Praxis offen-

sichtlich mitten in der alten Villenkolonie Gräfelfings hatte. Die Hausnummer 12 war gar nicht ausgewiesen, man musste sie sich zwischen der 10 und der 14 denken.

Hier war Paul Ebner am liebsten. Hier konnte er atmen und aufrecht gehen. Zu Hause saß er gekrümmt Stunde um Stunde in seinem Sessel im Lesezimmer unterm Dach und blickte ins Nichts. Davon gab es jetzt reichlich. Die übrigen Räume ertrug er nicht. Ins Schlafzimmer ging er nur, um die alten Sachen zu wechseln, und würde er Emma jetzt nicht jeden Morgen hier besuchen, hätte er keinen Grund gewusst, wenigstens ein frisches Hemd anzuziehen. Nur unrasiert war er, das musste sie ihm nachsehen, denn er ertrug sein Spiegelbild nicht. Er sah allein hinein, und nichts als sein graues, eingefallenes Gesicht blickte zurück. Die hohe Stirn mit dem dünn gewordenen, längst nicht mehr dunklen Haar, die stumpfen braunen Augen, seine zu klein geratene Gestalt. Ihr Lachen war aus dem Spiegel verschwunden, aus dem Haus, aus seinem Leben, und er blieb übrig. Ein maroder alter Mann, dem die Eingeweide zusammenschrumpften, der immer tiefer in sich zusammensank, ausgezehrt und verkümmert. Der ganze Mensch eine fortschreitende Atrophie.
Aus diesem schlimmen Traum wollte Paul aufwachen. Er wollte mit Emma am Frühstückstisch sitzen wie jeden Morgen und ihn ihr vorenthalten. Sie würden den Tag planen, ihre Termine, ein gemeinsames Mittagessen, falls nicht zu viele Patienten kämen. Er würde ihr wunderschönes Gesicht betrachten, die kleinen Fältchen um die blaugrauen Augen, die ihn immer berührten, ihre feinen Lippen, die so voller Zärtlichkeit waren, und ihre schma-

len Hände, die munter durch die Luft fuhren, wenn sie erzählte. Nichts in seinem Leben war je so schön gewesen wie Emma. Er verstand bis heute nicht, warum sie ihn gewollt hatte, warum sie all die Jahre über Tag um Tag an seiner Seite war, aber sie trug seinen Ring.

Es musste ein furchtbarer Unfall gewesen sein, bei dem der Fahrer eines Lkw ein Rotlicht übersehen hatte. Die Polizisten in seinem Wohnzimmer hatten versucht es Paul an jenem unseligen Freitagabend zu erklären, bevor sie ihn zu ihr ins Krankenhaus brachten. Und dort hielt er dann auf der Intensivstation ihren zerschmetterten Körper vorsichtig im Arm.

»Hab keine Angst, Emmi, ich bin bei dir. Ich bin hier«, sagte er wieder und wieder.

Und er verfluchte es, nichts für sie tun zu können, schließlich war er doch selbst Arzt. Ein nutzloser praktischer Arzt, der Erkältungskrankheiten und Nierenbeckenentzündungen kurierte.

»Kannst du mich hören, Emmi? Hast du Schmerzen?«

Sie war noch einmal aufgewacht und hatte ihn angesehen, so voller Angst und Liebe, beinahe schuldbewusst, aber es war doch nicht ihr Fehler. Er strich ihr übers Haar, küsste sie vorsichtig und betrachtete ihre Hände, die schmalen Finger, die völlig unversehrt waren. Und er hatte schon eine Ewigkeit bei ihr gesessen und sich elend einsam gefühlt, als man ihn aufforderte zu gehen. Da war seine Seele bereits mit ihrer an einem anderen Ort. Es war gut, dass sie ihn mitgenommen hatte, er brauchte diese Seele nicht, um weiterzuvegetieren. Der müde, lahme Körper schmerzte so viel weniger.

Doch hier an ihrem Grab auf dem alten Waldfriedhof war Paul nun endlich wieder bei ihr. Er hatte diese weißen

Blumen dabei, die sie so mochte und deren Namen er sich nicht merken konnte, und stellte sie neben den Strauß kleiner Rosen. Die waren gestern noch nicht hier gewesen, gelb, mit einem rosafarbenen Samtband gebunden. Anna musste sie gebracht haben.

Der ehemals sandfarbene Grabstein verwitterte immer mehr wie die meisten im alten Teil des Friedhofs, die Zeit nagte mäßig daran.

Prof. Dr. August Ebner 16. März 1859–27. Juli 1923 war darauf zu lesen.

Und **Luise Ebner, geborene Fichte 5. Juni 1866–31. Januar 1937,** Pauls Urgroßeltern.

Dr. med. Hugo Ebner 14. September 1889–3. April 1962 Luise-Marie Ebner, geborene Fischer 23. November 1902–1943, die Großeltern.

Margarete Ebner, geborene Hauswald 12. Mai 1934 bis 20. März 2009, Pauls Mutter.

Er dachte an ihr Begräbnis. Daran, wie sein Vater schweigend am offenen Grab gestanden und die Beileidsbekundungen über sich hatte ergehen lassen, genau wie er letzte Woche. Nur dass er keinen Sohn bei sich gehabt hatte, der durch sein bloßes Dasein wenigstens ein bisschen Zukunft versprach. Konnte er an diesem Tag im März überhaupt begreifen, wie sein Vater sich fühlte? War ihm die Unermesslichkeit bewusst? Emma hielt damals die ganze Zeit über seine Hand, genau hier. Sie war seine Stärke und seine Gewissheit, dass es auch in Zukunft glückliche Momente geben würde und die Traurigkeit über den Tod seiner Mutter, die er so viel mehr geliebt hatte als den strengen Vater, ein Verfallsdatum kannte. Ja, genau daran erinnerte Paul sich, dass er das dachte. Nein, er wusste es sogar. Mit ihr an seiner Seite wusste Paul es.

Aber das gilt jetzt nicht mehr, Emmi.

Heinrich Ebner war bald nach dem Tod seiner Frau krank geworden. Erst schien er einfach nur seinen Sohn mit dessen ureigener Vergesslichkeit und Unkoordiniertheit überbieten zu wollen. Paul hielt es für eine Bitte um Aufmerksamkeit. Aber dann ließ sich die fortschreitende Demenz nicht mehr verbergen, und Pauls Vater musste in ein Altenheim umziehen. Emma kümmerte sich in dieser Zeit um alles. Sie wollte Heinrich zu ihnen nach Hause holen, doch sein Neurologe konnte sie davon überzeugen, dass sie diese Aufgabe nicht bewältigen könnte. Allein die Treppen im Haus! Vielleicht wäre es im ersten Jahr noch gegangen, doch dann baute Pauls Vater auch körperlich so weit ab, dass er immer öfter im Rollstuhl saß und Hilfe beim Waschen und Anziehen brauchte. Emma hätte ihn nicht einmal alleine heben können.

Heute war Paul klar, warum sein Vater so offensichtlich nicht dagegengehalten hatte, warum er dem Verschwinden seiner Persönlichkeit nicht entgegengetreten war. Er war bereit gewesen zu gehen. Schon seit dem Tag der Beerdigung seiner Frau war er bereit. Und wenn es ihm schon nicht gelang zu sterben, so entzog er sich doch dem Alltag und der Zeit und verweilte mehr und mehr in den Jahren, als Paul noch klein war und Heinrich am Anfang seiner beachtlichen Karriere stand. Manchmal jedoch flammte ein Erinnern an jüngere Ereignisse auf, wenn sie beide ihn besucht und Emma für ihn gebacken hatte oder seine Lieblingsstrickjacke gewaschen und ausgebessert zurückbrachte. Dann nahm er ihre Hände in seine und nannte sie »mein Mädchen«. Selten einmal fragte er auch nach seiner Praxis, die Paul heute führte, und erinnerte sich an alte Patienten. Doch rasch verließ ihn wieder jeder

Zeitbegriff, und er ärgerte sich, weil Paul ihn »seit Wochen nicht besucht hatte«.
Emmas Daten standen auf einem kleinen Holzkreuz, das zwischen den Kränzen in der Erde steckte.
Emma Ebner, geborene Walther 4. Mai 1957–7. September 2012
Paul hatte den Steinmetz noch nicht beauftragt, und seit dem Tod seiner Frau auch noch nicht mit seinem Vater gesprochen. Das Altenheim war verständigt worden, das musste eine Weile genügen, denn er ertrug nicht noch mehr Absenz. Wie hätte er auch erklären können, dass er bis auf den Gang zum Friedhof an den meisten Tagen nicht einmal die Kraft aufbrachte, sein Haus zu verlassen, den Briefkasten zu leeren, einen Telefonhörer in die Hand zu nehmen, zu essen oder zu schlafen? Ja, selbst zum Schlafen fehlte ihm die Kraft. Und er hatte auch keine Tränen mehr, die waren aufgebraucht, denn es gab nicht genug. Wenn sie versiegten, starrten rote, trockene Augen in die Vergangenheit.
Die Blumen auf die frisch aufgehäufte Erde gelegt, ließ Paul nun seinen Blick lange über die Gräber der Umgebung wandern. Ein Mann stand beleibt und schwer atmend drei Reihen vor ihm an einem schmucklosen Grab, unverkennbar hypertonisch. Ein Witwer vielleicht wie er. Was für ein hässliches Wort – Witwer, welk. Welk wie die Kränze und Sträuße, die seit dem Tag der Beerdigung hier in der Herbstsonne dörrten. Gab es jemanden, der sie fortnahm? Er musste einen Friedhofsgärtner beauftragen, er würde das nicht selbst machen können. Sicher, Zeit hatte er jetzt genug, denn seine Praxis wurde bis auf weiteres von einem Kollegen geführt, der gerade erst in den Ruhestand gegangen war, sich aber sofort anbot. Sophie

hatte ihn gestern wissen lassen, dass alles reibungslos lief. Ohne ihr Organisationstalent als Arzthelferin hätte Paul keinen einzigen Arbeitstag überstanden, nichts wiedergefunden und keinen Namen behalten. Sie war gewissermaßen Emmas Verbündete in der Praxis gewesen. Gemeinsam war es ihnen immer gelungen, ihm vorzugaukeln, dass er sein Leben im Griff hatte. Und was seine Arbeit anbelangte, so stimmte das auch, er war ein guter Arzt. Er nahm sich Zeit für seine Diagnosen und suchte stets die Geschichte hinter der Krankheit. Seine Patienten schätzten seine ruhige, bescheidene Art, das Gefühl des Angenommenseins, seine ehrliche Neugier, seine Offenheit und Kompetenz auch auf dem Gebiet der alternativen Medizin. Im Privaten aber war Paul unbestritten unkonzentriert und vergesslich. Anderen war das bewusster als ihm, obwohl er regelmäßig Ruhepausen brauchte, um sich zu sammeln, Stunden, in denen er sich gern unters Dach in sein Lesezimmer zurückzog, ein Glas Rotwein dabei und ab und an einen guten Pfeifentabak. Paul liebte das Alleinsein, weil sie da war. Weil Emma irgendwo im Haus herumhantierte und er geborgen war. Einmal in den letzten Tagen hatte er dieses Gefühl wieder gehabt, in einem Moment, der ganz gegenwärtig schien. Für einen Augenblick war er wieder glücklich gewesen, und hätte er nur seinen Verstand ausschalten können, wäre er es geblieben. Hätte er nur sein Zimmer unterm Dach nicht mehr verlassen, dann wäre sie immer noch da. Irgendwo unten im Haus.

»Frau Gruber? Millicent Gruber?«, fragte Irene Mayer die Dame in der Tür.
Sie war etwas größer als Irene und schlank. Ihr blondes

Haar trug sie hochgesteckt, was ihr Strenge verliehen hätte, hätten sich da nicht ein paar Strähnen selbständig gemacht. Und sie schien jünger als gedacht, Ende vierzig vielleicht, wobei sich das schwer einschätzen ließ, denn sie war irgendwie aus der Zeit gehoben. Im schlechten Licht des Hausflurs konnte Millicent Gruber also genauso gut siebzig und ihr Haar schlohweiß sein, was schon eher zu Irenes Vorstellung von ihr passte. »Sie ist eine Hexe«, hatte ihr Frau Sager, die Sprechstundenhilfe ihres praktischen Arztes, ehrfurchtsvoll gesagt. »Sie kann wirklich heilen.«
Das war gleich nachdem Dr. Ebner sie Ende Mai zum Lungenfacharzt überwiesen hatte.
Millicent Gruber trug ein auffälliges Tuch in allerlei Grüntönen um die Schultern geschlungen, das ihre Augen strahlen ließ. Grüne Augen, wie die von Irenes neuem Kätzchen. »Kommen Sie ruhig rein«, sagte sie. »Sie können Ihre Jacke hier rechts in der Garderobe ablegen. Und dann gehen Sie einfach durch.« Die Dame mit dem wachen Blick deutete durch eine Flügeltür mit Glaseinsatz in feinstem Jugendstil, hinter der sie auch gleich wieder verschwand. Sie trennte den Eingang der Villa mit dem kurzen Flur und dem davon abgehenden kleinen Raum mit der Garderobe vom übrigen Haus ab. Irene stülpte ihre Jacke über einen Haken und sah sich um. Der Flur war etwa mannshoch gefliest. Ein Keramikrelief mit grünen Fröschen bildete die ungewöhnliche Abschlussbordüre. Irene war zwar kein Fachmann, aber als sie die breite Tür passiert hatte und in einer zwei Stockwerke hohen Halle mit wuchtigem Treppenaufgang im hinteren Bereich stand, erkannte sie doch, dass an dem Haus seit etwa hundert Jahren alle Modernisierungen vorbeigegan-

gen waren. Rund um das Foyer zogen sich Einbauschränke und Regale aus dem gleichen Holz, aus dem auch die Treppe gefertigt worden war. Sie umschlossen die Türen, liefen über sie hinweg und waren in ein Ensemble schlichter Vertäfelung eingebunden. Um die Jahrhundertwende, als viele Villen in diesem alten Stadtteil gebaut worden waren, beschränkte sich der Entwurf eines Hauses eben noch nicht aufs nackte Mauerwerk. Architekten wie Gabriel von Seidel oder Theodor Fischer konzipierten Gesamtkunstwerke, bei denen alle Einbauten, Türen, Möbel und sogar die Armaturen aus einer Feder stammten. Und manche Baumeister schrieben darüber hinaus verbindlich vor, wie die künftigen Nachbarhäuser auszusehen hatten. Das dunkle Holz wirkte etwas düster, doch durch das breite, hohe Fenster zur Westseite, der Straßenseite, flutete die Septembersonne kräftig herein.

Irene drehte sich hilflos im Kreis und sah zwei Türen zu ihrer Linken und eine vor sich. Rechter Hand dominierte die breite Treppe, die wohl nach oben in den privaten Bereich führte. Sie hörte das Klappern von Geschirr und Millicent Gruber, die offensichtlich hinter einer dieser Türen hantierte. Sollte sie rufen? Das schien ihr irgendwie unangemessen. Nein, lieber warten. Oder klopfen? Ja, klopfen war gut. Aber da tat sich schon eine der Türen auf.

»Kommen Sie rein, meine Liebe, ich habe uns Tee gemacht. Trinken Sie eine Tasse?«, fragte Milli und schenkte, ohne Irenes Antwort abzuwarten, eine duftende Teemischung in zartes Porzellan, das auf dem Tisch vor den Erkerfenstern des Behandlungsraums stand. Einen Moment lang herrschte Schweigen, dann nahmen sie auf äußerst fragilen Stühlen Platz. Irene roch das feine Aroma des Tees und fühlte sich plötzlich ganz leicht und gelassen. Erst jetzt bemerkte sie die Behandlungsliege mit dem weißen Tuch und die Vitrinen mit den unterschiedlichen Fläschchen. Homöopathie und Bachblüten, die kannte sie. Und natürlich hingen ringsum Bilder an den Wänden, Schautafeln, auf denen Meridiane, Reflexzonen und Akupunkturpunkte dargestellt waren. Bekanntes und Unverständliches. Sophie Sager hatte Irene erklärt, dass Millicent Gruber auf Reiki spezialisiert war. Sie ließ Lebensenergie durch ihre Hände zum Patienten fließen, wodurch angeblich blockierte Energiebahnen wieder in Fluss gebracht wurden. Irene, die noch immer nicht wusste, was sie davon halten sollte, glaubte sie auf einem der Bilder hinter der Liege zu erkennen. Wie ein Plan der Zugnetze im Nahverkehrsbereich sah das aus.

»Ich war bei sämtlichen Fachärzten«, begann sie nun zu erzählen, »und drei Monate lang bei einer anderen Heilpraktikerin, die ... nun ja ... etwas praktischer arbeitet, Entgiftung, Darmsanierung und hochdosierte Vitamine. Dadurch hat sich aber leider gar nichts bewegt.«

Milli nickte in ihre angeschlagene Teetasse, eine von drei Überlebenden eines Wedgwood-Services, cremefarbenes Porzellan mit schwindendem Rosenmuster. Ihre Mutter hatte es aus der englischen Heimat mitgebracht, als sie 1960 den Vater geheiratet hatte. Ihre Familie väterlicherseits war schon immer sehr anglophil gewesen, seit ihr Urgroßvater Eugen Gruber über seine Privatbank Beziehungen in das Königreich unterhielt. So war er auch zum Sammler britischer Kunst des ausgehenden 19. Jahrhunderts und neuerer Werke der London Group geworden. In ihrem Wohnzimmer hing ein echter Roger Fry, eine blaue Winterlandschaft. Und im Foyer stand eine Büste des Urgroßvaters, angefertigt von Jacob Epstein. Eugen Grubers Steckenpferd waren die Kubisten gewesen, Braque hatte er besonders geliebt. Doch dass er ein Stillleben mit Violine von ihm besessen haben soll, hielt Milli für ein Gerücht. Im Spätherbst 1918 starb Eugen in London an der Spanischen Grippe. Die Stadt war damals ins Chaos gefallen. Zeitweise konnten nicht einmal genug Särge für die Opfer der Pandemie herbeigeschafft werden, es gab weltweit über fünfzig Millionen Tote. Ämter und Botschaften, die gesamte Infrastruktur brach zusammen, weshalb an eine Überführung des Urgroßvaters nach Deutschland gar nicht zu denken war. Die Leichen der Grippetoten wurden, so schnell es ging, verbrannt und beerdigt. Freunde und Geschäftspartner sorgten für eine Beisetzung auf dem Abney Park Cemetery, einem der schönsten, heute untergegangenen Friedhöfe, den Milli je gesehen hatte. Auf dem weiten, verwilderten Grund gab es zwischen exotischen Pflanzen unzählige verfallene Grabmäler der verschiedensten Stile, sogar mit ägyptischen Einflüssen. In seiner Mitte verfiel seit Jahrzehnten die Abney Park Chapel, was die düstere Stimmung in der Dämmerung noch verstärkte. Milli war mit ihren Eltern oft dort gewesen, wenn sie die Familie ihrer Mutter in der Stadt besucht hatten. Daher kam wohl auch ihre etwas skurrile Liebe zu alten Friedhöfen mit prominenten Verstorbenen.

Der Großvater führte die Geschäfte seines Vaters nach dessen Tod weiter und pflegte die alten Verbindungen. Schon 1909 hatte er, noch gemeinsam mit den Eltern, den ansehnlichen Grundbesitz erworben und die Gruber-Villa bauen lassen, die, genau wie er selbst, ohne Substanzverlust zwei Weltkriege überstand. Vincent Gruber jedoch, Millis Vater, brach mit der Tradition der Hochfinanz. Er studierte Literaturwissenschaft und schloss sein Studium am London King's College ab, wo er auch Alice kennenlernte, seine spätere Frau.

»Wissen Sie, Frau Gruber, meinen Buben würde es das Herz brechen, wenn wir unsere Sookie wieder hergeben müssten. Ich habe gelesen, dass es möglich ist, solche Allergien zu heilen, aber die Schulmediziner belächeln das natürlich nur.«

Milli war dem Porzellan in ihrer Hand in die Vergangenheit gefolgt. Irene Mayer holte sie gerade von einem Spaziergang mit ihrer Mutter nahe der U-Bahn-Station Manor House zurück. Sie musste sich wirklich etwas konzentrieren.

Das schien eine patente Frau zu sein, diese Frau Mayer, nicht eben zimperlich, dachte Milli. Sie ertrug schon seit Monaten diese Atemnot, um ihre Kinder vor einem weiteren Verlust zu schützen. Und auch, weil sie sich für das neue Wesen im Haus verantwortlich fühlte, wie sie sagte. Milli erwähnte ihre zwei Maine-Coon-Katzen an dieser Stelle lieber nicht, ihre »sanften Riesen«, die einzigen Kinder, die sie hatte, abgesehen von Marie. Heute blieben die beiden vorsichtshalber oben im Wohnzimmer eingeschlossen, denn Milli wusste ja nicht, wie heftig ihre neue Patientin reagieren würde. Wobei die Allergene sicher im ganzen Haus waren, selbst in den Praxisräumen, in die die Katzen nie kamen.

»Ja, die Schulmedizin zieht so manches nicht in Betracht«, nahm Milli jetzt den Gesprächsfaden auf und zupfte unauffällig ein verräterisches feines Haar von ihrem Ärmel. »Wenngleich man nicht ungerecht sein darf. Heilprozesse dieser Art verlangen auch einen mündigen, disziplinier-

ten Patienten. Sie sollten zum Beispiel bereit sein, Ihre Ernährung umzustellen. Tiereiweißfreie Kost wirkt bei der Heilung von Allergien sehr unterstützend.«
Milli war selbst, abgesehen von einem Kuchenstück am Mittwochnachmittag, Veganerin.
»Ja, warum nicht«, meinte Irene. »Ich experimentiere ohnehin gern in der Küche.«

Über der ersten Kanne Tee führte Milli dann ein ausführliches Vorgespräch mit Irene Mayer. Sie studierte ihre Blutwerte, den Lungenfunktionstest, informierte sich über die Antihistaminika, die sie nahm, las den Facharztbericht und hörte sich den Verlauf der Krankheit in Irenes eigenen Worten an. Milli war wie immer sehr gründlich. Zwar waren all diese Befunde für sie nicht wirklich relevant, doch das sorgfältige Abklären sämtlicher Aspekte beruhigte ihre Patienten immer kolossal. Das allein versetzte sie schon in einen ausgeglichenen Gemütszustand.
Milli beobachtete nun einen grünlich grauen Lichtschein um Irene Mayers Brustkorb, sowie ein rotes Leuchten in den beiden unteren Chakren, den Energieknotenpunkten. Das war eine gute Basis für ihre Arbeit. Sie bat ihre Patientin, sich auf die Liege zu legen, und sah bereits, wie sich Irenes Konturen vor ihrem inneren Auge auflösten.
Dieses Phänomen war jedoch keine Nebenwirkung des klassischen Reiki, vielmehr nahm Milli Menschen schon immer anders wahr als jeder andere. Sie nahm die gesamte Welt um sich anders wahr. Während ihrer Energiearbeit verloren die physischen Körper für sie jede bekannte Struktur, sie bestanden dann nur noch aus Licht, Schwingung und Klang. So entdeckte Milli auch ungelebte Le-

bensentwürfe, die, Schichten gleich, übereinanderlagen und eine Matrix des Lebens bildeten, ein Informationsgitter, das ihr heute Irene Mayers Kreativität zeigte. Sie sah sie als Goldschmiedin und hörte das leise Klingen eines feinen Hammers auf dünnem Edelmetall. Und sie sah sie in einer Hutwerkstatt und fühlte den rauhen Filz unter ihren Fingerspitzen.

Millis spezielle Wahrnehmung durchlief auf diese Weise bei jeder Behandlung verschiedene Körperebenen, die weder Röntgenstrahlen noch ein Computertomograph je abbilden könnten. In Irenes Energiekörper las sie intuitiv deren Zellprogramm wie andere die Morgenzeitung, um dann in ihrem Mentalkörper ihre Lebensenergie, das Reiki, fließen zu lassen. Denn hier nahmen die Gedanken und Gefühle der Menschen Gestalt an, und manche verdichteten sich als Webfehler des Lebens zur Krankheit. Doch Milli übersah keinen, schließlich befand sie sich die ganze Zeit über in vollkommener Resonanz mit ihrer Patientin, einem Gleichschwingen, das sie bis zum Ende der Anwendung aufrechterhielt. Bis Irene Mayer sich aufsetzte und lächelte. Selbst Tage später hätte sie nicht sagen können, was mit ihr auf dieser Liege geschehen war. Sie hätte nur Millis warme Hände beschreiben können, die auf ihrem Körper gelegen hatten, und ein Glücksgefühl, das wie ein Wasserfall in sie gestürzt war. Wie der Moment, als sie ihre Söhne zum ersten Mal im Arm gehalten hatte.

Milli stattete ihre Patientin zum Abschluss noch mit einer Bachblütenmischung aus, die sie selbst hergestellt hatte. Aus verschiedenen Blütenblättern, die, in Glasschälchen mit reinem Quellwasser gelegt, einige Stunden süd- oder ostseitig am Haus auf einem der Fensterbretter in der

Sonne stehen mussten. So übertrug sich die Schwingung der Pflanzen auf das Wasser, vorausgesetzt, es zogen keine Wolken auf. Anschließend wurde die Essenz gefiltert und mit Alkohol konserviert. Edward Bach, der Erfinder der Methode, der Anfang des 20. Jahrhunderts die Heilwirkung der insgesamt achtunddreißig nach ihm benannten Bachblüten erforscht hatte, empfahl Brandy. Milli, den britischen Vorfahren trotzend, wählte den universalen Birnenschnaps für die heikle Prozedur.

»Mehrmals täglich fünf Tropfen auf die Zunge. Der Alkoholgehalt ist verschwindend gering«, erklärte Milli wie immer bei der Verordnung ihrer Stockbottles. »Wenn Sie davon gute Laune bekommen sollten, liegt es an den Blüten.«

Irene Mayer ließ das Fläschchen daraufhin verschwörerisch in ihrer Handtasche verschwinden und grinste. »Na, dann ist's ja gut, dann kann ich sie auch getrost bei der Arbeit einnehmen.«

»Was machen Sie denn beruflich, Frau Mayer?«, hakte Milli gleich ein. Die Lebensentwürfe waren ihr wieder eingefallen.

»Ich arbeite halbtags als Anwaltsgehilfin. So bleibt noch Zeit für die Kinder.«

»Und könnten Sie sich auch mal einen Wechsel vorstellen?«

»Sie meinen, in eine andere Kanzlei? Nun, eigentlich geht's mir dort ganz gut.«

»Nein, meine Liebe«, entgegnete Milli mit arglosem Blick, »ich meine zum Beispiel eine Selbständigkeit. Tragen Sie gern Hüte?«

3. Oktober 2012

Lieber Paul,

die Sachertorte in unserem Café hat nachhaltig gelitten. Sie schmeckt nicht mehr nach Wiedersehen, hat keine Neuigkeiten, keinen Klatsch zwischen den Schichten, kein bisschen Vertrautheit um die Glasur. Selbst der Tee duftet nicht nach Mittwochnachmittag. Glaube mir, ich habe mich durch traute Wiederholung darum bemüht, genau diesen Geschmack zurückzuholen, aber ganz ohne Gabelkampf und Gegenüber, dem ich geschätzte Cholesterinwerte in den Mund legen kann, mag es nicht gelingen. Da sitze ich also wieder einmal hier in der Bahnhofstraße, und es ist Mittwoch, wie früher, wenn Du die Praxis geschlossen hattest und wir uns austauschten. Deine schulmedizinische Skepsis, Deine unverhohlene Verwunderung über meine Heilungen waren das Sahnehäubchen auf dem gemeinsamen Kuchenstück. Das »Ganz unmöglich, Millicent, das kannst du doch nicht mit ein paar Globuli geschafft haben« beginnt mir zu fehlen. Und wie Du immer die Stimme gesenkt hast, wenn Du sagtest: »Millicent, es gibt Leute im Ort, die halten dich für eine Hexe. Sie nennen dich sogar so.« Na und? In unseren Tagen brennen die Scheiterhaufen Gott sei Dank nicht mehr ganz so heiß. Und Du musst zugeben, der Unwissenheit steht mein Gelingen gegenüber, wenngleich das manche sicher noch mehr verwirrt. Noch mehr als Dich!
Paul, wenn ich wüsste, dass ich auch Dich heilen könn-

te, ich stünde in Deiner Tür. Aber die Traurigkeit darf man nicht überspringen. Dieser Weg kennt keine Abkürzung. Ich könnte eine Brücke für Dich schlagen, aber es wäre doch nur ein Morphiat für die Seele und ließe sie gleich wund zurück. So sitze ich hier neben dem leeren Stuhl und lausche seiner Geschichte von einem, der sein Leben aufgegeben hat. Sophie erzählt, Du hältst Dich gut. Aber was mag das heißen? Dass Du morgens aufstehst, etwas isst am Tag und abends zu Bett gehst? Dass Du bereit bist zu akzeptieren, dass Du übrig geblieben bist und weitermachen wirst?
Der Tee ist schal, Du hast übersehen, mir nachzuschenken, und die Sonne geht schon bald unter. Ich sitze schon viel zu lange hier. Wir werden einen anderen Ort auswählen, wenn Du zurück bist. Und einen anderen Tag. Nichts wird wie vorher sein, aber es gibt ein Danach.

Millicent

Das Grab war wieder bepflanzt worden, mit einem kleinblättrigen grünen Rand mit winzigen roten Beeren. Diese Einfassungen hatte Paul auch schon auf anderen Gräbern gesehen. Es gab Heidekraut in verschiedenen Rosétönen, und sein Strauß vom letzten Besuch stand in einer der üblichen Plastikvasen, die in die dunkle, schwere Erde gedrückt worden war. Die alten Baumriesen hatten ihre Blätter darübergestreut. Die lagen jetzt überall wie ein herbstlicher Teppich, denn dieser Friedhof war vor über hundert Jahren in einem bestehenden Wald angelegt worden. Zwischen seinen mächtigen Laubbäumen und den vereinzelten Tannen ruhten die alten Grabstätten mit ih-

ren schweren säulenverzierten Steintafeln. Das Schmiedeeisen der Kreuze war vom Grünspan befallen und efeuumflossen, und manche Familien hatten sogar Grüfte, gemauerte Häuschen mit Urnennischen, die die Ewigkeit bargen. Es gab Flächen mit Wiesen und im neueren Teil, neben der Aussegnungshalle, sogar einen kleinen See. Emma und er waren hier oft spazieren gegangen. Sie meinte, es sei ein verzauberter Ort, an dem die Zeit stillstehe.
Du weißt gar nicht, wie sehr, Emmi.
Die alten Kränze waren endlich weg. Das »Gedenken an«, »in Liebe von« und das »für immer« waren verschwunden. Ganz offensichtlich kümmerte sich Pauls Schwägerin um das Grab. Er musste sie unbedingt anrufen, aber er hatte Angst, er würde Emmas Stimme am anderen Ende der Leitung hören. Anna und sie klangen zum Verwechseln ähnlich. Damit hatten sie ihm gerne Streiche gespielt in der Zeit, als er und Emma sich vor über dreißig Jahren kennenlernten. Anna hatte wenige Jahre nach ihnen geheiratet, einen Versicherungskaufmann, der heute eine florierende eigene Agentur betrieb. Das war in diesen Zeiten wohl die große Ausnahme, denn die Menschen verloren das Vertrauen in Banken und Versicherungen. Heute zahlten Konzerne bei Fälligkeit einer Police mitunter weniger aus, als die Anleger einbezahlt hatten. Fonds stürzten ins Bodenlose, ganze Länder gingen Konkurs, da war es wirklich eine Leistung seines Schwagers, nicht mit unterzugehen. Die beiden hatten zwei Kinder, Phil, den Großen, er war jetzt schon sechsundzwanzig, und die kleine Maggie, dreiundzwanzig. Seit kurzem wohnte auch sie nicht mehr bei den Eltern. Emma und er liebten die zwei. Es waren die Kinder, die sie nicht bekommen und sich auch nie

wirklich innig genug gewünscht hatten. So gab es in ihrem Leben immer Zeit und Raum, um füreinander da zu sein, und keinen Kampf um Zuständigkeiten, wie Paul das von anderen Familien kannte. Wer holt die Kinder vom Fußball, wer darf abends ausgehen, wessen Karriere steht über der des anderen? Sie fokussierten all die Liebe, die ihre Freunde und Bekannten für ihre Kinder aufbrachten – wobei sie oft den eigenen Partner übersahen –, ganz auf sich. Die kleinen Geschenke, die kurzen Reisen und Emmas Freude, das Haus einzurichten. Paul standen diese Bilder genau vor Augen, wie sie jeden Freitagabend beim Italiener gesessen und das gemeinsame Ausgehen genossen hatten. Emma in einem ihrer zauberhaften Kleider, Chiffon, pastellfarbene Seide, glasperlenbestickt, das ihren schönen Körper mit der gleichen samtenen Zartheit berührte, mit der er sie nachts im Arm hielt. Dazu trug sie alten Schmuck, sie besaß ein paar ausgesuchte Stücke. Dann die gemeinsam besuchten Konzerte, die Oper, das Theater und die Ausstellungen. Und wie gern Emma las! Oft hatte sie, wenn Paul aus der Praxis nach Hause gekommen war, mit einem Buch im schweren Ohrensessel am großen Wohnzimmerfenster gesessen und war so in ihre Geschichten versunken, dass sie ihn gar nicht hörte. Dann betrachtete er sie vom Türrahmen aus im Licht der Stehlampe, das auf ihr kastanienbraunes, gewelltes Haar fiel und rotgoldene Herbsttöne schimmern ließ. Manchmal trug sie es zu einem Knoten verzwirbelt und erlaubte seinen Blicken, über die zarte Haut ihres Nackens zu wandern, bis sie irgendwann aufsah – »Bist du schon länger da?« – und lächelte. Dann kam er zu ihr, küsste sie, atmete ihre warme Nähe ein, und erst wenn er satt war von ihrem

graublauen Blick, ging er hinauf in sein Zimmer, um den Arbeitstag abfallen zu lassen.
Hätten sie Kinder gehabt, stünde er jetzt nicht allein an ihrem Grab. Der Schmerz wäre vervielfacht, wenn das überhaupt möglich war, aber es gäbe wohl auch Trost. Dann wäre ein Teil von ihr noch bei ihm und könnte den Sturz ins Bodenlose abbremsen. Er hätte jemanden, um den er sich würde kümmern, den er würde trösten müssen, dachte Paul zum allerersten Mal in seinem Leben. So aber konnte er nur so verzweifelt wie möglich an seinen Erinnerungen festhalten, ihre Stimme, ihr Lächeln zurückholen, den Duft ihrer Haut in flüssiger Ewigkeit konservieren und ihre Liebe wie einen warmen Mantel umlegen, auf dass er ihn an diesem sonnigen Oktobertag vor dem Erfrieren bewahren würde.

Anna hatte noch am selben Tag im September Heinrich Ebners Altenheim verständigt und gebeten, dem alten Mann zu erklären, dass Paul eine Weile nicht kommen würde. Es war wie ein Reflex gewesen, sie musste handeln, sie musste etwas tun. Letzte Woche dann war sie endlich bei ihm gewesen, nachdem die Beerdigung organisiert und überstanden und die Gärtnerei beauftragt worden war. Heinrich hatte sie bei diesem Besuch Emma genannt. Jetzt war Anna auf der Suche nach einer Haushaltshilfe für den Schwager. Sie würde mindestens einmal pro Woche kommen müssen, denn Anna hatte sein Haus und ihn bei den kurzen Besuchen in der letzten Zeit völlig verwahrlost vorgefunden. Paul rutschte womöglich in eine ernste Depression.
Mit ihrem Anwalt saß Anna nun über Schriftsätzen. Der Fahrer des Lkw war zum Unfallzeitpunkt angetrunken

gewesen und wegen fahrlässiger Tötung angeklagt worden. Anna trat als Nebenklägerin auf, denn sie wollte Gerechtigkeit. Nur die allein war in der Lage, dieses Chaos zu ordnen und den Abgrund zu versiegeln, in den sie seit dem Tod ihrer Schwester blickte. Ganz besonders an den Tagen, an denen sie versuchte sich ihre letzte Begegnung ins Gedächtnis zu rufen. Emma hatte ein dunkelblaues Kleid mit weißen Punkten getragen, die Haare hochgesteckt und war guter Laune gewesen. Sie hatten über Maggie gesprochen. Das hatten sie doch getan, oder? Und was sagte Anna zuletzt, als ihre Schwester ging? »Lass uns telefonieren.« Ja, das sagte sie, zwei Tage vor dem Unfall. »Lass uns telefonieren.« Hatte sie Emma nicht oft mit den Worten »Pass gut auf dich auf« verabschiedet oder mit einem »Ich liebe dich«? Es hätte einen Unterschied gemacht.

Anna holte diese Erinnerung wieder und wieder zurück. Sie durfte sie nicht verlieren, auch wenn sie nicht gut genug war für einen letzten Moment. So profan. Emma hatte gelacht. Das Lachen war noch da. Anna musste gut darauf achten, dass es nicht irgendwann verklang, sonst würde sie es vielleicht nie wiederfinden. So ein Lachen war flüchtig, selbst wenn es einen ein ganzes Leben lang begleitet hatte.

In diesen Tagen war Anna für alle da, nur für die eigene Trauer gab es keinen Raum. Aber sie wusste, dass sie bald kommen würde. Und vielleicht war sie dann schon etwas stärker und konnte ihr gegenübertreten, ohne gleich bei der ersten Begegnung mit dem Virus infiziert zu werden, der einem wie Lepra die Gliedmaßen zersetzte und bei lebendigem Leib auffraß. Dabei fühlte sie sich gar nicht mehr so lebendig. Doch später wäre sie bestimmt gefass-

ter und irgendwie ... vorbereitet, ja, vielleicht sogar bereit zu glauben, was geschehen war. Denn jetzt griff sie noch oft zum Hörer, um Emma um Rat zu fragen oder ihr irgendetwas zu erzählen. Sie sprach auf die Mailbox ihres Handys, die noch immer eingerichtet war.
Der Tod kam nicht plötzlich, an einem Tag. Er war zu groß, um in ein Herz, einen Verstand zu passen, er musste langsam, Stück für Stück eindringen, sich hineinbohren in die Eingeweide und aus kleinteiliger Verzweiflung zur Gewissheit werden. Der Tod war zu groß.

Das Verschwinden war nicht anhaltend. Es gab Tage, an denen Heinrich Ebner sich seiner Auflösung durchaus bewusst war und so klar in den Augenblick schauen konnte wie in die Vergangenheit. Diese Tage wurden jedoch weniger, und sie waren noch beängstigender als alle anderen. Vielleicht würde Paul ihn besuchen, dann könnte er ihm sagen, dass er sich erinnerte. An sein Gretchen, Pauls Mutter. Heinrich und Margarete, sie hatten beide Goethe geliebt. »Heinrich, mir graut vor dir!« war ein geflügeltes Wort im Ebnerschen Haus gewesen. Ein Spiel. Ihr Spiel. Er wusste es. Ihr Bild stand im Rahmen auf der Kommode. Meistens hatte sie keinen Namen und keine Geschichte, dann wusste Heinrich nicht einmal, dass sie zu seinem Leben gehörte. Doch heute fiel ihm Gretchens Beerdigung wieder ein. Paul hatte etwas über eine Beerdigung gesagt. Oder war es diese andere Frau, von der er dachte, sie sei Emma? Emma sah er auch nicht, aber die andere war hier. Gestern. Letzte Woche. Irgendwann. Heute erinnerte Heinrich sich an früher. Er hatte viel in der Praxis gearbeitet, während seine Frau sich um den Jungen kümmerte. An den Wochenenden half er ihm beim Latein lernen. Heinrich konnte es fließend, aber der Junge war verstockt, ihm fehlte jede Virtuosität. Alles musste er pauken, nichts gelang einfach. Da rutschte ihm oft die Hand aus, wenn das Deklinieren nicht klappte. Paul verbrachte zu viel Zeit mit seiner Mutter, er mochte sie lieber als ihn. Las mit ihr Gedichte, anstatt sich mit ihm auf Hochtouren zu messen. Dabei hatten die anderen Alpenvereinsmitglieder oft ihre heranwachsenden Söhne dabei. Ausdauer hatten die! Biss! Nur Paul verkünstelte sich, er war wehleidig und schwach. Ein Schöngeist. Aber ein anständiger Humanist war trotzdem nicht aus ihm geworden. Nein, Heinrich war nicht wirklich enttäuscht. Der Junge hatte immerhin Medizin studiert und später seine Praxis übernommen, das hätte er ihm gar nicht zugetraut. Und jetzt war er allein, genau wie er. Heinrich hätte ihm gerne etwas gesagt, aber er kannte den Jungen kaum. Sie hatten gar keine Gemeinsamkeiten. Sogar im Schachspielen war er schlecht. Er wollte es ihm immer wieder eintrichtern, hatte sich wirklich Mühe gegeben. Vertane Zeit! Doch er war stolz auf ihn, aber Gretchen war die gewesen, die sie verband. Und sie war nicht mehr da. Sie hatten ein Haus. Wo war das nur? Ob es lange her war? Wenn Paul käme, würde er ihn fragen. Auch ob er ihn mit auf den Friedhof nähme, er wollte an ihr Grab. War das jetzt auch Emmas Grab? Sie besuchte ihn nicht mehr. Was machte der Junge so allein? Heinrich Ebners Gedanken drehten sich unaufhörlich im Kreis. Ob es die Praxis noch gab? Er würde gerne seine alte Praxis sehen. Heute war es möglich, denn heute spürte er das Entglittene in jeder Zelle seines Körpers. Es schmerzte unbeschreiblich. Er hatte kein passendes Gefäß, in dem er es einfangen, in dem er es verwahren konnte. Er wusste,

noch während sich ein trüber Nebel über die Gedanken legte, dass er schnell handeln musste, um es zu halten. Er wusste ... er wusste genau ...
Heinrich war am Schrank in der Küchenzeile seines kleinen Apartments angekommen. Er war ohne Rollstuhl dorthin gelangt und hielt ein Glas in der Hand. Was wollte er nur damit? Man konnte hindurchsehen, dann verschwamm alles. Dann war das Sehen wie das Denken. Die Frau im Rahmen kam ihn auch nicht besuchen. Sie gehörte nicht hierher. Nicht zu ihm. Was hatte er gewollt?
»Herr Ebner«, eine Schwester war in sein Apartment gekommen, »es ist Zeit fürs Essen.«
»Ich hab schon, äh ...« Heinrich hielt das Glas hoch und suchte darin das Wort. Sie hatte es gerade gesagt.
»Mittagessen, Herr Ebner. Sie haben schon gefrühstückt.«
Sie sprach langsam und laut mit ihm, aber sein Gehör funktionierte gut.
»Kommen Sie, ich begleite Sie in den Speisesaal. Heute gibt es Rouladen. Die mögen Sie doch.«
Sie hakte Heinrich unter und dirigierte ihn zur Tür.
»Mag ich. Rouladen mag ich, ja.«
»Das ist gut.«
Die Schwester lächelte ihn an. Er wollte noch einmal zurück. Die Frau im Bild gehörte nicht hierher. Er wollte es sagen, doch das Stationslächeln schob ihn mit fester Hand hinaus in den dämmrigen Flur und hinüber ins Haupthaus. Dort roch es nach schalem Essen. Nicht wie zu Hause.
»Zu Hause ...«, sagte er.
»Ja, hier sind Sie zu Hause.« Sie betonte das »hier«, »hier sind Sie zu Hause, Herr Ebner, gell«, und zog jeden Satz am Ende nach oben, um den Abschluss zu unterstreichen,

wie man es bei Kindern machte. Dann setzte sie ihn an den Tisch mit den fremden Menschen. Sie gabelten aus dreigeteilten Krankenhaustellern gierig Aufgewärmtes in sich hinein, aber Heinrich hatte keinen Hunger. Die Schwester setzte sich zu ihm und wollte ihn füttern. Sie hatte ihm die Serviette in den Kragenausschnitt geschoben und hielt die Gabel vor ihn hin. Automatisch öffnete er den Mund. Es war ein neuer Reiz, der da auf seiner Zunge die Ereignislosigkeit des langen Tages durch das Wiedererkennen von Bratensoße und gestampften Kartoffeln durchbrach. Doch die Vertrautheit hielt nicht an, sie verlor sich bald in seinem Mund, und so glitt Heinrich, gefüttert und geführt, mit dem letzten Bissen in die Routine des Vergessens zurück. Hier würde er bleiben. Wenigstens den Nachmittag über, bis das Abendessen kam und die Nacht, die in diesem Haus in der dunklen Jahreszeit schon um neunzehn Uhr begann und an manchen Tagen nicht endete.

Eine wunderschöne Handschrift, geschwungen und harmonisch. Milli las den Brief einer ehemaligen Patientin, in dem diese ihr für ihre Heilung dankte und von ihrem neuen, schmerzfreien Leben erzählte. Er war zweieinhalb Seiten lang und wog doch schwerer als drei Bogen Papier. Die ganze Lebensfreude dieser Frau hielt sie in Händen und war wieder einmal versöhnt mit ihrem Leben, mit dem Anderssein, der Gabe, dem Erbe der mütterlichen Linie möglicherweise.
Milli kannte die Geschichten über die Great Granny Luise, die von allen nur Lu genannt wurde, Alice' Urgroßmutter, seit ihrer frühen Kindheit. Sie soll eine heilkundige Frau gewesen sein und bis zum Ende des Ersten

Weltkriegs inoffiziell in einem Londoner Vorort praktiziert haben. Mit ihrem bescheidenen Einkommen brachte sie sich und die einzige Tochter durchs Leben, denn ihr Mann hatte sie gleich nach deren Geburt verlassen. In der Familie kursierten die wildesten Gerüchte um Lus spektakuläre Behandlungen, aufgrund derer sie ständig auf der Hut vor Verleumdung und übler Nachrede sein musste. Und vor dem Neid der niedergelassenen Ärzte, die trotz akademischer Titel oft weniger Vertrauen genossen als Lu – ein Zustand, den Milli sich lebhaft vorstellen konnte. Auch sie gab sich alle Mühe, ihre wundersamen Heilerfolge nicht an die große Glocke zu hängen, und stellte jeden guten Verlauf als großes Glück dar. Sie verbat sich von jeher allzu überschwengliche Empfehlungen und praktizierte und lebte, wie einst die Great Granny, unauffällig und still. Milli stand als Heilpraktikerin nicht einmal im örtlichen Telefonbuch. Ihre Mutter hatte Lu als Kind noch kennengelernt, doch die Erinnerung war vage. Ein goldenes Döschen, das die Urgroßmutter zeitlebens an einer langen, feinen Kette um den Hals getragen und das nach ihrem Tod keiner aus der Familie zu öffnen gewagt hatte, war mit Alice nach Deutschland gekommen. Milli bekam es zu ihrem sechzehnten Geburtstag geschenkt und trug es seither Tag für Tag wie das Siegel einer geheimen Verbindung. Und genauso hielt sie es auch verschlossen, denn Lus kleines goldenes Geheimnis war ein Sinnbild dafür, manche Fragen besser nicht zu stellen und ein Geschenk anzunehmen, das einem gemacht wurde.

»Und dann kommt die Heimsuchung und erweckt den Träumenden.« Milli hatte das irgendwann einmal bei Kierkegaard gelesen. War ihre Gabe auch so eine Heimsuchung? Anfangs vielleicht, als sie als Kind die ersten Veränderungen an sich bemerkt und für sich behalten hatte, Farbphänomene und Lichterscheinungen an Körpern, die jenseits der menschlichen Sprache mit ihr kommunizierten, Krankheiten, die sie wie Gedanken lesen konnte, oder Gefühle, die Temperaturen hatten. Ihre Sinne schienen irgendwie verschoben, es fühlte sich tatsächlich an wie ein schlechter Traum. Einer, den sie mit niemandem teilte, weil sie verständnislose Blicke befürchtete. Doch als sie älter wurde, wachte sie langsam auf und gewann an Klarheit. In der unfassbaren Welt, in der sie sich nun wiederfand, waren alle Wesen mit ihr verbunden, Menschen, Tiere und Pflanzen, ja, selbst das Mineralreich und die scheinbar tote Materie. Es war ein Wunder, dem sie voller Neugierde und Staunen nachgab und erlaubte, diesen gewaltigen Dialog mit ihr zu führen.

Milli las seither esoterische Literatur und studierte philosophische Schriften, Rudolf Steiners Anthroposophie und alles, was sie von der »neuen Physik«, den Gesetzen des Mikrokosmos, verstehen konnte. Und sie heilte – wie aus Versehen, nur weil sie sie in den Händen hielt – die ersten Tiere, die sich im weitläufigen Garten fanden: ein siechendes Eichhörnchen und ein paar halbverhungerte Jungvögel, ohne Eltern und Nest. Da wurde die Heimsuchung zum Geschenk.

Mit zwanzig besuchte Milli dann die Abendschule von Wolfgang Döbereiner, der dort zweimal die Woche Astrologie, Astronomie und Altgriechisch unterrichtete. Hier lernten viele, die parallel eine Ausbildung zum Heilpraktiker machten, denn Döbereiner war auch eine Koryphäe auf dem Gebiet der Homöopathie. Milli selbst studierte zu der Zeit noch Medizin, und sie lernte Fanny kennen, eine Verlagsangestellte in Ausbildung, Löwin mit Waage-Aszendenten, die zwei Jahre jünger war als sie. Sie hatte am ersten Vortragsabend auf dem Platz neben ihr gesessen und Milli seitdem nicht mehr verlassen.

»Ist dir nicht kalt?«
»Rehlein, was machst du denn hier?«
Milli saß wieder einmal auf der Erde und lehnte am Stamm der mächtigen alten Eiche, die auf der Südostseite ihres Grundstücks jenseits des Gemüsebeetes stand, wo sie vom Dickicht der übrigen Vegetation geschützt wurde. Der Baum war so ausladend, dass er größere Pflanzen im nahen Umfeld verdrängte und so eine kleine Lichtung schuf, die diesen Namen jedoch nicht wirklich verdiente. Das Blätterdach wuchs im Sommer so dicht, dass kaum Licht hindurchdrang, und jetzt, im Herbst, dämmerte es schon deutlich früher.
»Ich hab meinen Schlüssel vergessen, und Mama kommt nicht vor fünf.«
Milli musste ein eigentümliches Bild abgeben. Wie eine alte Wetterhexe kauerte sie bei diesen Temperaturen ohne Kissen oder Decke am Boden und blickte ertappt drein. Leicht verlegen schlang sie ihren breiten Schal enger um sich und betrachtete das kleine Mädchen in den zu kurzen Kleidern voller Zärtlichkeit. Marie, von ihr wegen der klugen braunen Augen Rehlein genannt, war ihr vor etwa fünf Jahren zugelaufen. Damals war sie sieben gewesen und in die zweite Klasse gegangen. Sie wohnte in einer Wohnsiedlung nahe der Würm, dem kleinen Fluss, der aus dem Starnberger See kam, dem »Würmsee«, wie

er früher auch hieß, und sich am östlichen Ortsrand Gräfelfings weiter Richtung Pasing schlängelte.

Maries Mutter zog das energische, schöne Mädchen mit den hüftlangen braunen Haaren und der Statur eines jungen Fohlens alleine groß. Sie musste die ganze Woche über im Büro arbeiten und mitunter auch noch abends bei einigen Putzstellen, die das Einkommen aufbesserten, so dass Marie oft sich selbst überlassen war. Ein Schlüsselkind, das es in den Zeiten der Horte und Schultagesheime eigentlich kaum mehr gab.

Irgendwann, es war an einem Herbsttag wie diesem gewesen, stand sie verloren mit ihrem kleinen Fahrrad an Millis langem Gartenzaun und blickte staunend in die Wildnis. Milli lud sie auf eine Tasse heiße Schokolade zu sich ein und nahm, sich der Absurdität der Situation durchaus bewusst, das Mädchen ins Gebet, nicht mit Fremden mitzugehen. Die Vertrauensseligkeit der Kleinen schnürte ihr das Herz ab. Das zarte Wesen hatte gar kein Leuchten, es pulsierte Einsamkeit und eine Schwingung, die bei Milli auf Resonanz traf – Liebe. Weniger romantische Naturen hätten auch etwas von der Biochemie zu erzählen gewusst, Paul zum Beispiel.

Milli hatte sich bald bei Rehleins Mutter vorgestellt und angeboten, die Kleine an den Nachmittagen zu betreuen, so gut sie das eben konnte. Aber Laura Wendt wollte sie mit dem Kind nicht belasten. Was für ein Gedanke! Marie kam trotzdem weiter vorbei. Sie aß mit Milli zu Mittag und machte ihre Hausaufgaben im großen Wohnzimmer im ersten Stock, das sie gern mit dem Gryffindor-Gemeinschaftsraum auf Hogwarts aus den Harry-Potter-Romanen verglich, seiner altertümlichen, schweren Möbel und des offenen Kamins wegen. Ein Wandteppich zeigte eine stilisierte mittelalterliche Jagdszene mit Einhorn, die Seidenstickerei vornehmlich in Rot- und Gelbtönen gehalten. Wie auch die Vorhänge, die schon von Millis Großmutter ausgewählt, in dunklem Samt, wuchtig aufs Fischbeinparkett flossen. Hohe Regale standen an zwei Seiten des Zimmers und liefen um die Tür herum. An ihnen lehnte eine schlichte Leiter, die an einer Stange auf Höhe des obersten Brettes eingehakt war. Eine kleine Bibliothek. Die Möbel waren alt und edel und wurden von Milli mit Hingabe gepflegt. Sofas und Stühle hatte sie neu aufpolstern und beziehen lassen, wobei sie Blumenmuster mit Karos vermischte und so das Alte mit dem Neuen verband. Das Rehlein hatte den gemütlichen Lesesessel spontan nach Professor Slugghorn benannt, einem Lehrer aus dem sechsten Teil der Potter-Reihe, der sich, um vermeintlichen Feinden zu entgehen, in einem völlig ramponierten Haus, als Polstermöbel verwandelt, versteckt gehalten hatte. »Der sieht genauso aus wie im Buch. Wirklich, Milli, das könnte der Slugg sein«, begeisterte sich Marie.

Es gab Grubersche Vorfahren in Goldstuckrahmen, verblichen wie die Porträtierten selbst, und allerlei Landschaften in brüchigem Öl. Ein Turner war leider nicht darunter, da klaffte in der Sammlung des Urgroßvaters wirklich eine unverzeihliche Lücke.

Bald begann Milli Rehleins Romane auch zu verschlingen. J. K. Rowlings Welt der Zauberer unter den normalen Menschen, den Muggels, die unendliche Geschichte, der Wunschpunsch oder Momos graue Herren, das alles schien ihr vertraut. Schließlich war das Durchbrechen der Wirklichkeit für Milli genauso real wie für Marie, die ganz in ihren Büchern lebte und diese Geschichten als

Brücke hinüber in Millis magischen Kosmos verstand. Als Milli dann vor knapp zwei Jahren auch noch die Katzen bei sich aufnahm – Marie hatte unbändig gebettelt und ihr lange Listen mit den Vorzügen von Haustieren geschrieben –, da hatte das Rehlein sie Momo und Kassiopeia getauft, zu Ehren ihres und Millis Lieblingsschriftstellers Michael Ende. Sein Grab lag, wie Milli wusste, auf dem nahen Waldfriedhof, genau wie das Grubersche Familiengrab. Und Pauls.

Immer öfter nahm Milli Marie nun auch mit in ihre Praxisräume und erklärte ihr jeden Gegenstand, jede Schautafel, jedes essenzgefüllte Fläschchen hinter den Vitrinengläsern. Das Mädchen war das wissbegierigste Geschöpf, dem Milli je begegnet war. Jetzt, mit zwölf Jahren, wusste sie schon um die Energiebahnen des Menschen, kannte Chakren und einige Akupunkturpunkte, hatte Bachblüten mit ihr angesetzt und war sogar in den fünf Elementen der Chinesischen Medizin bewandert. Freilich war sie viel zu alt für ihr Alter, viel zu reif und abgeklärt, was Milli sehr an sie selbst erinnerte. Aber da war auch noch dieses Träumen im Rehlein, das Milli und sie verband.

»Wieso sitzt du hier draußen am Boden? Bist du krank?«, fragte Marie besorgt.

»Nein, Rehlein.« Milli kam so schwungvoll wie möglich auf die Beine, um nicht etwa angeschlagen zu wirken. Sie wollte Marie schließlich nicht erschrecken. »Ich habe nur ein wenig gerastet und getankt, weißt du? Die Bäume geben mir Kraft, die ich für meine Behandlungen brauche.«

Tatsächlich spürte Milli immer, wie ihre Energie durch jede Heilung beträchtlich sank. Hätte sie nicht mit der Zeit entdeckt, dass alle Pflanzen dieser Welt ein einziges riesiges Netzwerk aus reiner, lebendiger Energie waren, an das sie sich anschließen konnte, wenn sie nur genug Zeit draußen bei den Bäumen verbrachte, wäre sie längst erloschen. So aber wuchs der Laubwald auf ihrem Grund Jahr um Jahr dichter, und Milli war ein Teil von ihm geworden. Wenn Gott das Ganze verkörperte, dachte sie hier oft, dann war sie vielleicht eine seiner Zellen, ein Eigenes im Großen, und die Natur nicht mehr als ein Organ, Gottes Atmen vielleicht. Wenn der alte Mann eine Lunge aus grünem Licht und Wasser hatte, dann waren die Menschen möglicherweise sein Herz.

»Und wo warst du? Die Schule ist doch schon seit Stunden aus.«

»In der Stadtbücherei. Aber der siebte Teil ist schon wieder weg. Beide Exemplare sind ausgeliehen. Ich hab mich auf einer Warteliste eingetragen.«

»Ausgeliehen!« Milli tat empört. »Dann erfährst du ja schon wieder nicht, ob das Gute über das Böse siegt.«

Marie war sichtlich enttäuscht, denn sie fieberte dem Ende der Pottererzählung schon so heftig entgegen. Und Milli im Übrigen auch, wenngleich die Bücher natürlich nicht mehr neu waren und jeder wusste, wie es zu Ende ging.

»Nun, vielleicht hat ja jemand, der es auch nicht mehr erwarten kann, den letzten Band im Buchladen gekauft. Dann würde er möglicherweise oben im Gemeinschaftsraum der Gryffindors liegen und auf einen Leser warten. Und eventuell ist er sogar richtig dick, dicker als seine Vorgänger. Ein schmächtiges Ding wie du könnte diesen Schmöker wahrscheinlich nicht mal anheben.«

»Du hast ihn gekauft? Wirklich?«, rief Marie ganz aufgeregt. Einfach etwas zu kaufen, das man auch ausleihen konnte, wenn man nur geduldig genug war, war in ihrer Welt fremd.

»Ach, Rehlein, was ist denn schon wirklich? Los, beweg deinen kleinen durchgefrorenen Hintern ins Haus, wir machen uns das erste Feuer im Jahr und verlassen die Welt der gewöhnlichen Menschen.«

1. November 2012

Mein lieber Paul,

Allerheiligen ist naturgemäß grau. Nur die Gräber sind geschmückt und die Anverwandten ebenfalls. Man zeigt sich am Friedhof und hat ein Grablicht dabei. Doch hüte Dich, tagsüber hinzugehen! Geh am Abend gegen sechs, wenn es dunkel wird. Die Tore sind an diesem Tag länger geöffnet, Du kommst auch spät wieder hinaus. Marie und ich besuchen ebenfalls um diese Zeit meine Eltern, die übrige Ahnenreihe und den guten Herrn Ende. Marie stellt ihm schon seit Jahren eine Kerze dazu und erzählt ihm an seinem wunderschönen Grab, was sie in letzter Zeit so gelesen hat. Man könnte denken, sie hätte ihn wirklich gut gekannt. Dann poliert sie jedes Mal das aufgeschlagene bronzene Buch vom Spiegel im Spiegel, in dessen Mitte sich bei Regen immer ein munteres Rinnsal bildet, und die Schildkröte mit der Inschrift »Habe keine Angst«. Sie tröstet, wann immer man vorbeikommt. Ich weiß, Du warst noch nie da, aber vielleicht kommst Du in nächster Zeit einmal dazu, wenn Du über den Friedhof gehst. In der Dunkelheit wirst Du ihn heute verwandelt finden. Tausend Lichter schimmern durch die Nacht. Es ist ein magisches, heidnisches Ritual, bei dem wir uns mit den Seelen verbinden. In Mexiko feiern die Verwandten auf den Gräbern ihrer Verstorbenen, sie essen und trinken dort und erzählen sich Geschichten aus der gemeinsamen Zeit. Sie lachen und schmücken

die Grabstätten mit Pappmaché in grellen Farben, wahrlich ein heftiger Anblick. Aber ich denke, so wird es den Seelen leicht ums stumme Herz. So wollen sie uns in ihrer Welt spüren.
Meide also das bürgerliche Schaulaufen am Tag und wähle die Dämmerung. Vertraue einer alten Hexe, die mit der Magie dieser Nacht bestens vertraut ist, den Besen schon im Anschlag.

Millicent

Fritz hatte kaum von der alten Tageszeitung aufgesehen, als seine Frau ihm das Frühstück richtete. Es gab genug Mühsal in der Welt zwischen den labbrigen Seiten vom Vortag, was brauchte er da noch Klara anzuschauen? Ihr stummes Gesicht, ihre Betretenheit. Nur um der Zurückweisung der letzten Nacht noch einmal nachzugeben? Dann wollte sie ihn eben nicht, das war ja nicht das erste Mal.

Sie waren halt schon ein paar Jahre zusammen, hatten ihre Silberhochzeit hinter sich, waren kinderlos und auf sich zurückgeworfen, seit auch Fritz' Mutter nicht mehr da war. Und seit die netten Nachbarn, die so lange unter ihnen gewohnt hatten, ausgezogen waren, um sich zu verbessern. Die hatten jetzt neue Freunde für die gemeinsamen Spieleabende und wahrscheinlich sogar Nachwuchs bekommen, Fritz hatte nicht nachgefragt. Sie waren weg, was soll's. Er hatte schließlich immer noch seine Arbeit, Key-Accounter eines großen Mobilfunkanbieters, eines Global Players, wie man so schön sagte. Vom Verkauf über ein paar Fortbildungen und den Sprachkurs aus eigener Kraft hochgearbeitet, in einer Branche, in der

Fluktuation noch eine milde Umschreibung war für das ständige Wechseln der Mitarbeiter. Ohne Studium konnte man ganz oben sowieso nicht mitspielen, das war Fritz schnell klar gewesen. Aber er hatte es ihnen gezeigt, dem ganzen Jungvolk, das sich da tummelte und großspurig tat mit seinem BWL und dieser IT-Sprache. Er hatte alle abgehängt. Hinter sich gelassen. Unter sich. Er war jetzt der Ansprechpartner für Großkunden – Fritz Wiegand, Key-Accounter of sales and marketing. Sie waren nicht reich, aber für zweimal im Jahr Kanaren oder was Günstiges an der Ostsee reichte es, und die Wohnung gegenüber der Siedlung am Anger war sogar für Münchner Verhältnisse zahlbar. Dreieinhalb Zimmer hatten sie mittlerweile, und sie hätten sich in den Jahren auch was Besseres suchen können, aber Fritz' Mutter wohnte bis zum Schluss in der Straße, einer ruhigen Ecke Gräfelfings, in der sie sich wohl fühlten, also waren sie nicht weggezogen. Vor der Tür stand ein solider, vier Jahre alter Mittelklassewagen mit niedrigem Kilometerstand, und auf der hohen Kante lag auch was. Hier angekommen, belohnte einen das Leben mit Zufriedenheit. Und, wie es aussah, mit Klaras Zurückweisung, die sanft war und voller Entschuldigungen. Sie fühle sich müde, habe Bauchschmerzen, Rücken. Irgendetwas war es immer in den letzten Monaten oder Jahren. Ein abschüssiger Weg der bemäntelten, umschriebenen Absagen an seine Bedürfnisse. Und an seine Liebe, denn er liebte sie noch immer, wenigstens meistens. Nicht mit der gleichen Leidenschaft wie am Anfang ihrer Beziehung, ohne viel Phantasie, zugegeben, ohne das ständige Werben. Aber das war eben nicht seins. Was das anbelangte, war Fritz froh, nicht mehr am Anfang seiner Ehe zu stehen, denn er hatte keine Begabung dafür. Trotzdem verwöhnte er sie doch hin und wieder mit einem Einkaufsbummel bei Adler und einem schönen Abendessen vorne beim Jugoslawen oder Serben, keine Ahnung, wie die sich jetzt nannten, jedenfalls waren die Cevapcici und der Rotwein gut. Doch, Fritz bemühte sich um seine Frau, wenngleich sich das Gefühl von Einseitigkeit zunehmend verstärkte. Es kam eben Routine auf mit den Jahren. Ein nettes Kompliment – »Warst du beim Friseur? Das steht dir!« –, ein Klaps auf den runden Po, das war doch auch genug. Und er hatte nie auch nur mit einem Wort erwähnt, dass sie ihre Taille und ihre Mädchenhaftigkeit an ein Muttchendasein abgetreten hatte, das ihn mehr und mehr an seine eigene Großmutter erinnerte, Gott hab sie selig. Klara war nun mal nicht extravagant, und das war ja auch in Ordnung, diese Bescheidenheit schätzte er sehr. Sie hatte ihr Leben ihm und dem Haushalt gewidmet. Ein paar ungelernte Jobs in den Jahren, aber hauptsächlich ging es um ihn und sein Wohl. Schließlich verdiente er die Brötchen und verwaltete das Geld. Beim Möbelkauf hatte ihn früher gern seine Mutter beraten. Sie war eine offene, umsichtige Frau gewesen. Mehr als Klara, die irgendwo in sich eine Verschlossenheit pflegte, die nie wirklich Gestalt annahm und doch namenlos zwischen ihnen stand. Obwohl, am Anfang ihrer Ehe war das noch nicht so gewesen, da hatten sie noch Spaß gehabt und Pläne. Doch mit der Zeit erlaubte Klaras Wesen ihm zunehmend weniger, sie zu berühren, und sei es auch nur mit einem netten Gespräch, einem gemeinsamen Spaziergang oder einem Urlaub. Natürlich gab es gar nichts an ihrer Lebensführung auszusetzen, wirklich nicht. Sie versorgte hier alles, war mit seiner Mutter nett umgegangen und grämte sich mittlerweile nicht einmal mehr über ihre Kinderlosigkeit, die wohl seine Schuld war. »Lassen Sie sich unbedingt untersuchen, Herr Wiegand, es gibt viele Optionen für ein Paar wie Sie«, hatte ihr Frauenarzt damals zu ihm gesagt. Aber für ihn war das keine Option. Er ließ sich doch nicht nach der Geschwindigkeit seiner Samenzellen klassifizieren und von einer Beratungsstelle zur nächsten schleppen. Oder von Klinik zu Klinik. Das weiß man doch, wie so was abläuft und wie viel das kostet. Dann hatten sie eben keine Kinder. Es gab viele Paare ohne, die waren auch glücklich. Ja, er hatte Klara in der Tat nichts vorzuwerfen, dachte Fritz Wiegand, den Blick noch immer in die Katastrophen vom Vortag und die Eskapaden der Promis versenkt, nichts als diesen Rückzug, der langsam Formen annahm. Und das gerade jetzt, da er anfing sich in einer Weise nach ihr zu sehnen, die er selbst nicht verstand, da er gern mehr Gemeinsamkeit gespürt hätte, denn ihr Kosmos wurde enger und die Zeit, die ihnen blieb, kürzer.

Fritz war jetzt Mitte fünfzig, und die Biederkeit der Existenz seiner Eltern griff nach ihm. Ihre winzig kleine Welt tat sich vor ihm auf und schien erschreckend einladend. Klara hatte sie schon eingeholt mit ihrer geordneten Dauerwelle und den Hosen mit Gummizug am Bund. Sogar ihre blauen Augen hatten an Farbe verloren. So wie sie. So wie er. Ja, das wusste Fritz Wiegand, er war nicht so selbstherrlich, das nicht zu begreifen. Er hatte an Esprit eingebüßt, und die Haare gingen ihm aus. Die Treppen in den zweiten Stock brachten ihn ins Schnaufen, aber im Gegensatz zu Klara war er noch am Leben. Er hatte noch Pläne, kleine, bescheidene Pläne. Ein Umzug aufs Land vielleicht nach der Pensionierung. Dann würde Klara endlich ihren Garten bekommen, den sie sich immer gewünscht hatte, und müsste ihre Blumen und Kräuter nicht mehr in Balkontöpfe zwängen. Sie hatte ein Händchen fürs Grüne. Er könnte seinen Modellbau fördern und einem Verein beitreten. Vielleicht sogar eine Weltreise mit seiner Frau machen, um fremde Kulturen kennenzulernen. Er würde keinesfalls tot umfallen wie sein Vater, ohne was gesehen zu haben. Aber immer klarer wurde Fritz Wiegand im Zusammenfalten der Zeitung, Klaras gesenkten Blick im Nacken, als er wortlos die Küchentür hinter sich schloss, dass er nicht einmal seine eigene Frau kannte, geschweige denn die Welt.

Sie war ein unentdeckter Kontinent auf der Landkarte seines überschaubaren Lebens, von schattengleichen Schranken umgeben und in ihrer freundlichen Abgewandtheit nicht zu fassen.

Das Kontor der Worte lag über der Speisekammer, die an Millis Küche im Erdgeschoss angrenzte. Ihre Mutter hatte das Zimmerchen im ersten Stock als Wäschekammer, zur Aufbewahrung von Hand- und Tischtüchern, der Bettwäsche und zum Bügeln genutzt. Jetzt standen hier Millis Sekretär, der alte, klapprige Stuhl ihres Vaters und in den Regalen solide Pappschachteln mit Deckeln in jeder Farbe und Musterung nebst messingfarbenen Griffen an den Stirnseiten, angefüllt mit Briefen von Patienten, die für ihre Heilung dankten und berichteten, wie es ihnen in der Zeit nach ihrem Besuch bei Milli ergangen war. Und es gab Schachteln mit Millis Briefen an die Zeit. Darin wurde das Ungesagte benannt, das Dunkle und Schwere, das Verleugnete und Ausgegrenzte, bis es hervortrat und seinen Abschluss fand. Denn ähnlich wie im

Märchen war die Macht des Bösen gebrochen, wenn man seinen Namen nannte. Auf die Erkenntnis folgte die Erlösung, nur eben nicht in einem Schritt. In tausendundeinem vielleicht. In tausendundeinem Brief. »Liebe Ma, lieber Pa ...« Die Verzweiflung wich, und die Traurigkeit richtete sich ein. Dass es Wunden gab, die nie ganz verheilten, deren grobe Narben man mit neunzig noch würde spüren können, den Phantomschmerz, der selbst dann blieb, wenn das Körperteil bereits amputiert war, das akzeptierte Milli heute. Auch sie konnte sie nicht auslöschen, nur beschreiben, in Worte verpacken und in Kisten sortieren.

Nach dem Tod der Eltern war sie oft hier am Sprossenfenster gesessen, das zur Ostseite des Hauses hinausging, und hatte in den anfänglich noch gepflegten Garten geblickt. Auf die Birke, die in den Himmel drängte und deren Blätter im Sommer im kräftigen Südwind flirrten, der den Sand aus der afrikanischen Wüste mitbrachte. Auf Alice' üppige Rosenbeete, die vertrauten Gespräche mit ihr, die sie zwischen Körben aprilfrischer Wäsche geführt hatten, und später auf die Versäumnisse der Jahre. Es gab Menschen, die konnten sich damit durch alle Lebensabschnitte hindurch zerfleischen, indem sie sie immer wieder hervorholten, um sie zu bedauern. Die Zeit nicht genutzt zu haben tat weh. Sie nicht im rechten Moment genutzt zu haben war quälend. Man musste für immer glauben, falsch abgebogen zu sein, und es gab keinen Weg zurück. Egal, wie oft man in Gedanken den einen, entscheidenden Moment erneut durchdachte, durchlebte, durchlitt und den einen Dialog abwandelte, wieder und wieder, zum Besseren, endlich nach Jahren, er blieb unkorrigiert, eine hässliche Wunde im Lebenslauf. Und mit jedem neuen Heraufbeschwören manifestierten sich die alten Gefühle, unvermindert, demütigend, wie am ersten Tag. Milli kannte dieses Bedauern gut. Fanny noch besser. Wenngleich sie sich immer dagegengestemmt hatte, durch drei Ehen hindurch und mit mittlerweile drei Kindern. Fanny hatte die größten Verluste und Chancen gleichermaßen erfahren und Letztere ergriffen. Doch das Versäumte in Millis Leben war unabänderlich gewesen, schon bevor es vorbeigezogen war. So hatte sie sich nie ein Kind gewünscht oder besser, nie den Mann getroffen, mit dem sie ein Kind hätte haben wollen. Doch, sie hatte ihn getroffen, aber er war vergeben. Er war verheiratet und zu allem Überfluss auch noch glücklich. Das hatte Milli respektiert, weil sie ihn respektierte und liebte, schon seit der ersten Begegnung vor über zwanzig Jahren. Sie hatten damals telefoniert, Milli mochte seine Stimme. Sie stellte sich einen großen, schlanken Mann vor, mit wachen, hellen Augen und schönen Händen. Paul Ebner war niedergelassener Arzt im Ort, Ende dreißig. Sie kannte seinen Namen. Die Praxis bestand bereits zu Lebzeiten ihrer Eltern. Damals führte sie noch sein Vater. Pauls Sprechstundenhilfe, Sophie Sager, hatte ihm von Millis Arbeit erzählt, und er war neugierig geworden. Es gab da einen Migränepatienten, dessen Schmerzmittel er gerne reduzieren wollte, und so bat er sie um ein Gespräch. Ihn interessierte, welche Therapie Milli in diesem Fall vorschlagen würde. Gerade bei schwer zu lokalisierenden Beschwerden und chronischen Verläufen leistete die Heilpraktik ja oft gute Dienste.

Für einen Schulmediziner zeigte er sich in der Alternativmedizin sehr bewandert, weshalb er Millis Rat auch ernst nahm und sich kaum seine Verwunderung darüber an-

merken ließ, dass sie noch relativ jung war. Achtundzwanzig, wenn sie sich richtig erinnerte.
Sie hatte ihn im Café in der Bahnhofstraße zuerst fast übersehen, denn er glich dem Mann, den sie sich vorgestellt hatte, so gar nicht. Paul Ebner hatte etwas Durchschnittliches an sich. Er war eher klein, höchstens eins dreiundsiebzig, und sein Haar war damals schon nicht allzu dicht und dunkel wie seine Augen. Seine Zähne standen unregelmäßig. Eine schmale Lücke in der oberen Front irritierte Milli anfangs, wenn er sprach. Er trug an diesem Tag eine dunkelblaue Flanellhose mit blauem Pullover, und ein goldener, schmaler Ring glänzte an seiner rechten Hand. Ihr Blick ging durch den Raum über ihn hinweg, und erst der fragende Ausdruck auf seinem Gesicht ließ sie im zweiten Anlauf auf ihn zugehen. Milli bemerkte dabei aber keine Explosion aus Farben und auch kein Licht, das ihn umflossen hätte, nur dieses Gefühl, zu Hause zu sein. Ja, sie sah Paul und fühlte sich geborgen. Sie wusste in dem Moment, dass sie diesen Mann in ihrem Herzen kannte, auch wenn er ihr so gar nicht verwandt war, ein Rationalist, im Steinbock geboren, Aszendent Jungfrau, da war nichts zu retten! Er war so durch und durch korrekt und höflich, dass sie sogar beinahe das sanfte Lächeln seiner Augen übersehen hätte. Schon von der ersten Sekunde an reizte es sie deshalb unbändig, ihn in ihre bunte, magische Welt zu ziehen. Milli dachte, dass Paul von seinem geraden Weg wenigstens ein Stück weit abgebracht werden musste, denn sein Leben war schon so fertig – Beruf, Frau, Kunst, Reisen, Rente. Ein Perspektivenwechsel, ein kleiner Aufruhr fehlte, und Milli würde die sein, die ihn verursachte.
So schrieb sie die ersten Briefe im Kontor der Worte. Sie

schrieb, was sie niemals aussprechen und schon gar nicht abschicken durfte, und legte es in eine Pappschachtel. Tatsächlich passte dieses Gefühl damals noch in 0,01 Kubikmeter Stauraum.

Der Winter kam in diesem Jahr an einem Tag Ende November. Er griff schnell und unverwandt nach der Stadt. Nicht dass Paul bemerkt hätte, wie warm und sonnig dieser Herbst gewesen war, es hatte seit Wochen nicht einmal geregnet. Das Thermometer zeigte noch Anfang des Monats, von einigen nebelumwobenen Tagen abgesehen, bis zu fünfzehn Grad. Die Einzelhändler saßen auf ihrer Winterware fest, die schon Ende August geordert worden war, und hassten dieses gottverdammte stabile Hoch, das sie ohne Zweifel in den Ruin treiben würde. Paul hatte das alles nicht zur Kenntnis genommen. Er war noch immer im 7. September gefangen und fand es nur natürlich, dass die Welt stillstand. Die Welt, das Wetter und das Fühlen. Heute aber wehte ein eisiger Wind um ihn, als er sich endlich dazu aufgerafft hatte, das Haus zu verlassen, um seinen Vater zu besuchen. Die Wettervorhersage kündigte Schnee an.
»Du wirst die halbe Nacht am Fenster stehen und darauf warten, dass es anfängt, das weiß ich doch, Emmi.«
»Unfug! Ich wache auf, wenn die ersten Flocken fallen, und stehe dann erst am Fenster.«
Emma hatte den Winter geliebt wie ein Kind. Wenn es schneite, sah sie stundenlang in die tanzende Stille hinaus, und sie begann schon im ausgehenden November mit dem Dekorieren des Hauses. »Der erste Advent liegt in diesem Jahr früh, Paul, ist das nicht wundervoll?« Ihre zarte Gestalt wuchtete dann mit unvermuteter Kraft die

großen Weihnachtskartons aus dem Keller, wobei dieser über die Jahre zu einem einzigen Weihnachtskarton mit Abstellgelegenheit für einigen Hausrat oder Werkzeug mutiert war. Emma unterschied zwischen der Winterdekoration und der für Weihnachten. »Wenn kein Weihnachtsmann drauf ist, geht das ab November bis in den März hinein, nicht wahr, mein Hase?« So hatte sie ihn nur genannt, wenn es etwas zu beschwichtigen gab oder sie ihn zu irgendetwas überreden wollte, und ein Lachen schwang mit. Hier war Überredung aber nicht mehr vonnöten, sein alljährliches Veto war nur noch liebe Gewohnheit, die Weihnachts-/Winterschlacht schon vor vielen Jahren auf glitzerndem, funkelndem Feld verloren. Sophie wischte in dieser Zeit kommentarlos den einen oder anderen verirrten Glitter von seiner Kleidung, bevor die ersten Patienten kamen. Außerdem konnte er, durch die magische, lichterkranzbewehrte Pforte seines Hauses eingelassen, in sein Dachzimmer flüchten, das Emma mit Zierat verschonte. Hier waren schlichte Linien und steinböckische Klarheit angesagt. »Steinböckische Klarheit«, das waren einmal Millicents Worte gewesen. Sie meinte, dass einer wie er, im Januar geboren, Schnörkel eben nicht so gut ertrug.

Doch in diesem Jahr blieben die Kisten ohnehin im Keller. Der Glanz der Weihnacht verrottete dort. Kronos-Saturn fraß seinen Sohn und spuckte das Unverdaute in eine sternenlose Nacht.

Paul zog seinen Hut tief ins Gesicht und machte sich an diesem Tag schon gegen zehn Uhr vormittags auf den Weg zu seinem Vater. Einen hölzernen Kasten mit lose klappernden Figuren darin unterm Arm, schnitt er eine trostlose Schneise in den kalten Wind, dem klamm werden musste ums polare Herz, wenn er diese Verlorenheit umwehte. Er überquerte bald die lichtgesäumte Hauptstraße und spürte die Blicke der Menschen. Zu viele kannten ihn aus der Praxis. Den Kopf tief gesenkt, signalisierte er, dem Beileid nicht begegnen zu wollen, und man ließ ihn gewähren.

Milli, die gerade im Schreibwarenladen anstand und durch die Auslage das kalte Wehen in den kahlen Bäumen am Straßenrand beobachtete, sah ihn nur kurz im Vorübergehen. Es war ein grauer Vormittag mit wolkenverhangenem Himmel, und Pauls Statur im dunklen Mantel zeichnete sich nur als Schatten ab. *Er ist nur ein Schatten*, dachte sie. Aber sie hätte ihn auch ohne jede Kontur erkannt, unter Hunderten, allein durch das Gefühl, das sie überkam, wenn er in der Nähe war. Sie wollte auf die Straße stürzen und ihn einholen, aber etwas hielt sie zurück. Etwas an der Art, wie er ging, wie er, ohne aufzusehen, voranhastete, weg von allem ... und von ihr. Sie stand wie versteinert da, hielt die Klinke der Ladentür in der Hand und versperrte einem Kunden, der hinauswollte, den Weg. »Entschuldigung, dürfte ich bitte ...« Da wandte sie sich wieder um. Sie brauchte blaues Briefpapier.

Das Gehen tat gut. Etwas in Paul bewegte sich. Es bewegte ihn, ganz mechanisch, aber doch voran. Er lief Richtung Osten zum Ortsrand, überquerte die Würm, die wenig Wasser führte für die Jahreszeit, und überlegte während seines eisigen Marsches die Pasinger Straße entlang unaufhörlich, was er seinem Vater heute sagen sollte. Gewiss, er war seit Emmas Tod schon oft da gewesen, aber sein Vater hatte nicht verstanden, was passiert war. Immer wieder fragte er nach ihr. Dann wieder erkannte er seinen Sohn gar nicht und war in die ersten Jahre seiner Ehe ein-

getaucht. An diesen Tagen schien er fast glücklich. Und auch, wenn Paul dann für ihn ein Fremder war, so wünschte er sich doch, dass dieser Zustand anhalten möge, denn so entgingen sie schweren Gesprächen und Vorwürfen. Ja, Vorwürfen, weil es niemand außer Heinrich schaffte, Paul so sehr zur Weißglut zu reizen mit seinem Unvermögen, seinem Nichtbegreifen, seiner beispiellosen Unbeholfenheit. Wie klein darf ein Vater denn werden in den Augen seines Sohnes?
»Das Telefon geht nicht. Die haben das abgestellt.«
»Wen wolltest du denn anrufen, Vater?«
»Emma. Sie war nicht da.«
»Sie ist seit drei Monaten nicht mehr da, weil sie einen Unfall hatte. Sie ist tot, Vater. Und dein Telefon funktioniert einwandfrei.«
Er hob den Hörer ab. Es war noch ein älteres Modell, mit dem Heinrich bisher gut zurechtgekommen war, und das Tut-Tut der Hausanlage ertönte.
»Du musst die Null vorwählen, siehst du?« Paul tippte die Null, und das Freizeichen erklang. »Dann die Nummer, die du anrufen willst.«
»Emmas Nummer. Deine.«
»Nein, nur meine. Nur meine gottverdammte Nummer, weil Emma nämlich tot ist. Hast du das endlich verstanden?«, brüllte Paul seinem Vater entgegen, der wie ein geschlagenes Kind in seinen Sessel sank und schon wieder zu wimmern begann. Ein Blick in Pauls Vergangenheit. Ein Blick auf seine eigene Angst und Hilflosigkeit neben dem übermächtigen Vater, der nicht nur ein angesehener Mediziner gewesen war, Mitglied im Lions-Club und in der Lokalpolitik engagiert, sondern auch ein verbissener Sportler. Im Sommer ging er Bergsteigen und Klettern

und im Winter zum Langlaufen. Und schon von klein auf hatte er Paul mitgeschleppt. Aber Heinrich ging es nicht etwa darum, Zeit mit seinem Sohn zu verbringen. Gott bewahre! Erfolge wollte er sehen, der alte Herr. Das Bemühen allein galt bei ihm gar nichts. Und der gleiche kritische Blick lag auch auf Pauls schulischen Leistungen. Funktionieren war das Motto, immer funktionieren, die ganze Kindheit hindurch und darüber hinaus. Und jetzt? Jetzt waren die Rollen vertauscht, und Pauls Vater entglitt jede Kontrolle, sogar über sein eigenes Leben. Besonders darüber. Und die ach so wichtigen »Freunde« aus irgendwelchen Gremien waren nicht da, ihm den Löffel zu führen oder den Rollstuhl zu schieben. Aber diese Erkenntnis befriedigte Paul nicht. Das Schrumpfen seines Vaters ließ ihn verzweifeln, denn die Wut des kleinen Jungen und der Kampf, neben dem Vater nicht unterzugehen, waren für Paul auch immer ein Antrieb gewesen. Was würde er ohne diese Wut tun? Wer wäre er ohne sie? Sie machte ihn nicht ganz und gar aus, Emma machte ihn ganz und gar aus, aber ein Stück weit eben doch.

Paul dachte gestern an die Zeit, als er als Kind und auch später noch als junger Student mit seinem Vater Schach gespielt hatte. An die Nachmittage, an denen Heinrich das wunderschöne alte Spiel aufgestellt und ihn mit unverhohlener Freude fast immer vernichtend geschlagen hatte. Paul war ja schon froh, den Überblick über die Wege zu haben, die die einzelnen Figuren nehmen durften. Diagonal, Dreisprung oder nur ein Feld voran, aber bitte quer schlagen. Bauern, Springer, Türme, Läufer und die werten Regenten, sie alle im Auge zu behalten, fiel ihm schwer. Er spielte gewissermaßen eindimensional, nur einen Zug in die Zukunft, bei dem er höchstens zwei, drei gegnerische Figuren in seine Überlegungen mit einbezog. Eventuell war seine zerstreute Natur ein Grund für seine Unfähigkeit, komplexe Vorgänge in Raum und Zeit zu projizieren und nach Möglichkeit auch noch mehrere davon parallel. Nein, Paul würde niemals gut im Schach werden, und er wollte es auch gar nicht mehr. Sein Vater hatte ihm seine Grenzen zu deutlich aufgezeigt, um noch gegen das Versagen antreten zu wollen. Doch seit dem Tod seiner Mutter spielten sie sowieso nicht mehr. Das alte Schachbrett mit den schönen Figuren aus Speckstein war bei Heinrichs Umzug ins Altenheim in Pauls Keller gewandert und dort vergessen worden. Aber letzte Nacht erinnerte er sich daran. Vielleicht war es das Tor zur Welt seines Vaters? Vielleicht würde er ihn dort treffen können, jenseits aller Worte? So wie er früher war, stolz und selbstbewusst, hinter einer Armee aus Bauern. Paul wollte seinem Vater so gerne die Hand reichen. Er wollte ihn spüren lassen, dass sie nun gar nicht mehr so verschieden waren, dass die Einsamkeit sie verband wie Reisende ein gemeinsames Ziel, wenn es denn überhaupt eines gab. Vielleicht endete diese Fahrt auch bald an einem Abgrund, in den sich die Strecke dem Zug voraus stürzte, noch bevor er die verlassenen Passagiere gnädig mit sich riss. Ja, genau wie sein Vater stand auch Paul nun an der Schwelle zum Wahnsinn, er hatte ihn in den letzten Wochen schon das eine oder andere Mal umfangen. Sie beide trennte nichts mehr.

Die Wohnung war gesaugt, die Böden gewischt, Bad und Klo waren geputzt und die Fliesen hinter dem Herd ebenfalls. Klara hatte heute Morgen aufs Thermometer gesehen, den warmen grauen Wollmantel hervorgeholt und war einkaufen gegangen. Sie hatte das Abendessen vorbereitet und die Betten frisch bezogen. Es war gerade erst zehn Uhr dreißig. Die Bügelwäsche lag bereits seit gestern wieder im Schrank, nur ein Hemdknopf musste noch ausgetauscht werden, er war angebrochen. Fritz hasste es, wenn sie das übersah. Sie hatte die Usambaraveilchen auf der Fensterbank gegossen und den Gummibaum ihrer verstorbenen Schwiegermutter auch. Sie verabscheute ihn, sie hatte schon alles versucht, um ihn loszuwerden – Vernachlässigung, kein Dünger, schlechtes Licht –, aber er war so zäh wie einst seine Vorbesitzerin, und sie brachte es nicht übers Herz, ihn lebendig im Abfallcontainer zu entsorgen. Was hätte sie auch ihrem Mann gesagt? Also arrangierte sie sich mit dem hässlichen Ding wie mit allem Unschönen in ihrem Leben. Dem Ungesagten und dem Unverstandenen, dem vor allem.

Zehn Uhr dreißig, und sie war frei. Frei wofür? Fritz würde um halb sechs heimkommen, dann stand das Essen auf dem Tisch. Klara kochte nur abends und ließ ihr Mittagessen immer öfter ausfallen, weil sie so zunahm. Die Waage war wahrscheinlich kaputt. Laut ihrer Anzeige hatte sie seit Juni fast drei Kilo verloren, aber die Röcke und Hosen spannten trotzdem immer mehr. Mit dieser Kugel von Bauch schämte sie sich vor ihrem Mann. Und dann waren da auch noch diese ständigen Verdauungsstörungen, die Verstopfungen und Blähungen. Nachts quälten sie die Gase der Zersetzung, und sie traute sich kaum, neben Fritz einzuschlafen. Sie musste immer wieder aufstehen, damit er es nicht mitbekam. Es war so unwürdig. Ganz abgesehen von den Erschöpfungszuständen. Zehn Uhr dreißig, und sie saß müde in ihrem Wohnzimmer und überlegte, den Fernseher einzuschalten. Sie könnte eine der Seifenopern ansehen, die sie so mochte, aber ihre liebste war gerade abgesetzt worden. Nach vierundzwanzig Jahren einfach eingestellt! Klara hatte von einem Tag zum anderen ihre Familie verloren. Doch, doch, das war ihre Zweitfamilie, jeden Tag um sie, reich und schön und mit der wunderbaren Illusion von der großen Liebe im Schlepptau. Diese Menschen lebten in einer Welt, in der alles möglich schien und nicht einmal der Tod endgültig feststand. Klara war zusammen mit der Hauptdarstellerin vierundzwanzig Jahre älter geworden, als wären sie Schwestern, die Helle und die Dunkle, die Schöne und die Unscheinbare. Doch ab elf Uhr fünfundzwanzig, für nur vierzig Minuten am Tag, Montag bis Freitag, schlüpfte Klara selbst in die Rolle der umschwärmten, schönen Chefin eines Modeimperiums, der die Männer zu Füßen lagen, die in einem unbeschreiblichen Haus wohnte und vier Kinder hatte.

Klara dachte an das Döschen aus Alabaster, das Fritz ihr während eines Türkeiurlaubs gekauft hatte. Sie versteckte es in ihrer Nachttischschublade. Es war kein Schmuck darin, sie besaß kaum welchen. Es lag dort nur ein Zettel verborgen, den sie vor langer Zeit aus einem Magazin ausgeschnitten hatte. Nur ein Name stand darauf: Ruth. Das war hebräisch und bedeutete die Freundin, die Begleiterin. So hätte ihre Tochter geheißen, die sie nie bekommen hatte. Aber das war nicht Fritz' Schuld, dass sie nicht bei ihr war. Es sollte eben einfach nicht sein, und gegen die Natur lehnte man sich besser nicht auf, das hatte auch er gesagt.

Eine kleine weiche Hand legte sich gerade wieder auf Klaras. Sie war noch immer ganz winzig, denn Ruth überstand die Jahre als zärtliches Kleinkind in den Träumen ihrer Mutter und wiegte sich in Klaras Gedanken und ihrem verlassenen Schoß. Ihr Gesicht hätte sie malen können, wenn sie es denn gekonnt hätte – lustige Korkenzieherlocken, dunkel wie ihre, und die Augen von Fritz. Manchmal sprach sie mit der Kleinen oder sang Lieder mit ihr.

In der Häuserzeile gegenüber wohnte eine alleinerziehende Mutter mit ihrer Tochter. Das Mädchen war groß geworden, sie ging jetzt schon aufs Gymnasium. Klara traf die beiden hin und wieder im Supermarkt im nahe gelegenen Gewerbegebiet, dort, wo man günstig einkaufte. Sie hieß Marie, wie Klara gehört hatte, als ihre Mutter sie rief. Ein dünnes, dunkelhaariges Kind, mit dem sie ab und zu über die Schule sprach. Wenn Klara hinübersah, dachte sie oft an Ruth, aber manchmal verschwand ihre zärtliche Vision auch für Monate in ihrem kleinen runden Alabastersarg und entzog sich ihr.

Klara würde sich die Wiederholungen ansehen. Sie hatte etliche Folgen ihrer Soap auf DVD aufgezeichnet. So konnte sie an der Zeit schrauben. Zwei, drei Jahre zurück, zwei, drei Falten und Ernüchterungen weniger. Da war sie auch noch bei besserer Gesundheit gewesen. Dieser verfluchte Wechsel! Ihre Regel kam schon seit einiger Zeit nur noch ab und zu, dann aber heftig und von Schmerzen begleitet. Wenn Fritz sie nachts an sich zog, erstarrte Klara vor Angst, aber sie konnte ihn doch nicht immer abweisen. Und sie wollte ihn nicht ständig mit ihren »Wehwehchen« belasten, wie er es gern nannte. Das musste sich irgendwann mal einspielen. Wobei – wenn sie ehrlich war, hätte sie am liebsten mit Fritz gelebt, ohne mit ihm das Bett zu teilen. Sie wollte sich anlehnen, ihn um sich haben, aber das eine ... Warum war das nur so wichtig? Warum war Fritz nur so unsagbar gekränkt, wenn sie nicht mit ihm schlafen wollte, nach all den Jahren? Es war doch auch für ihn nur noch der immer gleiche, uninspirierte Ablauf, ohne jeden Zauber, ohne jede Erotik, die reine Funktion. Warum hing er nur so daran? Sie liebte ihn doch nicht weniger, nur weil sie nicht mit ihm schlief. In den Zeitschriften klagten oft ältere Paare, dass sie Probleme im Bett hätten. Die Männer versagten beim Sex und fühlten sich von ihren Partnerinnen unter Druck gesetzt. Klara hätte ihren Mann mit ungeteilter Zärtlichkeit überhäuft. Einer Zärtlichkeit, die sie so nicht wagte, weil er sie sofort als Aufforderung verstand. Warum gab es keine Liebe ohne Sex, keine Nähe ohne diese ultimative Vereinigung? Warum begriffen die Männer nicht, dass ihre Erwartungen Distanz schafften, weil viele Frauen sie nicht mehr erfüllen konnten? Warum war sie keine Frau wie die aus den Magazinen, die aus ihrer Seifenoper, die, egal, wie alt sie waren, immer Lust hatten auf ihre Traummänner? Immer, dreimal am Tag, im Büro, im Aufzug und im firmeneigenen Dampfbad!

Zehn Uhr zweiunddreißig, die Zeit verging einfach nicht. Sie verharrte und zementierte die Bedeutungslosigkeit einer perfekt gepflegten Wohnung, eines korrekt gelebten Lebens, in dem Klara Wiegand gefangen saß.

Müdigkeit, Rückenschmerzen – zehn Uhr dreiunddreißig.

Schon als Paul das Nebengebäude betrat, hatte er wieder diesen typischen Geruch von Verfall in der Nase und dem Unvermögen zu lüften. Der stand im Flur und hatte etwas Dumpfes. Die Luft war hier irgendwie dichter als draußen, obwohl die Anlage neu war, aber man gewöhnte sich nach einer Weile daran. Außerdem war der Ort, an dem die Gesellschaft ihren Niedergang verwahrte, immer dämmrig, selbst am hellen Tag. Paul war gleich an der Eingangstür auf eine alte Frau getroffen, deren verkrümmte Hände sich an einen Rollator klammerten. Er diagnostizierte im Vorübergehen eine chronische Polyarthritis und erwog unwillkürlich die Medikation. Im Haus war es still. Die übrigen Bewohner sinnierten offensichtlich auf ihren Zimmern in den sedierten Tag.

Als Paul die Tür seines Vaters öffnete, saß dieser in sich eingesunken in seinem Polstersessel und blickte über den kleinen Couchtisch hinweg ins Leere. Das gesättigte Warten zwischen Frühstück und Mittagessen. Paul legte Hut, Schal und Mantel ab und begrüßte ihn. Heinrich betrachtete seinen Sohn, murmelte etwas Unverständliches und lächelte. Es war gut möglich, dass er ihn heute erkannte.

»Es ist kalt«, hörte Paul ihn sagen. Das Sprechen machte seinem Vater einige Mühe. Er musste sich konzentrieren und versuchte klar zu artikulieren.

»Ja, eine Kaltfront ist im Anmarsch. Geht es dir gut?«

Heinrich nickte und blinzelte freundlich. »Jaja, gut. Es geht gut.« Er schien nachzudenken. Die knochigen Hände fuhren durch die Luft, als würde er etwas Gesagtes unterstreichen wollen. Seine Lippen bewegten sich stumm. »Sie kommt nicht«, murmelte er dann.

»Nein«, entgegnete Paul, »sie kommt nicht.«

Er stellte den Holzkasten auf den Tisch, setzte sich seinem Vater gegenüber, öffnete das Schachspiel und entnahm ihm den Leinensack mit den Figuren. Die weißen schob er Heinrich ohne ein Wort auf dessen Spielfeldseite hinüber, dann baute er seine auf. Er beobachtete ihn aus dem Augenwinkel und sah ihn freudig mit dem Kopf nicken. Es war nicht ganz vom Tremor zu unterscheiden, der ihn ohnehin immer leicht schüttelte, aber er sah doch ganz deutlich, dass sein Vater aufgeregt war. Er erkannte sein altes Spiel! Mit ungelenken, zitternden Händen stellte Heinrich seine Figuren auf.

»Die Türme müssen nach außen, Vater.«

Auch die weißen Läufer und Springer standen am falschen Feld, lediglich König und Königin waren richtig angeordnet. Paul korrigierte das für seinen Vater, doch dieser griff ärgerlich nach den Figuren und plazierte sie erneut in der Mitte der Bauern.

»Nein, so!«, sagte er dabei energisch. »So!«

Sieh einer an, da war er wieder, der alte Heinrich!

»Also so«, erwiderte Paul und ließ seine eigenen Figuren geordnet stehen. Er wollte gerade ziehen, da berichtigte ihn sein Vater.

»Weiß. Weiß beginnt, Junior.«

»Richtig, du hast recht.«

Paul war mehr als überrascht.

Der alte Mann saß plötzlich aufrecht in seinem Sessel und schob einen Bauern fünf Felder weit, geradewegs in die Reihe von Pauls hinein. Dann griff er sich eine von dessen Figuren und schmunzelte. Und Paul hatte sich noch Sorgen gemacht, dass er sich wieder bis aufs Hemd blamieren würde. Jetzt ging er selbst mit einem seiner schwarzen Bauern über vier Felder und parkte ihn vor Heinrichs falsch gesetztem Turm. Der nickte anerkennend und wich schräg zur Seite aus. Und genauso verlief das gesamte weitere Spiel, bis Heinrich »Gardez!« rief und Paul ohne ersichtlichen Grund, aber freudestrahlend die Dame vom Brett nahm. Immerhin, dachte Paul, die Dame! Die Partie endete, als Heinrich mit einem Springer an Pauls König heranrückte und ihn schachmatt erklärte. Sie hatten dieses absurde Spiel bis dahin fast dreißig Minuten lang gespielt, die Züge durch Denkpausen unterbrochen, in denen Pauls Vater die Figuren benannte und Koordinaten murmelte, die so wenig Sinn ergaben wie der übrige Verlauf.

Heinrich leuchtete nun förmlich, und auch wenn Paul das an frühere Niederlagen erinnerte, so berührte ihn diese Freude doch. Denn sie hatten zum ersten Mal miteinander und nicht gegeneinander gespielt, eine Partie, bei der das Erleben über die Strategie siegte. Sie hielt Heinrich für dreißig Minuten in der Gegenwart verankert, während ein wenig seiner alten Identität zurückkehrte. Paul hatte sie im wahrsten Sinne des Wortes aus dem Keller der Erinnerungen geborgen.

Und doch war es ein anderer, der Paul jetzt gegenübersaß. Heinrich war viel zugänglicher und beinahe glücklich in seinem Versagen. Kannte Paul seinen Vater überhaupt glücklich? Hatte er ihn je glücklich gesehen? Er erinnerte sich an Heinrichs Erfolge, beruflich wie beim Sport, und an die Auszeichnungen, aber an Glück?

Paul schob jetzt das Schachbrett zur Seite und legte seine Hand auf die seines Vaters. Und der plazierte die andere darüber, kommentarlos, minutenlang und unmerklich nickend, als würde er sich selbst eine gerade gewonnene Einsicht bestätigen.

In der Nacht des ersten Schnees breitete sich für einen wunderschönen Moment die Stille aus. Sie floss ganz langsam über das Draußen und griff nach Millis Herz. Dann kam das Leuchten, ein helles Licht, weißer noch als

Vollmondnächte. Und dann flirrten die ersten Klänge durch den einen Fensterspalt im Wohnzimmer, der offen stand, durch undichte Ritzen und lose Dachplatten über ihr im Speicher und unter den Türen hindurch ins Haus. Milli döste gerade im alten Slugg, in dem ihre Mutter immer ihre Strickarbeiten gemacht hatte, und schlug nun die Augen auf. Momo schlief fest auf dem Sofa. Ihr dicker schwarz-grauer Pelz hob und senkte sich leicht. Sie atmete schwer und pfiff leise durch die schwarze Lakritznase. Dabei zuckte sie mit einer Pfote und war offensichtlich auf Beutefang. Ihr breiter Bauch wogte über ein Kissen, das sie unter sich begrub. Kassiopeia war verschwunden. Das Feuer im offenen, breiten Kamin glimmte noch im Aschebett, und nebenan schlief Marie bereits seit zwei Stunden in dem Zimmer, das Milli ihr für die Gelegenheiten eingerichtet hatte, bei denen sie hier übernachtete. Andere Mädchen besuchten ihre Freundinnen zu Pyjamapartys, aber Marie kam zu Milli. Und ihre Mutter hatte sich inzwischen daran gewöhnt, dass sie hier so viel Zeit verbrachte. Manchmal, wenn sie noch spät Büroräume putzte, war sie froh, ihre Tochter nicht allein zu Hause lassen zu müssen. Milli war mittlerweile die Großmutter, die die Kleine nicht hatte. Etwas zu jung für den Posten, ja, aber eben der Funktion nach ernannt.
Jetzt setzte die ganze Symphonie ein, das zauberhafteste Harfenspiel, das Milli kannte. Der Klang von zartem Triangelschlag schwirrte dazwischen und winzige Glöckchen, wie Schlittenschmuck. Diese Aufführung hatte sie erwartet, denn sie hatte schon am Vormittag den kommenden Schnee gerochen, und sie irrte sich in diesen Dingen nie. Unvermittelt musste sie an Emma denken, die ihr einmal erzählt hatte, wie sehr sie den

Schnee liebte. Milli war ihr vor Jahren in Pauls Praxis begegnet und ab und an beim Einkaufen im Ort. Einmal hatte Emma Paul sogar zu einem Seminar begleitet, für das er sich gemeinsam mit Milli angemeldet hatte: »Homöopathie bei Erkrankungen aus dem rheumatischen Formenkreis«. Es fand an Millis liebstem Platz statt, wenn man von ihrem Jugendstilschatz einmal absah, einem Sternehotel, eineinhalb Autostunden Richtung Süden, den Alpen entgegen. Schloss Elmau war an die hundert Jahre alt und von einem Schriftsteller erbaut worden, der es als Refugium für seine Freunde und Leser geplant hatte. Milli sagte sein Name nichts, womöglich eine literarische Bildungslücke. Das riesige Haus war ein Ensemble mit hoher Fensterfront am großen Querbau sowie einem quadratischen, spitz zulaufenden Turm auf der Rückseite, allein für sich vor den Bergen gelegen. Und irgendwie war es unwirklich. In der direkten Umgebung gab es nur vereinzelt ein paar Anwohner nahe dem Spazierweg, der zu König Ludwigs orientalischem Haus hinaufführte. Architektur und Lage hatten sich gleichermaßen in Millis Herz gegraben, als sie dieses Hotel zum ersten Mal sah. Das war lange vor dem großen Brand vor sieben Jahren gewesen, dessen Bilder sie hatten verzweifeln lassen. Doch jetzt war es renoviert worden und so schön wie zuvor.

»Viel zu elitär! Ein aufgemotzter Kasten!«, hatte Paul damals befunden. Milli jedoch und Emma genossen die edle Umgebung, das Stöbern in den Bibliotheken, die Konzerte im hauseigenen Saal unterm Dach, die Abgeschiedenheit. Die beiden konnten kaum entscheiden, welcher Blick der schönere war, der hinaus in die damals dick verschneite Landschaft oder der in den Innenhof des Hotels.

Nachts leuchteten dort die Lichter hinter den unzähligen Fenstern – Kassettenscheiben, rechteckig, mit Rundbögen überbaut, großflächig oder einflügelig, drei Stockwerke hoch gestapelt oder sogar fünf, wenn man die zwei Etagen des hohen Dachgeschosses mitzählte. Die gelbe Fassade mit den weißen Stuckarbeiten strahlte erhaben in der Dunkelheit. Hier verschrieb man sich bis heute der Kunst, der Literatur und der Musik. Das ganze Jahr über wurde ein feines Kulturprogramm geboten. Mit dem Verkauf von ein paar Quadratmetern ihres Grundstücks hätte Milli in Elmau ihren Alterssitz nehmen können, was selbstverständlich überhaupt nicht in Frage kam! Aber man durfte doch mal träumen, während einem der Luxus die Sinne vernebelte.

Ein paar Jahre später hatte Paul Milli dann noch zu einer TCM-Schulung begleitet, fünf Tage Grundlagen der traditionellen Chinesischen Medizin. In dieser Woche ließ er sich in der Praxis vertreten, und Milli nahm keine Patienten an. Sie fuhren jeden Morgen mit Pauls Wagen ins Stadtzentrum, aßen in der Mittagspause in einem vegetarisch-veganen Imbiss, in dem er zu verhungern drohte, und beendeten den Tag mit unbarmherzigen Fachsimpeleien auf der Heimfahrt. Damals lebte Milli in einer festen Beziehung, der längsten, die sie bis dahin geführt hatte, und Paul öffnete sich ihr gegenüber immer mehr. Er war fröhlich, gar nicht mehr so zurückgenommen wie am Anfang, und er erzählte nun auch von Privatem. Wenn er mit Emma telefonierte, dann klang seine Stimme so sanft und zärtlich, wie Milli sie sonst gar nicht kannte. Ja, Emma war zauberhaft. Wunderschön und zauberhaft. Sie war kultiviert und lebendig und der Teil von Paul, der wirklich nach dem Leben griff.

»Rehlein, du musst aufstehen, es schneit!« Milli war zu Marie ins Zimmer gekommen und rüttelte leicht an ihrem Arm.
»Nein«, brummelte es aus der Decke, »nicht.«
»Aber wir müssen doch den Schnee begrüßen. Los, du kleiner Schlafsack, steh auf!«
Die halb geschlossenen Rehaugen blinzelten etwas. Milli sah Zweifel auf dem kleinen Gesicht durchs Halbdunkel scheinen.
»Du willst wirklich raus? Mitten in der Nacht?«
»Mitten in der Nacht! Ich will dir zeigen, wie Magie aussieht. Los!«
Sie hatten dicke Jacken, Schals und Mützen an. Marie trug ein Paar von Millis Handschuhen, die zu groß für sie waren, aber lammfellgefüttert. So wanderten sie durch dichtes Schneetreiben Richtung Planegger Holz, einem Waldstück am westlichen Ortsende. Natürlich waren sie ganz allein unterwegs, es war sicher schon nach Mitternacht. Die Flocken wurden jetzt immer dichter. Sie lagen auf ihren Mützen und Krägen und staubten beim Gehen leicht vor den Füßen. Marie hatte den ganzen Weg über kaum etwas gesagt, sie staunte nur immerzu in die verwirbelte Nacht.
»Hörst du das?«, fragte Milli sie irgendwann, als sie kurz stehen geblieben waren.
»Das Leise?«, erwiderte Marie. »Es ist leiser als sonst. Und langsamer. Kann man langsamer hören?«
»Bestimmt. Ich glaube, dass sich die Zeit gerade ausdehnt. Deshalb haben die Dinge in ihr und die Menschen mehr davon. Mehr Zeit. Und das scheint dann das Vertraute, nur langsamer.«
»Wieso dehnt sie sich aus?«

»Weil die Welt ganz tief Luft holt, wenn es schneit«, sagte Milli. »Mach das mal.«
Marie schnaufte kräftig ein, abwechselnd durch Nase und Mund, und schluckte dabei ordentlich Schneeflocken.
»Spürst du, wie sich dein Brustkorb dehnt, wenn du einatmest? So macht das die Welt auch. Und dann bläst sie die Zeit auf. Mit Schneeluft, das ist die beste.«
Marie sah Milli ungläubig an, lachte und stapfte weiter. Dabei schien sie selbst so leicht wie eine Schneeflocke zu sein, und offensichtlich war sie in Gedanken.
»Milli«, sagte sie nach einer Weile, »warum bist du eigentlich immer allein?«
»Bin ich das? Ich bin doch jetzt zum Beispiel nicht allein.«
»Nein, ich meine, warum hast du keinen Mann? Warst du mal verheiratet?«
Milli hörte die zaghafte Neugierde, die in Maries Frage lag. Offensichtlich wollte sie Milli nicht kränken. Andererseits war sie ein selbstbewusstes Mädchen, das durchaus direkt sein konnte.
»Nein. Aber es gab da schon ein paar Männer, mit denen ich gelebt habe. Nur mochte der eine mein Haus nicht so sehr, weißt du. Es war wohl irgendwie beklemmend für ihn, inmitten all der Familiengeschichte zu leben. Und ich war keinesfalls bereit, umzuziehen, wie du dir denken kannst. Und dann gab es einen, den mochte das Haus nicht. Das kann vorkommen, es hat ebenso seine Befindlichkeiten. Irgendwie hat mein Haus es geschafft, ihn über die Jahre zu verändern. Sagen wir, seine Lebensenergie war mit der der Gruberschen Residenz nicht kompatibel.«
»Also zwei Lebensgefährten?«

»Nun ja, zwei Gefährten und ein paar ... Begegnungen. Weißt du, Marie, es ist schon schwer, den Menschen zu erklären, wie ich die Welt sehe, wie ich sie empfinde. Wie ich jetzt zum Beispiel gerade den Schnee hören kann. Und wie ich Menschen heile. Das erklärt man besser nicht zu genau. Sie halten mich ja so schon für verrückt, also manche.«

»Aber mir hast du's doch auch erklärt. Und ich kann das verstehen«, erwiderte Marie bestimmt, wenngleich sie zugeben musste, dass Millis Sicht der Dinge und ihre ganz spezielle Wahrnehmung manchmal schon ziemlich schräg waren. Aber zumindest wurde einem an ihrer Seite nie langweilig.

»Du verstehst mich, weil du jung bist und gerade erst herübergekommen aus dem Himmel. Du ahnst sie noch, die Wunder. Und du bist unerschrocken, was nicht jeder von sich behaupten kann.«

Jetzt waren sie schon wieder auf dem Rückweg. Es wurde einem ganz schön kalt, selbst wenn man sich bewegte.

»Fühlst du dich manchmal einsam?«

Maries Frage rührte Milli sehr. Und tatsächlich wusste sie die Antwort nicht. Es gab Augenblicke, die waren leer, die waren so unbeschrieben und unausgefüllt wie ein zensierter Liebesbrief. Aber sie waren viel seltener geworden seit dem Tag am Gartenzaun, als das Rehlein in ihr Leben spaziert war. Seither hatte Millis Liebe sich so sehr verdichtet, dass sie darauf über alle Schluchten gehen konnte, die das Leben aufriss, wie über eine feste Brücke.

»Nein, ich glaube, ich bin nicht einsam. Allein, das schon, aber nicht einsam. Im Übrigen leben ja die pelzigen Vandalen jetzt bei mir. Und du manchmal.«

Marie spurte die letzten Meter an Millis marodem Gartenzaun entlang. Den musste sie dringend in ihre Inventurliste für Ausbesserungen aufnehmen.

»Wir trinken gleich noch heiße Schokolade, bevor ich dich wieder ins Bett stecke«, versprach sie dem verfrorenen Rehlein, »was meinst du?«

»Darf dann Momo zu mir ins Bett?«

»Na klar. Sie wird in der Zwischenzeit einmal durchs ganze Grundstück gelaufen sein und freut sich, sich nass und kalt, mit Schneeklumpen am Bauch, zu dir unter die Decke zu kuscheln. Genieß es!«

6. Dezember 2012

Lieber Paul,

so viele Lichter! In den Geschäften und Auslagen, an den kleinen Tannen der Vorgärten, in den blitzenden Augen der Kinder. Bald feiern wir, dass da einer geboren wurde, der die Welt verändert hat. Dabei rücken alle zusammen und kommen sich näher. Fremde Menschen, die einander die Hand reichen. Die die Ausgegrenzten, die Mittellosen und Unglücklichen stützen, wenigstens einmal im Jahr. Paul, lass meine Hand die sein, die Dich hält. Lass mich das Netz sein, in das Du stürzt, bevor Du unten aufschlägst. Du weißt heute vielleicht nicht mehr, wer Du bist. In dieser Zeit des glücklichen Gleichklangs möglicherweise noch weniger als an den anderen Tagen. Ich aber bewahre den, der Du warst, in meinem Herzen und halte ihn dort unversehrt. Den klugen, spöttischen Mann, der sein Gegenüber blitzschnell in Diagnosen klassifiziert, fragil und immer etwas verloren in der Realität. Den Uneitlen, den es nie interessiert hat, was andere über ihn denken, was ihn stark sein ließ, humorvoll und inspirierend. Den Scheuen, dessen Seele mehr Tiefen hat als alle Weltmeere. Oft überrascht er mit Kommentaren, die jeden noch so kleinen Anflug von Sentimentalität oder auch nur Mitgefühl vermissen lassen. Dann ist man geneigt zu prüfen, ob dieser schnöde Mensch, der einem da gegenübersitzt, überhaupt atmet, ob er einen Herzschlag hat. Doch sein Staunen über die Liebe, die die

Menschen bewegt, sein vorsichtiges Heranrücken an den warmen Weltenofen, der im Gemüt der Leute lodert, versöhnt augenblicklich. Eines Tages, Paul, wirst Du diesen Mann wiederfinden wollen. Dann erzähle ich Dir von ihm. Von seiner Großzügigkeit, seiner Treue und den hundert Seelenzimmern, in denen er heute noch gefangen sitzt. Ich messe die Zeit um Deine Traurigkeit nicht, lass sie maßlos sein. Wenn dieser Weg endet, das verspreche ich Dir, wird noch ein Quentchen Glück übrig bleiben.

Millicent

Auf der Bettkante im Zimmer 216 der gynäkologischen Station des Klinikums Großhadern saß die Angst und wühlte unvermindert in Klaras ausgeschältem Bauchraum. Die lange Narbe zwischen Schambein und Nabel verheilte gut, und doch würde sie Klara Wiegand nun für den Rest ihres nur mehr kurzen Lebens daran erinnern, dass der Tod sie schon in seine Liste aufgenommen hatte. Dreißig bis vierzig Prozent Überlebenschance in den ersten fünf Jahren. Also keine!
»Die letzten Ergebnisse der Biopsie sind da«, sagte Fritz gerade leise, um die anderen beiden Patientinnen nicht zu stören. Er saß auf einem Stuhl aus Stahlrohr mit Holzsitzfläche, eines dieser praktischen Modelle für öffentliche Gebäude, auf denen man es sich gleich gar nicht erst bequem machen konnte. Aber wer wollte das schon in diesen Zimmern, in denen der Tod seine Ernte einfuhr?
»Das sieht alles ganz gut aus, Klara. Dr. Koenig wird mit dir heute über die Chemotherapie sprechen.«
»Die mache ich nicht.«

»Was heißt das?« Fritz war ehrlich bestürzt. »Natürlich machst du die Chemo, das ist deine einzige Chance, Klara.« Er sah seine Frau so liebevoll an wie zuletzt in ihren ersten Ehejahren. »Du musst doch kämpfen. Und du schaffst das auch. Wir schaffen das.«
Wie lieb Fritz war, wie verwandelt. So umsichtig und rücksichtsvoll. Das war schön, ihn noch einmal so zu erleben. Nur, dass sie dafür sterben musste, verstand Klara nicht. Dass sie erst verschwinden musste, um ihm endlich nah zu sein.
»Warum sagst du denn nichts?«, fragte Fritz vorsichtig.
»Ich habe Angst.«
»Ja. Ja, natürlich hast du Angst. Ich doch auch. Aber die Prognosen sind gut. Und die Krankenkasse übernimmt alles, wir müssen uns da um gar nichts sorgen. Das läuft alles von allein.«
Ja, das tat es. Es lief alles von allein aus dem Ruder, aber dann würde es plötzlich anhalten. Wenn sie tot war. Die Krankenkasse würde sie bald nicht mehr mitschleppen müssen, als nicht zahlendes Mitglied, als Anhängsel eines Hauptversicherten.
Fritz beobachtete, wie Klara resigniert aus dem Fenster des vierten Stocks starrte.
»Silvester bist du wieder zu Hause, Schatz, das hat dein Arzt gesagt«, wollte er sie trösten. »Und dann geht's ambulant weiter.«
Ach ja? Was ging denn schon weiter? Übelkeit? Haarausfall? Völlige Lethargie? Sie war doch nicht blöd. Das brauchte ihr doch keiner zu erzählen, wie das ablief mit der Chemo. Ihre Eierstöcke, die Gebärmutter und etliche Lymphknoten waren entfernt und der ganze Bauchraum ausgespült worden. Sie hatten sie aufgeschnitten und aus-

geschlachtet wie ein Suppenhuhn. Und damit sie das auch nicht vergaß, brannte diese hässliche lange Narbe, die sie entstellte, wie Feuer. Klara hatte sie bei den Verbandswechseln gesehen.

»Ich hab dich im Stich gelassen, Fritz, nicht wahr«, entschuldigte sie sich. »Hast alles allein machen müssen, den ganzen Monat lang. Und wenn ich diese Chemo mache, tauge ich doch daheim zu gar nichts mehr.«

»Ich hab mir im Januar drei Wochen freigenommen«, erwiderte Fritz. »Ich nehme den Jahresurlaub, und dann im Februar bau ich Überstunden ab. Du musst jetzt nur an dich denken. Den Haushalt stemm ich schon. Hey ...«, er hatte sich übers Bett gebeugt und ihr einen Kuss aufgedrückt, »... du siehst hier den Key-Accounter vor dir, Schatz, die Schlüsselstelle im Unternehmen. Und jetzt bist du eben mal meine Unternehmung. Wirst sehen, wir schaukeln das.«

Klara wusste, dass Fritz' leichter Ton nur aufgesetzt war. Sie kannte schließlich jede Feinheit seiner Stimme, jede Floskel. Aber es war lieb, dass er es versuchte, ihr Fritz. Und wenn er sich so gut hielt, dann musste sie das wohl auch schaffen. Dann musste sie vielleicht wirklich wieder aufstehen und dem Tod entgegentreten. Sie musste ja nur die bleischwere Angst irgendwie abschütteln.

»Ich geh dann jetzt, Klara.« Er küsste sie und hielt ihre Hand. »Ich brauch sicher wieder ewig, bis ich unser Auto gefunden habe.« Klara nickte verständnisvoll. »Jeden Tag komm ich an einem anderen Ausgang raus«, beichtete er seine anhaltende Orientierungslosigkeit angesichts des riesigen Krankenhauskomplexes und seiner undurchsichtigen Einteilung in verschiedene Ebenen und Stationen – F9, H8b, Würfel IK auf Ebene 0, das ganze Alphabet rauf

und runter und alles in hilfreichen Farben gestaltet, die sich an den Wänden entlang oder dem Boden dahinzogen und ihm doch keinen Durchblick verschafften. Er zog leise die Zimmertür hinter sich zu und versuchte wieder einmal seinen Weg zum Parkplatz zu rekonstruieren.
Klara hatte nachgedacht, all die langen Nächte hier in diesem Bett, wenn die Schmerzmittel wirkten und sie das leichte Schweben der Droge an einen viel schöneren Ort mitnahm, an dem Ruth bei ihr war. Und sie hatte jetzt einen Entschluss gefasst. Sie würde das mit Dr. Koenig besprechen müssen und ihn hoffentlich überzeugen können, damit er Fritz überzeugte. Und sie würde etwas Geld brauchen. Wie viel wohl? Die Krankenkasse machte da sicher nicht mit. Aber das hatten sie ja, einen Spargroschen für Unvorhergesehenes.
Unvermittelt musste Klara schmunzeln. Da zog die Angst ihre toten Hände für einen Moment aus ihren Eingeweiden zurück und rückte ab. Nur ein Stück. Nur ganz kurz. Das Unvorhergesehene war es, das Klara lächeln ließ, denn es klang so bezwingbar. Wie eine Autoreparatur. Unvorhergesehen. Wie ein spontaner Möbelkauf. Oder Fritz' liebevolle Zuwendung. Unvorhergesehen. Wie der Krebs.

Es waren sanfte Stöße, die ihr Becken aufnahm, noch im Halbschlaf. Sein Rhythmus, der sie bewegte und atmen ließ. Seine Hände auf ihrer feuchten Haut. Es war sein gieriges Klammern an ihrer vertrauten Lust, in die sie ihn einhüllte und die ihn mitzog, mitriss, immer schneller, immer getriebener. Seine Finger umschlangen ihre Handgelenke und zwangen sie über ihrem Kopf in die zerwühlten Kissen. Etwas in ihm wusste, dass er sie mit aller

Kraft halten musste, und so ließ er ihr auch keinen Raum, außer dem, den seine Erregung ausfüllte. Durch seinen Körper pulsierte das pure Glück. Endlich spürte er sie wieder, endlich sah er wieder, wie die seidenen Laken sie umflossen wie flüssige Sahne mit dem Duft vom Weihnachtsmorgen. Am Höhepunkt rief er ihren Namen, rief ihn und flüsterte ihn, voller Dankbarkeit, voller Liebe und grenzenloser Erleichterung – bis er erwachte.

Es war der 24. Dezember, der Tag, an dem das Haus immer geschäftig vibrierte, Emma die letzten eiligen Einkäufe plante, so es der Wochentag zuließ und der Baum schon geschmückt im Wohnzimmer stand. Sie hatte den Vorabend damit verbracht, Eierlikör getrunken und aus den hundert Schachteln mit Kugeln jeder Form und Größe, klirrenden Schmuckketten, alten, filigranen Vögelchen und roten Zuckerstangen den Baumschmuck ausgewählt. Gold und Silber mit Rot im letzten Jahr und bunt im Jahr davor, das war ihr Biedermeierputz gewesen. Der Adventskranz bekam noch einmal neue Kerzen aufgesteckt, Emma hatte ihn selbst aus vielen kleinen Holzstücken zusammengesetzt und mit Engelshaar überflutet, diesem goldgelockten Metallgespinst, das sich um alles winden ließ, was nicht weihnachtlich genug glänzte. Es tauchte auch am Fenstersims in Blumentöpfen auf, in denen kleine blattlose Bäume überwinterten, deren Namen Paul sich nicht merken konnte. Allerlei Zinnfiguren von zarter Statur, dünne Anhängerchen aus Bienenwachs gegossen, Zimtstangen und Efeu teilten sich den Platz im Rund des Kranzes. Paul mochte seinen Duft. Auf den Fensterbrettern drängelten sich schon seit Wochen die Windlichter – ein Christbaum aus Blech, grüngolden lackiert, und die Häuserfront einer mittelalterlich anmutenden Stadt mit kleinen Butzenscheiben und Schneehauben auf den Dachgauben, hinter denen Teelichter flackerten. Schneekugeln und Spieluhren und Spieluhren als Schneekugeln und ein Elch aus Stoff, der »Jingle Bells« intonierte, etwas penetrant, wie Paul fand, belegten jeden freien Zentimeter des Wohnzimmerbüfetts. Der Elch, der doch eigentlich ein Rentier hätte sein müssen, verdarb ihm alle Jahre wieder die Laune, wenn er aus dem Keller auftauchte. Dicke rote Christsterne standen überall im Haus, und es wurde schon seit dem Vortag gekocht.

Sie war wunderschön. Emmas Freude war wunderschön. Sie war das, was Paul an Weihnachten wirklich liebte, ihre kindliche Freude, die nie nachließ, in keinem Jahr.

Doch nun war es still wie nach langem Schneefall, und die Nüchternheit griff nach allem, ganz besonders nach ihm. Paul wollte kurz auf den Friedhof und den Abend dann in seinem Zimmer unterm Dach verbringen. Vielleicht würde er heute sogar oben auf dem Sofa schlafen. Dieser Tag ging auch vorbei, er durfte nur nicht in andere Fenster sehen oder den Fernseher anstellen. James Stewart als George Bailey, im Kreise der Familie rührselig unterm Weihnachtsbaum schmachtend, und dieser untersetzte Engel, Clarence, wie er sich seine Flügel verdiente, das würde ihm heute den Rest geben. Oder irgendein langhaariges Bürschchen an Geige und Klavier, orchesteruntermalt. Nein, kein Fernsehen. Und auch besser nicht telefonieren, denn verlegene Gespräche mit Freunden wollte Paul genauso wenig erdulden.

Er würde seinen Vater besuchen. Paul hatte eine wunderschöne Aufnahme mit Mozartklavierkonzerten entdeckt, die schon 1974 von den Wiener Philharmonikern unter Claudio Abbado eingespielt worden waren. Sicher war die Aufführung seinerzeit schon als Schallplatte herausgekommen, doch er hatte sie bis dato nicht gekannt und sie deshalb gleich zweimal gekauft, für sich und seinen Vater. Der liebte klassische Musik genauso sehr wie er, und die blieb ihm, auch wenn sein Verstand schwand. Im Heim stand ein CD-Player in Heinrichs Apartment. Er selbst konnte ihn nicht bedienen, aber die Schwestern spielten für ihn Klassik, wenn er sehr unruhig wurde. Ja, das war ein guter Gedanke. Sie würden gemeinsam Mozart genießen, vielleicht zum ersten Mal richtig, denn Heinrich dozierte nun sicher nicht mehr über jedes einzelne Instrument so wie früher. Sie würden einfach nur Musik hören und die Zeit verstreichen lassen.

Als Paul am Nachmittag wieder nach Hause kam – die Gärtner hatten neue Blumen auf Emmas Grab gepflanzt –, da fiel sein Blick auf die Post, die er am Morgen hereingeholt hatte. Der zartblaue Brief, der täglich kam, war heute ausnahmsweise rot und hatte Engelaufkleber. Paul nahm ihn mit nach oben zu den anderen. Seit September kamen sie jeden Tag. Jeden Tag ein Brief, manchmal eine Karte. Lange Briefe, kurze, Sinnsprüche, Nachdenkliches, Alltägliches. Anfangs hatte Paul sie ungeöffnet in eine Schale geworfen. Den ersten hatte er erst Ende Oktober aus seinem Umschlag geholt, »das Schweigen füllt alles aus«. Ja, Millicent, das tut es. Dann hatte er sie einen nach dem anderen an zwei Tagen gelesen, und es war, als hätte ihn jemand im Arm gehalten, der nicht allzu fest zudrückte und doch Halt gab. »Gewiss erträgst Du jetzt auch keinen Zuspruch. Aber ich werde trotzdem hier sein, mit meinen Zeilen bei Dir sein, an jedem Tag.« Heute erst, den roten Umschlag in der Hand, wurde ihm klar, dass ihn dieser postalische Besuch stützte. Er wusste

nicht, ob das genügen würde, ob es überhaupt etwas gab, das ihn vor dem Vergehen retten konnte, aber diese Zeilen waren zurzeit das Einzige, worauf er sich freute. Diese Zeilen und die Musik. Jetzt hörte er oft Beethovens zweites Klavierkonzert. Das Adagio war die exakte Übersetzung seiner Gefühle. Worte konnten nichts beschreiben, das konnten sie noch nie. Sie froren das fließende Erleben in einen Augenblick ein, betonierten, was sich entwickelte. Sie waren so unzureichend. Wenngleich …
Paul hatte Goldflitter an den Händen. Er färbte von den dicken kleinen Engeln ab, die am Umschlag prangten. Goldflitter. Ganz langsam fuhr er sich durchs Haar und glaubte zu spüren, wie er sich verfing. »Das Zeug ist überall, Emmi. Wie sieht das denn aus!«, murmelte er glücklich und besah seine Hände. Dann wischte er bedächtig noch ein wenig von der glitzernden Erinnerung in seinen Pullover hinein, bis sie sich in den Maschen verfing, und saß lange nur da in seinem dunklen Ledersessel, Millicents Brief in der Hand.

24. Dezember 2012

Mein lieber Paul,

das ist wieder so ein Tag, den Du nicht beginnen willst, und der nicht endet. Einer, an dem sie überall ist und doch nicht da. Die Erinnerung ist an diesen besonderen Tagen noch unbarmherziger als sonst und die Einsamkeit maßlos. Du weißt, mein Haus steht offen. Du brauchtest nur zu läuten, zu jeder Zeit, und hereinzukommen. Hier brennen unzählige Lichter, der Baum duftet, und die Geschenke fürs Rehlein liegen darunter. Sie wird wie immer am ersten Weihnachtstag darüber herfallen und mich mit ihrem wundervollen Staunen beschämen. Natürlich gibt es auch ein Geschenk für Dich. Ich habe damit nichts zu tun, das ist der Weihnachtsmann, Du kennst ihn ja, den alten, senilen Gesellen. Irgendwie fällt ihm doch jedes Jahr etwas für Dich bei mir aus der Tasche. Wahrscheinlich im Zuckerrausch, die vielen Plätzchen, Du verstehst. Aber das soll Dich nicht drängen. Es wartet auch geduldig das Jahr über, wird sich zu Deinem Geburtstagsgeschenk im Januar dazugesellen und meinen Kaminsims zieren. Vielleicht löchert mich das neugierige Rehlein ein paarmal, was wohl drin ist, aber wie soll ich das wissen?
Ach, Paul, Du solltest sie sehen. Sie wird so groß und schön. Sie ist von solcher Makellosigkeit, innen wie außen. Und sie lernt jeden Tag. Mittlerweile interessiert sie sich für die Astrologie. Und sie will so viel über meine Arbeit wissen. Sie ist fasziniert von der Medizin. Du

hättest Deine Freude an dem Kind. Wenn sie sich zum Studium entschließt, wirst Du das betreuen. Vor drei Wochen erst hat sie Frau Beckmann im Keller entdeckt. Du erinnerst Dich vielleicht an das anatomische Modell, das Du vor Jahren aus Deiner Praxis verbannt hast und das ich mir gegriffen hatte? Marie meinte, dieses Knochengerüst sehe ihrer Biologielehrerin ähnlich, und so wurde Frau Beckmann daraus. Ich musste die Gute nach oben schaffen, in die Küche (!), ich will meine Patienten schließlich nicht verstören. Und dulde die Dame weder im Wohn- noch im Schlafzimmer, das ist ja wohl klar. Seither lernt mein kleiner Zimtstern, während ich koche, jeden abgenagten Knochen dieses klapprigen Gespenstes auswendig. Auf Deutsch und Latein!

Hast Du den Tag noch vor Dir? Geht er schon zu Ende? Ist es schon dunkel draußen? Trink ein Glas Wein, aber bitte nur eines. Sieh Dir alte Fotos an. Ja, wirklich, Du kannst ja doch nicht davon. Schlag die Alben auf, und hol Deine Emma zurück. Betrachte die Vergangenheit genau. Betrachte das Glück und fühle es. Es ist immer noch da, und es wird bei Dir bleiben. Nimm Deinen Schmerz, betrachte ihn und urteile nicht. Lass all die Gefühle vorbeiziehen. Halte nicht fest, stemm Dich nicht dagegen, betrachte Deine Wut und Traurigkeit und lass sie ziehen. Verschließ Dich nicht. Das ist der Weg der Alchemie. Um reines Gold zu gewinnen, wird große Hitze gebraucht. Die Reaktion ist gewaltig und wird vielmal wiederholt. Hab den Mut, Paul, diese Wandlung zuzulassen.

Millicent

Marie saß auf dem Boden vor Millis gewaltigem Weihnachtsbaum und zog an der Schleife ihres Geschenks. Heute am ersten Feiertag hatte sie sich feingemacht. Sie trug einen roten, kurzen Schottenrock mit passender Strumpfhose und eine weiße Bluse mit Strickweste darüber. Die langen Haare waren offen, was selten vorkam. Sie flossen wie ein Wasserfall über ihre Schultern und verdeckten das halbe Gesicht. Trotzdem witterte Milli leichten Unmut.
»Alles in Ordnung, kleine Stinkmorchel?«, fragte sie deshalb. »Du wirkst heute irgendwie missmutig.«
»Die Mama hat mich gestern Abend in die Weihnachtsmesse geschleppt«, erklärte Marie.
»Aha.«
»Wir sind da durch die Nacht gelaufen, und sie hat dauernd erzählt, wie schön alles ist und wie sehr sie das mag, dass die Leute an Weihnachten alle so nett miteinander sind und sich umeinander kümmern und so.« Marie rollte mit den Augen. »Und in der Kirche hat sie mir dann jede einzelne Kerze gezeigt und die Krippe, und die festliche Stimmung fand sie auch so toll. Sie hat dauernd gesagt, wie glücklich sie ist. Das war furchtbar!«
Milli war überrascht. Marie liebte doch den ganzen Weihnachtszauber.
»Es war furchtbar?«, fragte sie deshalb verständnislos nach. »Echt?«
»Nein, Milli, du verstehst das nicht«, erwiderte Marie mit Nachdruck. »Es war wunderschön, aber je mehr die Mama geredet hat, umso weniger mochte ich's. Da war plötzlich gar kein Zauber mehr.«
»Ach so.« Milli begriff. »Der Fisch und der Löwe im Sonnenuntergang.«

»Nein, ich und die Mama in der Kirche«, korrigierte Marie, und Milli musste schmunzeln.

»Also, du bist im Sternzeichen der Fische geboren, und deine Mama ist Löwe, so weit folgst du mir doch, oder?«, fragte sie daraufhin, und Marie nickte. »Dann pass auf, gleich verstehst du's. Fisch und Löwe sitzen auf einem Berggipfel und schauen in den Sonnenuntergang. Und da denkt sich der Fisch: Wow, wie schön. Diese herrlichen Rottöne, wie die so ineinander verschwimmen. Und der warme Wind auf der Haut und die Stille. Ich liebe diese Stille. Der Fisch ist glücklich, denn er mag Sonnenuntergänge, und dass auch noch der nette Löwe neben ihm sitzt, macht daraus einen perfekten Moment.«

Marie kämpfte noch immer mit dem Geschenkband. Es einfach aufzuschneiden kam für sie nicht in Frage, diese Bänder wurden von ihr wiederverwendet.

»Hörst du mir noch zu?«, erkundigte sich Milli.

»Ja, klar.«

»Also weiter. Der Fisch ist glücklich, da sagt der Löwe zu ihm: ›Du, Fisch, siehst du, wie herrlich die Rottöne am Horizont ineinander verschwimmen? Und spürst du auch den warmen Wind? Der ist so angenehm. Und hör mal.‹ Jetzt macht der Löwe eine Pause. ›Hörst du die Stille?‹ Der Löwe ist total euphorisch. ›Dass du jetzt bei mir bist, Fisch, macht den Moment perfekt‹, sagt er.«

Marie war beim Geschenkpapier angekommen. Sie wollte es möglichst unversehrt abziehen.

»Weißt du«, sprach Milli weiter, »der Löwe kann den Moment eben erst richtig spüren und für sich fassen, wenn er ihn genau benannt hat. Wenn er ihn mit seiner Beschreibung, mit den Worten festgeklopft hat. Aber für

den Fisch ist es andersherum. Für den bricht genau dann alles zusammen, denn für ihn ist die Magie dahin, sobald sie einer in eine Form zwängt und am Fließen hindert. Und ich glaube, das ist dir gestern passiert.«
»Das ist Wahnsinn!«, rief Marie total aufgeregt.
»Wirklich, so gut hab ich's getroffen?«
»Nein, das Geschenk! Das ist Wahnsinn! Alle Potterfilme, eins bis sieben. Hast du schon vorgeschaut?«
»Wie sollte ich?«, entrüstete sich Milli. »Der Weihnachtsmann hat sie dir ja gerade erst gebracht.«
»Klar, der Weihnachtsmann. Ich bin schon zwölf«, sagte Marie vorwurfsvoll.
»Und ich bin eine Hexe. Da ist doch wohl so manches möglich!«
Milli warf theatralisch ihren Schal über die Schulter, den Marie für sie gestrickt und unter den Baum gemogelt hatte, ein lustiges grünes Ding, das aussah wie eine Schlange. Sie überlegten, noch ein paar Augen darauf zu sticken und eine rote Zunge anzunähen.
Doch Marie war abgelenkt, sie forschte unterm Weihnachtsbaum nach weiteren Päckchen. Milli hatte es mit der Höhe der Tanne mal wieder übertrieben, was bedeutete, dass sie am Vortag den ganzen Nachmittag über mit dem Baumschmuck beschäftigt gewesen war. Hier tummelten sich zwischen feinstem altem Zauberkram, schon von der Großmutter angeschafft, ein Skateboard fahrendes Weihnachtsschwein mit Schal und Mütze, ein Krokodil im roten Mantel, dem ein Bäumchen zwischen den Zähnen klemmte, und allerlei Elche in fabelhaften Kostümen, die so ungemein kitschig waren, dass selbst Milli jedes Jahr aufs Neue die Luft wegblieb, wenn sie sie aus den Kisten holte. Es war

klar, wer auf diversen Weihnachtsmärkten in den letzten Jahren an Millis Seite diesen bunten Blödsinn zusammengesammelt hatte.

Marie sah schon wieder irgendwie ernst drein. An mangelnden Geschenken konnte das nicht liegen. Milli ahnte, dass sie in Gedanken ganz woanders war, irgendwo zwischen der nächtlichen Weihnachtsmesse und einem Berggipfel im Sonnenuntergang. Gleich würde eine dieser typischen, scheinbar zusammenhanglosen Rehleinfragen kommen.

»Milli, kannst du mit Toten reden?«

Um Himmels willen!

»Schon, aber sie antworten nicht.«

»In den Rauhnächten, jetzt, zwischen Weihnachten und dem Dreikönigstag, öffnet sich das Reich der Toten, und wir können mit den Geistern Kontakt aufnehmen«, erklärte Marie ungerührt.

»Wer sagt denn so was?«

»Das hat die Mama erzählt, gestern am Heimweg von der Kirche. Das glauben die Leute schon ganz lange, hat sie gesagt. Du musst das doch wissen.«

»Rehlein, ich reite doch aber nicht auf einem Besen durch die Luft. Diese Art Hexe bin ich nicht. Obwohl das mit dem Besen seit Harry Potter bestimmt gesellschaftsfähig ist«, überlegte Milli laut. »Im Übrigen ist die Welt der Seelen nicht irgendwo außerhalb und getrennt von uns. Sie ist hier«, Milli deutete auf ihr Herz, »hier in uns drin. Solange wir an die Menschen denken, sie vermissen, lieben oder auch hassen, solange wir auch nur irgendeine Korrespondenz mit ihnen führen, sind sie da. In genau der Energie, die wir für sie empfinden. Sie sind hier und gleichzeitig in jeder anderen Dimension.«

»Was?« Marie blickte fragend.
Milli musste nachbessern. »Nun, eben überall, wenn du einen Ort brauchst. In dir, mir, diesseits, jenseits. In der Liebe.«
»Das klingt aber nicht nach Spukgeistern.«
»Nein, wohl eher nicht. Aber ich könnte mir denken«, Milli hatte plötzlich einen tückischen Gesichtsausdruck, »wenn ich jetzt ganz plötzlich tot umfallen würde …« Sie verdrehte die Augen.
»Genau, weil dein Schal nämlich lebendig geworden ist und du seine Beute bist!«, ergänzte Marie.
»Richtig, weil mein Rehleinschal mich also dahingerafft hat. Dann würde ich vielleicht in der Nacht an deinem Bett sitzen und dir beim Schlafen zusehen und mit dir deine Träume träumen. Ich fürchte nämlich, mich würde die Sehnsucht mit Gewalt halten.«
»Das ist in Ordnung, Milli. Das darfst du.«
Marie war während ihrer Unterhaltung zu Milli aufs Sofa gekrochen und hatte sich angekuschelt. Sie war wirklich ein sanftes, kluges kleines Geschöpf, das freilich auch ordentlich explodieren konnte. Und das die Menschen begeisterte. Sie war wie die Erde, um die alle anderen wie Satelliten kreisten. Milli strich ihr übers Haar und dachte einen Moment, dass es nach Veilchen duftete, ganz zart, aber es war nur der unbestimmte Duft, der sich schon gestern im ganzen Haus zwischen Zimt und Schokolade gelegt hatte. Eine Erinnerung an die Granny.
Momo, die dicke Coon-Katze mit dem buschigen Fell, von der Milli überzeugt war, dass sie bald in eine andere Gattung mutieren würde – sie dachte an einen Waschbären –, hatte schon vor dem Frühstück drei Christbaumkugeln vom Baum geangelt und raste gerade damit

durchs Wohnzimmer. Sie war wie einer dieser Hobbits aus dem Auenland, die auf ihrem ersten und zweiten Frühstück, dem Elf-Uhr-Imbiss, dem Mittagessen, dem Vier-Uhr-Tee, dem Abendessen und einem Nachtmahl bestanden, aber trotzdem tapfer in die Schlacht zogen. Was wiederum bedeutete, dass das ein oder andere gehegte Teil aus Millis Haushalt das Zeitliche segnete – kleine Lampen, Vasen, Bilderrahmen. Momo war nicht eben zimperlich, wenn sie sich Platz verschaffte oder auf der Suche nach Spielzeug war. Und die Art, wie sie jetzt gerade den Baum anpeilte, mittlerweile von der Lehne des Polstersessels aus, ließ nichts Gutes ahnen. Milli hätte ihn vielleicht besser unter der Decke vertäut. Kassiopeia, ihr weniger gefräßiges Tigerchen, saß auf einem der tiefen Fensterbretter, auf denen bestickte Kissen lagen, und schaute in den Garten hinunter. Schwarzgrau wiegten sich dort die Zweige im kraftlosen Wind. Der Schnee war wie immer nicht liegen geblieben, der kurze Kälteeinbruch vorüber. In der Stadt gab es seit Jahren kaum mehr Schnee um die Weihnachtszeit. Doch Milli hatte sich bescheiden abgefunden. Wenn am Nachmittag in ihrem Kamin ein Feuer brannte und die Kerzen angezündet waren, wenn das Draußen in allen Blautönen langsam in die Nacht sank, so wie in der blauen Stunde auf Roger Frys Bild, dann war ihr winterlich genug zumute. Und wenn dann auch noch Marie hier war, weil sie übernachten durfte, war Milli sogar glücklich. Alles schien beschützt, bewahrt und versorgt. Wenn der Tag zu Ende ging und das Rehlein drüben schlief, wenn das Haus sie geborgen hielt, war Millis Welt rund.

Wie war ihr dieses Zauberwesen nur zugewachsen?

Paul war durch Zufall an dieses Grab geraten. »Zufälle sind ein Trick von Gott, um die Physik zu erhalten«, hatte Millicent gerne gesagt. Sie war so beunruhigend anders. Ihre Intuition erstaunte ihn immer wieder und ihre unkonventionelle Art. Dabei war sie wie sonst niemand dem Alten, der Tradition und der Vergangenheit verbunden. Verpflichtet vielleicht sogar. Sie pflegte und verwaltete das Vergängliche. Sie war immer fröhlich und trotzdem einsam, das glaubte er jedenfalls manchmal. Das musste sie doch sein, oder? Paul konnte sich in all der Zeit, die er Millicent kannte, nur an eine längere Beziehung erinnern, aber er hatte diesen Mann nie kennengelernt. Merkwürdig. Dabei war sie klug und hübsch auf ihre eigene Art. Ein wenig größer als er, deutlich größer als Emma, aber er sah sie immer nur in flachen Schuhen, schlank und doch weiblich und irgendwie unaufgesetzt. Sie trug ihren Lidstrich kräftig, was ihre grünen Augen unterstrich, und ihr wildes blondes Haar band sie gern unprätentiös aus dem Gesicht. Erste weiße waren darunter. Was hatte sie gelacht, als er sie vor etwa zwei Jahren im Café an ihr entdeckte. »Du lügst doch, alter Mann!«, hatte sie unschicklich laut gerufen und einen Taschenspiegel hervorgezaubert, um es zu überprüfen. Alles in allem aber war es nicht Millicents Aussehen, das sie anziehend machte. Auf der Straße drehte sich wohl keiner nach ihr um. Es war ihre liebevolle Ausstrahlung, die man erst beim zweiten Hinsehen erkannte. Sie berührte die Menschen mit ihren Blicken und gewann sie durch ihre Art, zuzuhören. Sie war aufmerksam, neugierig und kombinierte blitzschnell. Was sich Paul selbst noch als ungeordnete Verstrickung seiner Ganglien präsentierte, ungelöst, hatte sie schon beim ersten Betrachten entwirrt. Durch Millicents Augen sah das Leben lebbar aus. Und dabei war sie, wie er bald wusste, keine Esoterikerin im eigentlichen Sinn, obwohl sie Karten legte und die Astrologie zu Rate zog. Das war befremdlich. Sie las viel, fragte noch mehr und komponierte alle ihre verrückten Fähigkeiten und Ansichten zu einer kompetenten Symphonie. Darüber hinaus war sie der einzige Mensch, außer Emma natürlich, der sich so sehr um ihn bemühte und ihm verbunden war. Warum das so war, erklärte sich Paul nie. Anfänglich hielt er ihr Interesse für ein berufliches Strohfeuer. Dann glaubte er, dass sie einfach allein war und einen Freund suchte. Nur warum ihn? Einen langweiligeren Menschen gab es doch auf der ganzen Welt nicht. Als dann die Jahre über ihre Freundschaft hinwegzogen, hatte er es aufgegeben, sich die Anwesenheit dieser Frau in seinem Leben erklären zu wollen. Und ein wenig schmeichelte ihm ihre ungebrochene Aufmerksamkeit auch. Irgendwie war sie ihm wie ein leichter Mantel zur zweiten Haut geworden. Man fror nicht gerade, wenn man ihn beim Ausgehen an einem Frühlingstag vergaß, aber der kühle Wind erwischte einen doch ungeschützter.

Und nun stand Paul hier an Millicents Familiengrab, jedenfalls dachte er, dass es das war.

Ernestine Gruber, geborene Wegener
28. November 1865–17. April 1952

Privatbankier Arthur Gottfried Gruber
17. März 1884–8. April 1974

Vincent Gottfried Gruber
11. April 1932–31. August 1985

Alice-Luise Gruber, geborene Middleton
21. Juni 1938–31. August 1985

Anne-Marie Gruber, geborene Aigner, Bankierswitwe
24. Dezember 1899–5. März 1986

Das war unfassbar! Das hatte er nicht gewusst. Millicent musste damals zwanzig gewesen sein, nein, einundzwanzig. Sie war zehn Jahre jünger als er, das konnte er sich mit seinem löchrigen Gehirn gerade noch merken. Sie hatte mit einundzwanzig auf einen Schlag beide Eltern verloren und es nie erzählt. Er hatte aber auch nie gefragt. Warum? Er dachte immer, dass sie eben sehr alt gewesen waren. Dass sie Millicent erst spät bekommen hatten. Aber nicht einmal, als seine Mutter vor gut drei Jahren gestorben war und sie viel über ihren Tod und seinen Verlust gesprochen hatten, erwähnte Millicent etwas. Warum hatte er nicht gefragt? Er konnte gar nicht begreifen, wie ignorant er manchmal war. Sie hatte beide Eltern verloren, an einem Tag, das konnte nur ein Unfall gewesen sein. So wie bei Emma ein Unfall. Wie konnte das sein?
Millicent lebte also schon seit siebenundzwanzig Jahren mehr oder weniger allein in diesem riesigen Haus. Paul hatte sie irgendwann Anfang der neunziger Jahre kennengelernt. Es gab keine Geschwister, die Großeltern lebten ebenfalls nicht mehr, nur ein paar weitläufige englische Verwandte aus der mütterlichen Linie. Aber ob Millicent Kontakt zu ihnen hatte? Er wusste es nicht. Was wusste er denn überhaupt?
O Gott, das Leben war eine Aneinanderreihung grässlicher Ereignisse und trostloser Episoden. Es war eine einzige faulende Gärung, Moder, Verwesung. Ja, genau so

brachte es immer neues, nutzloses Leiden hervor, indem es das alte verdaute und aus dem Humus neues Erdulden gebar. Wozu sollte das gut sein? Und warum sollte man warten, bis man knietief drinstand im Morast? Sollte man nicht besser gehen, solange man sich noch einen Rest Würde bewahrt hatte? Solange man noch nach Mensch roch und nicht nach Exkrementen? Gehen und sich dazulegen zu denen, die es hinter sich hatten?
Zu dir, Emmi. Ich möchte zu dir. Dahin, wo du jetzt bist. Und ich will nicht warten, Emmi, versteh das doch. Ich kann nicht mehr warten.

Der Gehängte war verschwunden. Heute beschrieben Millis Tarotkarten also nicht das Thema des Stillstands, des Gefesseltseins an seine Gefühle oder die Umstände. Der Gehängte, der, an den Füßen aufgeknüpft, kopfüber hilflos am Galgen baumelte, konnte sich nämlich selbst nicht befreien. Diese Karte riet geradewegs zur Tatenlosigkeit. Sie zeigte den Treibsand, in dem der Fragende steckte. Je mehr er sich wehrte, umso tiefer geriet er hinein. Und dieser hilflose Mensch war Pauls zentrales Bild der letzten vier Monate gewesen. Milli war ihm immer wieder begegnet, wenn sie die Karten nach ihm befragt hatte. Und den acht Kelchen, den Wassern der Resignation. Ein vermoderter See war auf den meisten Darstellungen zu sehen, über dem die Dämpfe von Fiebersümpfen dahinzogen. Die acht Kelche lagen auch heute wieder hier, doch diesmal neben dem Tod und dem Turm. Der eine symbolisierte das Werden und Vergehen und der andere die Zerstörung der Form. Zu allem Überfluss kamen dann aber auch noch der Abschied und ein gewaltsames Ende dazu, denn Milli hatte zuletzt die zehn Schwerter

aufgedeckt. Erst hielt sie es für das Unfallthema, Emmas Unfall, das plötzliche, gewaltsame Ereignis. Möglicherweise durchlebte Paul es heute, zur Jahreswende, noch viel intensiver als sonst. War das möglich? Milli legte die Karten ein zweites und ein drittes Mal, aber die zehn Schwerter kehrten immer wieder. Das beunruhigte sie zutiefst. Sie telefonierte deshalb mit Fanny, um sie um Rat zu fragen. Zwar war sie im Tarot nicht ganz so bewandert, aber sie hatte einen unverbauten Blick auf die Sache, und etwas Abstand konnte hier nicht schaden. Trotzdem brachte dieses Gespräch Milli nicht weiter.
Bereits am Vormittag hatte sie Paul geschrieben, ihre Sorge aber nicht erwähnt.

31. Dezember 2012

Mein lieber Paul,

das ist heute die Silvesternacht. Ich verbringe sie wie immer zu Hause ...

Tatsächlich war sie zum Stundenwechsel, um Mitternacht, immer draußen. Sie saß dann unter der großen Eiche und sah durch das kahle Baumdach in den feuerwerkserhellten Himmel. Die Magie des neuen Jahres war mehr ein Gedankenexperiment. Man konnte gleich von Anfang an alles besser machen, eventuell. Diese Nacht hatte aber keine eigene Zeitqualität. Sie war willkürlich, kalandarisch festgelegt und entsprang nicht dem Biorhythmus der Menschen wie die Voll- oder Neumondnächte oder Sommer- und Wintersonnenwende. Doch dafür roch sie wie keine andere nach Schwarzpulver und Hoffnung.

Ich verbringe sie wie immer zu Hause. Und Du, gefangen in der Erinnerung. Emma ist bei Dir, in ihrem schönsten Abendkleid. Sie trägt die Ohrringe, die Du ihr zum letzten Hochzeitstag geschenkt hast, die mit den Amethysten. Und ihr Lachen ist so lebendig wie die tanzenden Bläschen im Champagner. Sie verspricht Dir ein glückliches neues Jahr, allein durch ihre Anwesenheit. Denke nicht, dass Du sie loslassen müsstest. Nur sollten wir die Seelen nicht zu lange in die Dunkelheit unserer Traurigkeit einsperren, es schwimmt sich nicht gut im salzigen See der Verzweiflung. Die Seelen sind

weit und frei wie das Universum. Wir halten nur mehr den Zipfel ihrer wehenden Existenz in Händen, und doch vermögen wir sie zu binden. Entlasse sie aus Deiner Nacht, Paul. Ihre Liebe verliert sich nicht.
Damals, als meine Eltern starben, hatte ich einen Traum. Sie waren zurückgekommen und wieder im Haus. Ich hab sie oben am Ende der breiten Treppe gesehen, als rundes Licht, wie ein großer Feuerball. Und als ich hochging, auf das Leuchten zu und sogar mitten hinein, da wusste ich genau, dass sie es waren, körperlos und vertraut. Ich war in dieser Nacht so glücklich, Paul, so glücklich wie nie zuvor in meinem Leben. Ich war umhüllt von ihrer Liebe. Und als ich dann aus diesem Traum erwachte – und glaube mir, es war gar kein Traum, es war die Wirklichkeit auf einer anderen Ebene unseres Daseins –, da wusste ich, dass es jetzt weitergehen würde, denn ich konnte wieder fühlen. Ich hatte meine Tränen und mein Lachen zurückbekommen. Meine Eltern waren hier, um sich zu verabschieden, aber ihre Liebe haben sie dagelassen.
Wenn Dein Herz irgendwann wieder schlägt, Paul, und Du die Tür zu jenem Seelenzimmer auftun kannst, in das Du Deine Emma eingeschlossen hast, dann wirst auch Du diese Liebe spüren. Hab Geduld und akzeptiere, was geschehen ist. Und sei nicht bös, dass ich all das von Dir verlange.

Millicent

Sie hätte diesen Brief schon gestern schreiben sollen, ihre Zeilen würden ihn jetzt erst im neuen Jahr erreichen. Aber vielleicht zogen die Tage um ihn ohnehin so unbe-

schrieben vorbei, dass er es gar nicht bemerkte, dass er den Jahreswechsel nicht einmal zur Kenntnis nahm.
Milli kam am frühen Abend von einem langen Spaziergang zurück, trank eine Tasse Mandelmilch und mischte erneut die Karten. Sie war über eine Stunde in die Dunkelheit hineingelaufen und hatte auf dem langen Weg entlang der Würm keine Antwort gefunden. Zehn Schwerter. Das absichtlich herbeigeführte Ende. Man zog einen Schlussstrich, schloss bewusst mit einer unerträglichen Situation ab, kündigte oder trennte sich.
Milli wollte es wirklich nur noch ein allerletztes Mal versuchen. Deshalb zog sie erneut aus den achtundsiebzig großen und kleinen Geheimnissen, die ihrem Namen heute alle Ehre machten, sieben Karten. Doch das Orakel blieb stur, Milli bekam einfach keine weiteren Hinweise. Vielleicht würde Paul nicht mehr in seine Praxis zurückkehren, spekulierte sie, oder er würde umziehen? Das Haus war zu groß für ihn allein, wenngleich die Geister es zurzeit noch füllten. Er wollte offensichtlich etwas beenden … aber das konnte ja auch etwas Gutes bedeuten.
Den Abend über las sie und öffnete eine Flasche Champagner. Die würde sie allein nicht leeren, aber es schmeckte so vertraut nach den Festen mit den Eltern und deren Freunden, als vor Jahrzehnten noch Musik durch die Zimmer gedrungen war.
Die ersten Böller knallten, es war etwa neun, halb zehn. Sie schaute durchs Zimmer, wo die Katzen ineinander verschlungen nah beim Feuer lagen und sich gegenseitig putzten.
Doch diese Behaglichkeit stimmte nicht. Etwas in Milli schrie ganz laut um Hilfe, und sie konnte sich dieses Gefühl nicht erklären. Die Unruhe war schon den ganzen

Tag über da gewesen, aber sie hatte sie nicht benennen können, und sie war zuvor auch nicht so drängend gewesen wie jetzt. Irgendetwas hatte sie übersehen.
Angst! Da war plötzlich diese namenlose Angst, und ihr Herz raste. Sie atmete schwer, der Schweiß stand ihr auf der Stirn. Das war doch verrückt! Sie bekam gerade einen Herzinfarkt oder wenigstens eine Panikattacke, von einer Sekunde zur anderen. Sie griff zum Telefon, sie musste Hilfe rufen. Doch als sie die Zahlen tippen wollte, 112, da wusste sie es plötzlich. Das war nicht ihre Angst, nicht sie starb da gerade, er war es.
Zitternd wählte sie Pauls Nummer. Das Freizeichen war zu hören, aber niemand hob ab. Sie versuchte es noch einmal. Nichts. Sie blätterte eilig in ihrem Telefonregister und versuchte eine andere Nummer.
»Sager?«
»Gott sei Dank, dass ich Sie erreiche! Sophie, bitte fragen Sie nicht, wie ich das wissen kann, aber etwas stimmt nicht mit Dr. Ebner. Ich habe heute schon den ganzen Tag so ein schreckliches Gefühl. Ich glaube, er tut sich etwas an.«
»Soll ich rüberfahren? Und klingeln?«
»Ich weiß nicht. Er geht nicht ans Telefon. Haben Sie einen Schlüssel?«
»Nein. Seine Schwägerin hat einen. Soll ich sie anrufen?«
»Ja, bitte rufen Sie sie an. Ich weiß nicht, was Sie ihr sagen sollen, aber sie muss zu ihm rüber! Sofort!«
»Mir fällt schon was ein, Frau Gruber. Ich melde mich.«
Und damit begann die zweitlängste Nacht in Millicent Grubers Leben. Sie wurde von lautem Feuerwerk durchbrochen und von dieser hysterischen Angst begleitet, die einen regungslos niederdrückt. Den Rehleinschal um

den Hals geschlungen, kauerte sie in dieser Silvesternacht neben dem Telefon und versank im Treibsand der Ereignisse.

Insulin und Morphium sowie einen Beutel mit Kochsalzlösung und alles, was sonst noch für eine Infusion nötig war, um die letzte große Reise anzutreten, hatte Paul schon vor zwei Tagen am Samstag besorgt. Für einen Arzt, der den hypokratischen Eid geschworen hatte, Leben zu retten, war der Tod eben nicht schwer herstellbar. Er war in zwei Apotheken in Pasing und Lochham gewesen, wo man ihn nicht kannte, nur um sicherzugehen. Und erst nach seinem Wochenendeinkauf, Drogen statt Lebensmittel, überdachte er noch einmal den Ablauf. Er hatte es schon vor Tagen verworfen, schnell zu sterben. Eine Waffe besaß er ohnehin nicht, ein Schuss in den Kopf wäre sonst praktikabel gewesen, denn die Vorstellung, sich aufzuhängen, fand er irgendwie unwürdig. Aber je genauer er es durchdachte, umso klarer wurde ihm, dass er vor der einen schnellen Handlung, die ihn im Bruchteil einer Sekunde ins Jenseits befördern würde, Angst hatte. Weil er sich nicht sicher war? Weil er möglicherweise auf dem Weg dorthin doch noch umkehren wollte? Gewiss brauchte es nicht so viel Mut, sich mit einer Flasche Glenfiddich und fünfzig Tabletten das Licht auszuknipsen, aber es funktionierte eben nicht. Noch bevor man sich die tödliche Dosis einverleibt hatte, wurde einem so speiübel, dass man das ganze schöne Vorhaben auf den guten Läufer kotzte. Es sei denn, die Leber war schon ruiniert, dann reichten auch überschaubare Dosen. Obwohl er den Magen eines Pferdes hatte – Emma hatte immer gestaunt, welchen Unrat er unbeschadet vertilgen konnte –, war ihm doch klar, dass es so nicht gelingen konnte. Hier durfte er kein Risiko eingehen, also wählte er die einzig praktikable Lösung. Er war kein Held. Ihm war durchaus bewusst, wie feige es war, sich einfach zu verabschieden und nicht wie ein Mann zu tragen, was das Schicksal ihm hingeworfen hatte.

Er hatte sogar gebettelt und Gott, an den er zu keiner Zeit seines Lebens geglaubt hatte, angefleht, ihn an den Tag zurückzubringen, an dem es passiert war. Zu dem Augenblick, in dem sie das Haus verlassen hatte. »Ich geh nur schnell zum Gartencenter, wir brauchen Blumenzwiebeln, sonst bleiben unsere Beete im Frühling leer.« Er hatte genickt, über eine Fachzeitschrift gebeugt, nur genickt. Aber wenn er wieder hier wäre mit ihr im Wohnzimmer, dann würde er aufsehen und ihr sagen, dass er mitkomme. »Ich begleite dich, Emmi, und helfe dir.« Dann wäre sie überrascht und müsste lachen. »Gut, wenn du meinst.« Und er würde die Autoschlüssel nehmen und sicher wieder etwas vergessen, die Brieftasche vielleicht, und dann noch einmal umdrehen und zurückgehen müssen. Er hatte diesen Moment immer wieder durchgespielt, hundertmal und mehr. Er musste nur dorthin gelangen. Irgendwie. Indem er sich darauf konzentrierte, denn solange er diesen Moment in seiner Vorstellung heraufbeschwor und darin verweilte, war sie in Sicherheit. Er musste sie doch nur etwas aufhalten. Eine Minute, selbst fünf Sekunden wären schon genug, die konnten alles ändern, einfach alles. Waren fünf Sekunden denn zu viel verlangt? Aber Gott, den er in Ermangelung einer Alternative bemühte, schwieg wie erwartet. Das war seine eigentliche Natur. Er war das große Schweigen, an das sich Millionen verzweifelter Menschen Stunde um Stunde wandten, im

Gefühl, nicht allein tragen zu müssen, was untragbar war. Ein Intermezzo auf dem Weg in die Hölle, die es eigentlich auch nicht gab, von der Paul aber eine viel genauere Vorstellung hatte. Der Teufel war leutselig, der zeigte sich sogar ungefragt.

Nein, das Betteln nutzte nicht. Die Zeit verharrte, nichts kehrte sich um. Und Emma saß auf dem roten Sofa ihm gegenüber und war nicht da. Sie stand im Schlafzimmer vor dem großen Schrank neben ihm und war nicht da. Wenn er heimkam, öffnete sie und war nicht da und küsste ihn, und egal, wie fest er die Augen auch schloss, ihr Kuss erreichte ihn nicht. Sie war überall in ihrer unvorstellbaren Schönheit, wie ein Engel, ja, das war sie. Und deshalb antwortete er auch nicht, dieser Allmächtige! Weil er sie für sich haben wollte. Er war voller Eifersucht und Neid und hatte sie deshalb genommen. Paul hasste diesen Schöpfer aus ganzer Seele oder das Schicksal, es war ganz gleich, wie man es nennen wollte, weil ihm nichts blieb als seine Liebe und eine Sehnsucht, an der er erstickte. Sich aufzuhängen wäre doch folgerichtig, dachte er jetzt, schließlich hing er ja schon seit Monaten an diesem Strick, der ihm die Luft nahm und sich Tag um Tag weiter zuzog. Es war nur nicht genug Schwung in der Sache, deshalb brach es ihm nicht das Genick. Und das wäre nötig.

Oben im Dachgeschoss hörte Paul, wie die ersten Raketen knallten. Er gönnte sich ein Glas Single Malt, nur eines, das Morphium würde sein Übriges tun, und er wollte doch noch in der Lage sein, die Vene zu treffen. Sophie konnte das von jeher besser. Paul band nun mit fahrigen Fingern Millicents Briefe und Postkarten zusammen und verstaute sie im Regal über den Büchern. Er hatte bis heute nicht versucht ihr zu antworten. Antworten waren ihm ausgegangen.

Er hatte Anna um Verständnis gebeten, dass er den heutigen Abend nicht mit ihr und ihrer Familie verbringen würde, obwohl sogar Phil und Maggie dort waren. Seine Schwägerin wollte erst insistieren, aber dann gab sie doch nach.

Paul hatte fast alle Bilder von Emma, die gerahmt waren, und auch die Fotoalben heraufgeholt. Und in dieser Gesellschaft, zwischen den beiden Frauen in seinem Leben, seiner großen Liebe und seiner guten Freundin Millicent, legte er sich jetzt die Infusion. In Ermangelung einer ordentlichen Halterung hatte er sie an einem Nagel aufgehängt, der nun frontal aus einem Regalbrett über ihm ragte, gleich auf der Höhe der Philosophen und Denker – Nietzsche, Camus und Konsorten, das passte doch hervorragend. Er hatte seinen Sessel daruntergerückt und wartete. Die klare Flüssigkeit lief noch nicht, er musste erst noch am Durchflussregler das kleine Rädchen nach oben drehen. Langsam, nicht zu weit, wie schnell sollte der Tod denn fließen?

Das Morphium spürte er sofort, das war gut. Das war gar nicht so spektakulär, wie man vielleicht dachte. Aus der Nähe betrachtet, schrumpfte das Sterben auf ein erträgliches Maß, zumindest das eigene, so man es erst einmal akzeptiert hatte. Emma sah ihn voller Unverständnis und Sorge an. »Sei nicht böse, Emmi. Ich hab es wirklich versucht … Hab's versucht.« Pauls Gedanken fielen unsortiert durcheinander, er konnte sich an keinem mehr festhalten. Dabei fühlte er sich fast heiter. Das war das Morphium, wunderbar. Emma. Überall. Um ihn herum. In ihm. Ihr Lachen. Die Augen offen zu halten machte schon

Mühe. Er konnte den Arm nicht mehr heben, sich überhaupt nicht mehr bewegen. Jetzt war er auf seinem letzten Weg schon jeder Umkehr beraubt. Ein Atemstillstand würde folgen oder Krämpfe, aber dagegen hatte er irgendetwas in den Beutel gemischt. Irgendetwas. Was? Die Umgebung verschwamm. Millicent. Wundersame Hexe! Er kannte sie gar nicht, die gute alte Millicent. Kein bisschen!
Pauls Denken zerfiel wie in Zeitlupe und sprang wie sein Körper in tausend Stücke. Er hatte es offensichtlich geschafft, ins Koma zu fallen, doch diese Erkenntnis kam ihm nicht mehr, denn er war bereits leer, er war wunderbar leer, endlich.
Als Paul Ebner in der Silvesternacht 2012 starb, hörte er aus der Entfernung seine Emma rufen. Laut und drängend. »Paul!« Immer wieder. Ihm war, als wäre sie im Haus, als könnte er ihre Schritte auf der Treppe hören. Und er sah sogar ihr schönes Gesicht über sich.

Das neue Jahr hatte Milli zwei chronische Magengeschwüre und eine hinreißende Blasenschwäche beschert. Erstere bei zwei Herren aus derselben Vorstandsetage, Letztere bei einer bezaubernden alten Dame, die ganz perfekt mit ihrem Rosenservice harmonierte.
Die Behandlungen hatten jeweils zwei Stunden gedauert und Milli, die sich seit Tagen ständig erschöpft fühlte, völlig ausgelaugt. Sie hatte die geplagten Herren anschließend noch mit einer Bachblütenmischung versorgt, Wild Oat in Kommunion mit Rock Water, Centaury und Walnut, eine Sonne-Jupiter-Mischung aus der Löwen-Apotheke mit einem Quentchen Mond. Der alten Dame und ihrer verstimmten Blase genügte dagegen ein weiteres

Stündchen Aufmerksamkeit nebst dem Rezept von Millis beseelter Teemischung.

Doch heute kam eine Patientin mit ernsterer Erkrankung. Klara Wiegand hatte ein Ovarialkarzinom gehabt, Eierstockkrebs der Klasse 1b. Der Tumor war in einer aufwendigen Operation Anfang Dezember entfernt worden. Im Anschluss sollte sie eine Chemotherapie durchlaufen, rein statistisch die vielversprechendste Nachbehandlung. Doch die Tumormarker der letzten Blutuntersuchung waren unauffällig, und Klara Wiegand wollte es deshalb erst einmal alternativmedizinisch versuchen.

»Wie sind Sie denn auf mich gekommen?«, fragte Milli die dunkelhaarige, aparte Frau mit den stummen blauen Augen, in denen noch immer so viel Angst zu lesen war. Sie saß an ihrem Teetischchen im ersten Behandlungsraum und hielt sich, wie es schien, an ihrer Tasse fest.

»Oh, das war Zufall«, antwortete sie zaghaft. »Ein Mädchen, das mit ihrer Mutter mir gegenüber wohnt, in der Siedlung Am Anger, hatte Ihren Namen erwähnt. Marie. Die Kleine heißt Marie.«

»Ach, Marie Wendt?«

»Ja, richtig. Ich weiß gar nicht mehr, wie wir draufkamen, aber sie hat damals erzählt, dass sie sich für Medizin interessiert und dass sie oft bei einer Heilpraktikerin hier aus dem Ort ist. Einer ›Hexe, die Wunder machen kann‹. Bitte entschuldigen Sie, aber so hat sie es gesagt.«

Und daran hatte Klara sich erinnert, als sie im Dezember im Klinikum Großhadern gelegen hatte. An die Aussicht auf ein Wunder gleich in der direkten Nachbarschaft. Ja, das Mädchen hatte sie hierhergebracht. Und Ruth hatte sie hierhergebracht, denn es war die Sehnsucht nach ihren warmen Umarmungen gewesen, die Klara immer am

Fenster hatte stehen und zu Marie hinübersehen lassen. Die ihr irgendwann in den Jahren den Mut gegeben hatte, die Kleine anzusprechen und sich nach der Schule, ihren Hobbys und ihrer Mutter zu erkundigen. Nur ein paar Sätze ab und an und ein Blick in tiefe dunkle Augen, die klug und aufgeweckt in die Welt sahen.

»Nun, das ist sehr lieb«, erwiderte Milli, »aber ein Wunder kann ich Ihnen leider nicht versprechen, Frau Wiegand. Höchstens ein kleines«, setzte sie dann noch nach, um die Anspannung etwas abzubauen, denn sie sah, wie ihre Patientin zitterte. »Und wie fühlen Sie sich jetzt?«

»Ich habe Todesangst. Zwei Drittel der Patientinnen haben einen Rückfall. Die Ergebnisse der Biopsie und die Blutwerte sind zwar gut, aber irgendwie weiß ich, dass ich sterben werde«, schluchzte Klara plötzlich laut auf. Sie hatte ihre Fassung völlig verloren und dabei das Gefühl, dass sie genau hier bei dieser fremden Frau, die ihr so merkwürdig vertraut vorkam, auch gar nicht mehr stark sein musste. Das war wohltuend, so wie der Tee.

»Ist diese Angst das vorrangige Gefühl?«, fragte Milli sanft nach.

»Ja, sie frisst mich auf. Wie kann ich denn so gesund werden?« Klara stellte ihre Tasse nun doch auf dem Tischchen ab und blickte verzweifelt.

Diese Angst, die Klara Wiegand beschrieb, wollte Milli aufspüren. Und so tasteten sich ihre Hände auch bei dieser Behandlung langsam und in größter Konzentration durch die verschiedenen Körperebenen ihrer Patientin. In Klaras Energiekörper blockierte ein fahles Wabern die Kommunikation zwischen den Zellen. Das kleine Feuerwerk, das hier toben sollte, war erloschen. Erstickt, ging es Milli durch den Sinn, wie die Flamme einer Kerze ohne Sauerstoff. Ein Verglimmen, das augenscheinlich aus dem Mentalkörper aufstieg, in dem sich ungewöhnliche Kälte ausgebreitet hatte. Eine Kälte, die sich für Milli glatt und fest anfühlte wie ein polierter Stein und milchig weiß war wie Alabaster. Milli umspülte sie mit ihrem Reiki, bis die krankhaft veränderte Schwingung im Bauchraum ausgelöscht war und an ihrer Stelle ein bewegliches Farbenmeer rauschte. Jetzt zeigten sich ihr auch die Lebensentwürfe ihrer Patientin und dabei immer wieder ein kleines Mädchen, das Klaras Hand hielt und zu ihr aufsah. Sie war die Begleiterin, die sie so schmerzlich vermisste, das konnte Milli auf ihrer imaginären Reise durch Klaras Körper deutlich spüren. Ein Bild von Marie schob sich dazwischen. Und eines, das Klara mit anderen Kindern zeigte. Vielen anderen, auf einem fremden Kontinent, in einem Krankenhaus, in dem es Trost und Hoffnung gab. Milli verstand. Sie beendete die Sitzung nach gut einer Stunde und nahm nun nur noch Klara Wiegands gleichmäßiges Atmen wahr, das sich Zug um Zug in die erschöpfte Stille des Behandlungsraums mischte. Als Klara ihre Augen öffnete, fiel Milli auf, wie hübsch sie war. Ein wenig wie Emma, dachte sie, jetzt, da das Vermissen und die Angst Klara freigegeben hatten.

»Noch eine Tasse Tee?«, fragte Milli nach einer Weile. Sie brauchte dringend eine Stärkung.

»Ja, gern.« Klara setzte sich langsam auf. Sie wirkte etwas verschlafen und blickte ungläubig. »Ich wusste nicht, was mich erwartet«, begann sie zu sprechen, »und ich weiß es eigentlich immer noch nicht. Was Sie gemacht haben, meine ich.«

»Ich habe Ihre Angst hypnotisiert«, erwiderte Milli

schmunzelnd, die bauchige Teekanne vom Stövchen nehmend. »Sie hält sich jetzt für ein Glückshormon.« Ein Lächeln, das war gut. Und während Milli nun nachschenkte, fragte sie Klara beiläufig: »Gibt es eigentlich immer noch Organisationen, die Paten für kranke Kinder aus Entwicklungsländern und Krisengebieten suchen, damit sie hier operiert werden können? Sie wissen schon, diese Programme, wenn die Kinder ohne ihre Eltern anreisen müssen und eine Unterkunft und Betreuung brauchen, bis sie wieder heimfliegen können?«
Klara hatte davon gehört. Aber wie kam Millicent jetzt so plötzlich darauf?
»Wollen Sie sich engagieren?«, fragte sie deshalb zurück.
»Und Sie? Könnten Sie sich das vorstellen?«, ließ Milli die Antwort offen.
»Kann ich das denn? Also gesundheitlich?«
»Aber natürlich«, entgegnete Milli. »Noch ein paar Wochen Ruhe, noch zwei, drei Behandlungen bei mir, und Sie sind völlig gesund. Zweifeln Sie nicht daran.«
So etwas hatte Milli noch nie zu einem Patienten gesagt. Aber im Fall von Klara Wiegand wusste sie intuitiv, als sie sie später verabschiedete, dass diese Worte die Stütze sein würden, die sie jetzt brauchte. Der eine Halt, bis sie wieder selbst stark genug war und ihre neue Aufgabe sie ausfüllen würde.
Eine Stütze, ja, genau! Milli, die sich in diesen Tagen selbst kaum aufrecht halten konnte, spendete noch immer Kraft. Und rettete sich nach jeder Behandlung, von denen sie derzeit nicht mehr als eine pro Tag durchstand, schneller noch als sonst in ihren Garten. Dort saß sie dann schwach und in dicke Decken gehüllt in der Kälte und dachte an Paul.

Über hundert Briefe hatte sie ihm seit September geschrieben.
Über hundert!
Und jetzt ...

Anna hatte aufgeräumt und die jüngste Geschichte des Dachzimmers unter den Teppich gekehrt. Emmas Bilder standen nun wieder im Haus verteilt, die Fotoalben waren in Schubladen verstaut und die Fußspuren der Notärzte aus der Diele gewischt. Als Paul am 7. Januar von ihr begleitet nach Hause kam, erinnerte nichts mehr an seinen unrühmlichen Abgang. Der aufnehmende Arzt der Nachtschicht in der Notaufnahme des Pasinger Krankenhauses war ein Studienkollege gewesen. Er hatte den Vorfall nicht weitergeleitet, und so blieb Paul nach Annas Eingreifen eine Woche auf der geschlossenen Station erspart, ansonsten der übliche Weg für Suizidgefährdete. Man verständigte sich auf einen Unfall unter Einfluss von zu viel Alkohol, ein Klassiker der Silvesternacht, und Paul wurde entlassen. Dass er nach dieser Überdosis nicht für immer bleibende Schäden zurückbehielt, war ein Wunder und der schnellen Reaktion der Notärzte geschuldet, die die Lage sofort richtig eingeschätzt und die herumliegenden Ampullen korrekt zugeordnet hatten. Anna hatte keine Ahnung, was sie Paul in dieser Nacht alles gespritzt hatten, aber irgendwie konnten sie ihn stabilisieren. Die anschließende Fahrt ins Krankenhaus – Anna war im Rettungswagen mitgefahren – und dann Paul auf der Intensivstation zu sehen, das brachte jede einzelne durchlittene Minute vom September wieder in ihr hoch, als man sie informiert hatte, dass Emma tot war. Sie saß damals an ihrem Schreibtisch und erledigte Rech-

nungen. Eine Schwester war am Telefon. »Dr. Ebner hat mich gebeten, Sie anzurufen ... Ihre Schwester ist verunglückt ... Nein, sie ist nicht mehr auf der Intensiv... Frau Lienhard, Ihre Schwester ist heute hier bei uns gestorben ... Möchten Sie sie noch einmal sehen? Dann warten wir.« Anna vervollständigte daraufhin die letzte Überweisung, loggte sich vorschriftsmäßig beim Onlinebanking aus, druckte den Vorgang aus, heftete ihn ab und schrieb ihrem Mann eine Nachricht. »Bin kurz weg.« Dann stieg sie ruhig und ganz mechanisch ins Auto, die Handtasche und ihre Papiere dabei, das Handy und den Hausschlüssel. Sie war wie immer umsichtig. Sie schaltete für die kurze Strecke, die sie auswendig kannte, das Navigationsgerät ein und folgte der fremden Stimme. Ein kurzes Nachfragen am Empfang. Der Tod hatte einen eigenen Empfang mit Cafeteria. Aufzug, Flur, Stationszimmer. »Ich bin Frau Lienhard, die Schwester ...« Immer ein Schritt weiter der Lüge entgegen. Dem Irrtum. Aber ja, es war ein Irrtum, und gleich würde er sich aufklären.
Und dann ging die Tür zum Krankenzimmer auf. »Nehmen Sie sich Zeit, wir haben Dr. Ebner nach Hause geschickt.«
Und da lag sie, Emma, ihre wunderschöne Emma, die schon da gewesen war, als Anna geboren wurde, und an jedem weiteren Tag ihres Lebens. Sie hatten sie mit einem dünnen Tuch bedeckt, nur ihr Gesicht war zu sehen. Anna fror. Sie setzte sich zu ihr und spürte in den kahlen Raum hinein, wo Emma jetzt war. Irgendwo musste sie doch noch sein, es war ja gerade erst passiert, sie konnte noch nicht fort sein, sie würde sie noch spüren können. Und dann kamen die Gedanken: Sie hatte Versicherungen bezahlt, während ihre Schwester starb, für ein Leben, das

gar nicht versicherbar war. Und all die gemeinsamen Jahre, die Verbundenheit der Jahrzehnte, hatten ihr nicht das kleinste Zeichen gegeben, nicht eines.

Jetzt saß sie wieder im Krankenhaus, und Paul war dem Tod näher als dem Leben. Sie würde wieder das Altenheim verständigen müssen und sagen, dass er nicht kommen konnte. Sie musste Sophie Sager zurückrufen und planen. Als der Morgen graute und Paul noch immer nicht aufgewacht war, wollte Anna aufstehen, nach Hause fahren und all das in Angriff nehmen, so wie im letzten September. Doch diesmal bewegte sie sich keinen Zentimeter weit. Diesmal blieb sie erstarrt sitzen und war zu keinem Handeln mehr fähig. Erst als ihr Mann sie abholen kam und Sophie Sager sie an Pauls Bett ablöste, verließ sie ihn für ein paar Stunden, in denen sie weder aß noch schlief noch telefonierte. Anna blieb gelähmt, ihr Körper und ihre Gefühle waren wie versteinert. Sie fand erst Tage später wieder in ihre alte Geschäftigkeit zurück, die ihr immer so gute Dienste leistete, wenn das Leben entgleiste.

Paul wusste, dass seine Schwägerin in der Silvesternacht von Sophie verständigt worden war, nachdem diese mit Millicent telefoniert hatte. Die hatte ihn angeblich am Morgen der Jahreswende am Friedhof gesehen und war so erschrocken über sein Aussehen gewesen und den Eindruck, den er gemacht hatte, dass sie Sophie gegenüber ihre Sorge aussprach, er könne sich etwas antun, und diese bat, Anna zu verständigen. Das war höchst merkwürdig, denn Paul wusste bestimmt, dass er an diesem Tag nicht auf dem Friedhof gewesen war. Und am Wochenende zuvor auch nicht, seine Vorbereitungen hatten ihn viel zu sehr in Anspruch genommen.

Pauls Schwägerin hatte die Post hereingeholt und in den Flur gelegt. Von Millicent war ein Brief dabei, mit Poststempel vom 31. Dezember, zwei gekreuzte Sektgläser aufs blaue Kuvert gemalt. Den hatte sie also noch vor der Nacht zum Dienstag geschrieben. Ob er sie anrufen sollte? Aber was konnte er schon sagen? Und was würde sie sagen? War sie böse auf ihn? Böse traf es wohl nicht ganz, enttäuscht schon eher. Oder doch wütend? Ach, was wusste er schon! Nur, dass er sich dem jetzt noch nicht aussetzen wollte.
Sophie hatte Millicent ohnehin benachrichtigt, gleich am nächsten Morgen vom Krankenhaus aus, wie sie ihm bei einem ihrer späteren Besuche erzählt hatte, als er wieder ansprechbar war. Das musste genügen. Und Sophie Sager war verschwiegen, er konnte sich darauf verlassen, dass diese erniedrigende Episode keine Kreise zog. Mehr konnte Paul im Moment nicht verlangen.

Im Kontor war es kälter als in den übrigen Räumen, denn hier gab es keine Heizung. Aber Kassiopeia lag zu Millis Füßen und wärmte sie ein wenig. Das Tigerchen mit dem flauschigen weißen Bauch und den weißen Pfoten schnurrte in die Stille. Dieses wilde Tierchen, das oftmals den ganzen Tag durch die Gegend streunte, ohne sich zu Hause sehen zu lassen, war wie Millis zweite Natur, anhänglich und unabhängig in einem. Milli liebte Kassis geschmeidige Bewegungen, ihr Dahingleiten, die ungebändigte Muskelkraft hinter ihrem sanften Äußeren, ihr Anschmiegen und ihre Zurückweisungen. Ja, selbst die! Jetzt spürte sie das leise Schnurren an ihren Beinen vibrieren. Draußen war es frostig, doch es lag nur wenig Schnee. Die Birke vor dem Fenster schüttelte ihn sowieso immer als Erste von ihren feinen Zweigen ab. Sie bot ihm keinen Halt. Da erging es den Himmelskristallen wie Paul, der fand auch keinen mehr. Der rutschte ab wie Schneehauben auf schwankenden Ästen und fiel, ohne je die Erde zu erreichen. Nichts bremste seinen Fall, auch sie nicht. Was hatte sie sich vorgemacht? Dass sie ihn begleiten konnte aus der Ferne? Sicher, er hätte sie nach Emmas Tod niemals in sein Leben gelassen. Er hätte keinen um sich ertragen, er brauchte das Alleinsein. Er musste diesen Weg, jeden einzelnen Schritt, alleine gehen, alleine erdulden. Jeden einzelnen Tag. Den ersten Schnee und Weihnachten, Silvester, seinen Geburtstag und ihren, der auch noch ihr Hochzeitstag war. Jedes dieser Ereignisse musste er wenigstens einmal alleine durchstehen, ehe aus dem unedlen Metall Gold werden konnte. Es war eine Transformation, die Milli kannte, denn sie hatte sie genau so erlebt. Man sprach nicht umsonst von einem Trauerjahr.

Milli wollte Paul endlich wieder schreiben, aber sie wusste nicht, was. Sie hatte zum ersten Mal seit Jahren keine Worte für ihn. Vielleicht war es an der Zeit, ihm von ihrem eigenen Weg zu erzählen? Von der Nacht auf den 1. September 1985, als sie telefonisch von der Deutschen Botschaft in Paris vom Zugunglück bei Argenton-sur-Creuse informiert worden war und man sie bat, im nahe gelegenen Chateauroux ihre Eltern zu identifizieren. Sie waren auf dem Weg von Paris über Portbou an die Costa Brava und weiter nach Barcelona gewesen. Im kleinen Portbou gab es einen Grenzbahnhof, an dem die Züge von der französischen Normalspur zur spanischen Breitspur wechselten. Und ihr Vater wollte vor dem Umsteigen noch ein wenig Geschichte betrachten, denn in Portbou, im damals einzigen Hotel, hatte sich einst Walter

Benjamin das Leben genommen, als er auf der Flucht vor den Nazis die Grenze nicht mehr erreichte. Ihr Vater hatte den Philosophen und Literaturkritiker sehr verehrt und wollte diese Etappe ihrer Reise zum Anlass nehmen, um auf der »Ruta Walter Benjamin« ein Stück weit dessen letzten beschwerlichen Weg nachzugehen. Dort, wo die wunderschöne Landschaft der Pyrenäen sich mit dem Schicksal so vieler Flüchtlinge verwob, die hier während des Zweiten Weltkriegs heimlich nach Spanien geschleust worden waren.

Doch bis nach Portbou kamen die Eltern nicht. Die Reise anlässlich ihres fünfundzwanzigsten Hochzeitstages endete bald nach der Abfahrt aus Paris, als der Fahrer des Nachtzugs eine Geschwindigkeitsbeschränkung nicht beachtete und der Zug daraufhin entgleiste. Ein entgegenkommender Postzug aus Brive-la-Gaillarde fuhr in zwei der Personenwagen, die über der Strecke lagen, und dreiundvierzig Menschen starben. Dreiundvierzig Väter, Mütter, Töchter und Söhne starben ohne Sinn. Es gab Fragen, die man nicht stellen durfte, weil es keine Antworten gab, das lernte Milli in diesen Tagen, als sie, um die Freigabe der Leichen ihrer Eltern zu erreichen, nach Frankreich reiste. Ihrer Großmutter waren weder die Fahrt noch die Begegnung mit dem grauenhaften Tod zuzumuten. Sie stand seit der Nachricht unter Beruhigungsmitteln.

Was Milli dann in Frankreich sah, überstieg jede Vorstellung. Die zerschmetterten Körper der Verunglückten lagen aufgebahrt in einer Turnhalle. Ihrem Vater fehlten die Beine, ihre Mutter war nur am Schmuck zu erkennen. Und draußen stapelten sich die verwüsteten Koffer und Kleinteile, Kleider, Bücher und Brillengestelle, Stofftiere und lose Fotografien. All die persönlichen Dinge, die man nie aus der Hand geben würde und die jetzt jeder Bedeutung beraubt worden waren. Milli suchte einen ganzen Tag in den eingesammelten Resten, die die französische Polizei schon freigegeben hatte, und nahm alles an sich, was sie erkannte, um so ihre Eltern wieder zusammenzutragen und nach Hause zu bringen.

Doch das barg keinen Trost, diese Bilder verloschen nie wieder. Sie würden noch über ihren eigenen Tod hinaus in der Blaupause der Welt eingegraben bleiben. Genau wie der Schrei, der nun für immer über der Unglücksstelle hing, der dreiundvierzigfache Schrei der Opfer und all die Stimmen der Hinterbliebenen, der Übriggebliebenen, die mit ihm in die Ewigkeit hallten.

Milli sprach danach für Monate nicht mehr. An die Beerdigung zu Hause erinnerte sie sich nur ungenau. Ihre Großmutter konnte das Bett nicht verlassen, sie war kaum ansprechbar. Verwandte der Mutter aus England waren angereist, Freunde und Kollegen des Vaters von der Universität und sogar Studenten aus seinen Kursen. Doch Milli fühlte sich unter den vielen allein. Sie hatte nur Fanny, die ihr Kraft gab. Die eine Freundin, die wusste, wie es ist, seine Mutter zu verlieren, die selbst sogar erst vier gewesen war, als ihre eigene Mutter starb. Ja, Fanny war die eine, die ihr Schweigen verstand und über Monate liebevoll begleitete. Die Einzige, die bei ihr war, als nur ein halbes Jahr nach den Eltern auch noch die Großmutter starb.

Paul, ich bin schon so viel weiter auf diesem Weg, wollte sie ihm schreiben. *Ich kann Dir von der Demut und der Dankbarkeit erzählen, die Du erwirbst, von den Wundern, die Du wieder siehst, von der Liebe, die Dir verlo-*

ren scheint, und dem Mut, sie wieder zuzulassen, auch wenn das bedeutet, sich dem Ganzen erneut auszusetzen, sich wieder angreifbar zu machen, weil man Nähe zulässt. Ja, es bedeutet, sich nackt unter Wölfe zu begeben in einer eiskalten Nacht, aus lauter Sehnsucht. Doch keiner weiß besser als ich, dass es viele mögliche Leben für einen Menschen gibt und sich neue Entwürfe auftun, wenn ein alter scheitert.

Milli hatte auch in Pauls Leben geschaut. Damals auf einem der Seminare war sie bei ihm gesessen und hatte zugelassen, dass sein Körper zu Schwingung und Licht zerfiel. Es war die bloße Neugier gewesen, gewiss. Und war sie enttäuscht, dass in all seinen Leben immer Emma an seiner Seite war, immer nur sie?

Das Leben ist ein Wunder, Paul. Es muss beschützt und geschätzt werden, es ist zerbrechlich und einzigartig. Es wegzuwerfen ist die größtmögliche Verachtung dem Schöpfer gegenüber, der Gemeinschaft gegenüber, die wir alle bilden. Ein Leben wegzuwerfen heißt, der Dunkelheit Macht zu geben über das Licht. Einer wirklich quälenden Dunkelheit, Gott in Auflösung, dem einen Punkt, an dem das Ewige zerfällt.

Würden diese Seelen dort verschwinden? Endgültig? Milli dachte in diesen Tagen viel darüber nach. Auf welche Reise begab sich ein verwirrter, verzweifelter Mensch, der sich selbst hinrichtete? Und wo würde er ankommen? In einer Inszenierung des Hieronymus Bosch? Oder Dantes Hölle?

18. Januar 2013

Mein lieber Paul,

verzeih, ich konnte nicht schreiben, denn ich war in den letzten Wochen verreist. Ich war im Jahr 1985 und in Frankreich. Dort, wo meine Eltern bei einem Zugunglück ums Leben kamen. Die Fahrkarte für diese Reise hast Du für mich gelöst, als Du beschlossen hast, mich auch zu verlassen. Das Warten in der Silvesternacht auf Nachricht von Sophie kam dem Moment gleich, als damals die fremde Stimme am Telefon das Unfassbare mitteilte und ich nicht bereit war, es zu glauben. In dieser Nacht verlor ich meine Unschuld, mein Urvertrauen. Ich fühlte mich hilflos wie ein Kind, das das Böse der Welt nur aus Märchenbüchern kennt, bis es plötzlich ein neues Gesicht bekommt. Das meiner Eltern, wie sie aufgebahrt unter den vielen anderen zermalmten Leibern an diesem gottverlassenen Ort in Frankreich in einer schäbigen Turnhalle lagen.

Habe ich Dir gesagt, dass es besser wird? Dass die Sehnsucht nachlässt? Das tut sie nicht. Aber die Verzagtheit verliert sich und die Einsamkeit. Der Schmerz nicht und auch nicht die Wut. Aber die unsinnige Suche nach einem Grund und nach der Schuld, das verliert sich. Wirst Du beim Prozess gegen den Lkw-Fahrer dabei sein? Wird es leichter, wenn er verurteilt ist? Nein. Nein. Und doch geht es weiter. Wie abgedroschen, nicht wahr? »Es muss weitergehen, Paul.« Wer will das schon hören, wenn er im Stillstand ertrinkt, ohne Ausweg.

Doch weißt Du was? Es geht weiter! Sieh mich heute an. Ich habe eine wunderbare Arbeit, ein paar liebe Freunde und natürlich Dich. (Einen feigen Schweinehund, der sich heimlich davonstiehlt bei Nacht und Feuerwerk. Was übrigens nicht einer gewissen Dramatik entbehrt, Chapeau!)
Ich habe eine Tochter bekommen, mein Rehlein, und ich sehe sie hier alles weiterführen, wenn meine Zeit um ist. Jeden Tag heile ich verzweifelte, ängstliche Menschen. Jeden Tag sehe ich die Natur und hunderttausend Wunder allein vor meinem Fenster. Ich bin so dankbar für jeden dieser Tage. Und dafür, dass ich heute die bin, die ich bin. Die wäre ich nicht ohne die Schicksalsschläge, ohne die Entbehrungen, die das Leben mir aufgezwungen hat. Es war ein weiter Weg flussabwärts, den ich als Felsstück begonnen und als Kieselstein beendet habe. Nun ja, das Ende ist es hoffentlich noch nicht, vielleicht kann ich meine Form noch weiter schleifen. Formvollenden! Das Leid ist in der Welt, um uns besser zu machen, Paul. Wir werden besser, wenn wir es nur aushalten und ertragen. Und wenn ich diesen Weg gegangen bin, dann kannst Du ihn auch gehen.
Verwende die beiliegende Opernkarte. Diese Aufführung bietet eine einzigartige Besetzung, so wurde das der guten, ahnungslosen Milli jedenfalls versichert. Ich könnte es konkretisieren, aber dazu müsste ich erst meinen Freund Paul fragen, der kennt sich mit der Klassik aus. Das ist mein Geburtstagsgeschenk an Dich. Das und etwas in Geschenkpapier, das trotz allem hier am Kamin liegt. Du feierst doppelten Geburtstag, ich hoffe, es ist Dir klar. Du feierst ihn, weil es immer noch Men-

schen gibt, die Dich lieben. Sie ersetzen Emma nicht, aber sie stützen Dich.
Alles Gute zum Geburtstag, Paul.

Millicent

Die Schule machte Marie nicht allzu viel Mühe. Sie war jetzt in der siebten Klasse des Bertolt-Brecht-Gymnasiums, auf das auch Millis Freundin Fanny früher gegangen war. Sie kannte sogar noch einen von Maries Lehrern. Eigentlich eine ziemlich coole Schule, bis auf die Klassenkameradinnen. Also die meisten, die hatten echt 'nen Knall. Lasen in diesen blöden Mädchenmagazinen und schielten ständig den Jungs an der Bushaltestelle hinterher. Gekicher hier, Gekicher da. Mann! Francis stand auf ihren Geschichtslehrer, der aussah wie eine Schildkröte, und Maxi und Bine bekamen sich gar nicht mehr ein, wenn der Religionslehrer auftauchte, Herr Wendel, klein, dunkelhaarig, Ende zwanzig und zugegeben ganz witzig. Aber wie blöd war das denn! Die Hühner hatten wirklich nichts im Kopf. So gesehen wäre ein Schulwechsel ja kein Verlust, aber Marie wollte nicht gleich aus der Stadt weg! Sie wollte Milli nicht verlieren. Die war nämlich wirklich cool und der einzige Mensch, der sie verstand. Von Milli konnte sie unglaublich viel lernen. Sie wohnte in einem aufregenden, irgendwie magischen Haus, und manche Leute glaubten sogar, sie wäre eine Hexe. Dabei war sie nur so eine Art Seismograph oder ein Empfänger, der eben alle Frequenzen auf dem Schirm hatte. Sie sah angeblich das ganze Spektrum elektromagnetischer Wellen, sogar vor und hinter Ultraviolett und Infrarot. Und sie fühlte sie sogar, echt. Zugegeben, das war ein Mysterium, aber irgendwie auch Physik. Und außerdem war es lustig, zum Beispiel, wenn Milli in ihrem Garten zum Baum wurde, um Energie zu tanken. Oder mit ihrem Haus sprach, als wär's ein Familienmitglied. Marie verstand das, und es würde ihr fehlen. Und Alex würde ihr auch fehlen. Sie war ihre Freundin und Banknachbarin und hatte echt was drauf. Sie war supergut in der Schule, so wie Marie, und hatte starke Hobbys. Sie machte Kendo, einen japanischen Kampfsport, und spielte Harfe. Alex hatte ihr letztes Jahr ihre Kendorüstung gezeigt, mit Brustpanzer, Beinschutz und Helm – Do, Tare und Men. Und ihr Übungsschwert aus Bambus, das Shinai. Sie konnte sogar etwas Japanisch.

Alex und Milli waren schon zwei gute Gründe, nicht umzuziehen. Aber ihre Mutter hatte Marie gestern gesagt, dass sie eine neue Stelle in der Firma eines Cousins bekommen könnte mit viel mehr Gehalt als jetzt. Sie müsste dann abends nicht mehr zusätzlich zum Putzen gehen und könnte endlich mal was sparen. Es war nur ein kleiner Umzug nach Dortmund nötig. Marie hatte es Milli noch nicht erzählt. Nicht mal Alex hatte sie's heute in der Schule gesagt. Irgendwie war es nicht so echt, solange es noch keiner wusste. Aber viel Zeit blieb nicht. Ihre Mutter sollte schon Anfang Juni anfangen, was mit der Schule absolut nicht ging, denn das Schuljahr endete erst Ende Juli. Ihre Mutter meinte, dass sie vielleicht die zwei Monate bei Milli wohnen und dann in den Ferien nachkommen könnte, falls Milli einverstanden war. Sie wollte sie fragen. Zwei Milli-Monate! Die Aussicht war mächtig gut, bloß das mit dem Nachkommen hätte sie gern ausgelassen.

Die Schule war schon seit Stunden aus. Marie war mit ih-

rem Rad nur so rumgefahren, durch den Stadtpark, an der Würm entlang. Eigentlich wartete ihre Mutter auf sie. Sie hatte sich früher freigenommen, um noch mal alles durchzusprechen und um zu Milli zu gehen. Und genau deshalb wollte Marie nicht heim. Sie wollte über den saublöden Umzug, der ihr Leben ruinierte, nicht sprechen. Das würde ihre Mutter sicher am besten kapieren, wenn sie gar nicht erst heimfuhr. Vielleicht wurde ihr dann langsam klar, dass sie diese Entscheidung nicht alleine treffen konnte. Natürlich verstand sie das mit dem Geld. Es war total blöd, dass ihre Mutter so viel arbeiten musste, und das tat ihr auch leid. Aber hatte sie wirklich alles versucht, um hier eine bessere Arbeit zu kriegen? »In München sind die Lebenshaltungskosten so hoch, Marie«, hatte ihre Mutter gesagt. Ja klar, das wusste sie auch, die teuerste Stadt Deutschlands, aber eben auch die schönste. Gut, sie kannte andere Städte nur aus dem Fernsehen, aber das war trotzdem sicher. Außerdem war es die einzige Stadt, in der Milli wohnte, und ohne Milli ging sie nirgendwohin! Und wenn sie die nächsten zehn Jahre hier durch die Gegend kurven musste, sollte ihre Mutter doch alleine umziehen.
Marie merkte, wie sie immer wütender wurde. Das mit dem »alleine umziehen« meinte sie natürlich nicht so. Sie wollte selbstverständlich nicht ohne sie dableiben. Aber dableiben!
Es war schon dunkel. Sie wusste nicht, wie es weitergehen sollte. Jedes Mal, wenn sie sich entschloss, heimzufahren, ließ irgendeine Kraft in ihr sie wieder umkehren.
Aber es war kalt, und sie hatte Hunger.
Jetzt saß sie auf einer Bank am Pasinger Bahnhof neben

den neuen Arkaden, und nur ihre Wut hielt sie ein bisschen warm. Nein, sie würde nicht heimfahren. Ihre Mutter hörte ihr sowieso nicht zu.

Fritz Wiegand sah an diesem Abend wieder und wieder aus dem Küchenfenster auf die Straße hinunter. Es war schon dunkel und ziemlich kalt. Frau Wendt von gegenüber hatte gerade geklingelt und nach ihrer Tochter gefragt, ob sie vielleicht hier sei. Die Kleine war nach der Schule nicht nach Hause gekommen. Fritz musste erst kurz überlegen. Marie, richtig, Klara hatte sie manchmal erwähnt, das Mädchen mit den langen dunklen Haaren, aber leider konnte er nicht helfen. »Dann fahre ich besser gleich zu Frau Gruber«, sagte seine Nachbarin leise, mehr zu sich selbst als zu ihm.
»Die Heilpraktikerin?«
»Ja, Marie ist oft dort. Sie kennen sie auch?« Frau Wendt war überrascht.
»Nein, nein«, entgegnete Fritz, »ich nicht, aber meine Frau. Dann viel Glück, Frau … äh …«
»Wendt. Laura Wendt.«
»Ja, natürlich. Entschuldigen Sie«, entgegnete Fritz verlegen. »Und … das wird schon«, setzte er noch etwas unbeholfen hinzu, doch auch er war beunruhigt. Klara erzählte er davon lieber nichts. Sie war ohnehin nicht da, denn sie wollte nach der Nachuntersuchung noch in Pasing einkaufen. Doch Fritz sorgte sich. Er stand wie angenagelt am Fenster, sah hinunter und wartete, den gegenüberliegenden Hauseingang im Blick, auf das Mädchen, das er gar nicht kannte. Und auf seine Klara, die er wegen der Arbeit heute nicht hatte begleiten können.

Der Arzt hatte ihm im November gar keine großen Hoffnungen gemacht, langfristig, aber das sagte er ihr nicht. Stattdessen nahm er seit der Diagnose das Heft selbst in die Hand und kümmerte sich. Er wusste, dass er nicht immer der beste Ehemann gewesen war, obwohl er natürlich arbeitete und auch nicht trank oder seine Klara je betrogen hätte, das nicht. Aber er hatte zu lange nicht gesehen, wie es ihr ging, hatte einfach nicht hingesehen. Ein Arbeitskollege meinte kürzlich mal, sein riesiges Ego habe ihm da wohl die Sicht versperrt. Normalerweise würde er so einem ganz schön was erzählen, aber der hatte schon recht, der Müller. Er war viel zu zufrieden gewesen mit sich und seinem Leben, meistens jedenfalls. Und er dachte, Klara wär's auch.
Fritz spülte ganz in Gedanken seinen Teller vom Abendessen ab, nur etwas Aufschnitt mit frischem Pfisterbrot. Als sie krank geworden war, noch vor dem Befund, war er so ärgerlich gewesen, erinnerte er sich. Nichts war mehr rund gelaufen letzten Herbst, als sie oft so müde gewesen war und wohl auch schon Schmerzen gehabt hatte. Der Wechsel, hatte er gedacht, der machte die Frauen ja nun mal launisch. Stimmungsschwankungen. Nicht, dass er die nicht auch manchmal habe, hatte Klara erst gestern gesagt. Sie war jetzt irgendwie direkter und selbstbewusster, was nicht unbedingt bequem war, aber er mochte es trotzdem an ihr.
Sie redeten mittlerweile viel miteinander, auch wenn ihm das schwerfiel. Das war nicht so leicht, das mit den Gefühlen und so. Und seine Klara hatte so viele davon. Eines hatte sie sogar vor ihm in einer Schublade versteckt.
Wieder stand Fritz am Fenster und sah in die Dunkelheit. Die Straßenbeleuchtung brannte schon. Letzte

Nacht hatte Klara sich an ihn geschmiegt und seine Hände gesucht und ihn geküsst, ganz vorsichtig. Und er hatte genauso vorsichtig geantwortet. Das war sehr schön. Wie eine Reise, eine Exkursion zu einem unentdeckten Kontinent. Die Grenzen auf der Landkarte ihres gemeinsamen neuen Lebens hatten sich in letzter Zeit immer weiter aufgelöst. Keine Schranken, kein Abstandhalten mehr, kaum jedenfalls. Sie lernten sich gerade noch einmal ganz neu kennen, er und seine Klara, und das war schon was nach siebenundzwanzig Jahren Ehe.

Da kam sie. Klara bog um die Ecke, ein paar Tüten im Arm. Fritz zog sie mit seinem Blick die letzten Meter nach Hause. Sie strahlte, das sah er sogar im schwachen Licht der Straßenbeleuchtung. Dann war alles gutgegangen bei der Untersuchung.

Fritz löste sich vom Fenster und ging schnell zur Tür. Er betätigte den elektrischen Türöffner, damit sie nicht nach dem Hausschlüssel suchen musste.

Hoffentlich kam die Kleine auch bald heim.

Laura Wendt war völlig aufgelöst, als sie jetzt bei Milli klingelte. Sie war ihre letzte Hoffnung. Zwar hatte sie schon vor drei Stunden hier angerufen und nach Marie gefragt, aber sie hatte sich ihre Sorge nicht anmerken lassen, als sie nicht da gewesen war. Stattdessen hatte sie in der Nachbarschaft weitergefragt, Klassenkameradinnen angerufen und sogar in der Stadtbücherei nach Marie gesucht. Als Milli jetzt, Stunden später, immer noch nichts gehört hatte, bekam Laura Angst. Natürlich war Marie oft auf sich allein gestellt, aber sie war doch immer zuverlässig, was die vereinbarten Zeiten anbelangte. Laura konnte sich immer hundertprozentig auf ihr Mädchen verlassen. Jetzt würde sie die Polizei benachrichtigen müssen. O Gott, wenn ihr nur nichts passiert war! Marie war so außer sich gewesen nach ihrem Gespräch gestern. Sie würde doch nichts Verrücktes tun?

Milli hatte sie nach oben gebeten. Jetzt sah sie das große Haus, von dem ihre Tochter immer schwärmte, zum ersten Mal von innen. Sie hatte Marie ein paarmal abgeholt, aber sich nie reinbitten lassen. Irgendwie verunsicherte sie das beeindruckende Anwesen. Sie fühlte sich so klein daneben.

Millicent Gruber war eine herzensgute Frau, das wusste Laura. Es gab niemanden im Ort, der etwas anderes gesagt hätte. Ja, richtig, die Wörter »eigenartig« und »esoterisch« waren gefallen, aber Laura war sicher, dass Marie hier gut aufgehoben war. Und sie kam so gern hierher. Milli war für das Mädchen wie ein Familienmitglied. Aber Laura hatte trotzdem immer etwas Abstand zu ihr gehalten. Ein wenig Eifersucht? Egal, wen interessierte das im Moment.

Milli hatte ihr eine Tasse Tee eingeschenkt und stand nun, während sie von ihrem Gespräch mit Marie über den Umzug erzählte, über einen kleinen Tisch neben dem hohen Wohnzimmerfenster gebeugt. Sie hantierte da mit etwas. Sie hörte ihr zu, war aber offensichtlich mit etwas anderem beschäftigt. Mit Spielkarten! Sie legte Karten! Kein Wunder, dass man Millicent Gruber für sonderbar hielt. Und sie wirkte durcheinander. Sollte die Nachricht über den Umzug sie so verwirrt haben? Oder Maries Verschwinden? Plötzlich sah sie auf und sagte in ihre Richtung: »Es geht ihr gut, Frau Wendt, wir müssen uns keine

Sorgen machen. Ich weiß natürlich nicht, wo sie gerade ist, aber sie ist nur durcheinander. Sie ist gewissermaßen auf der Flucht«, Milli deckte eine neue Karte auf, »aber nicht weit.« Sie legte noch eine dazu und meinte: »Sie findet heim.« Dann studierte sie abschließend das Bild, das sich ergab, und schloss: »Bald.«

»Aber wie bald? Ich kann doch nicht die ganze Nacht abwarten und sie allein da draußen lassen. Wer weiß, was ihr da zustößt?«

»Es ist jetzt halb sieben. Lassen Sie uns bis acht warten, dann informieren wir die Polizei. Aber selbst wenn es so weit kommt, müssen Sie keine Angst haben«, beruhigte Milli die aufgelöste Frau. »Bitte vertrauen Sie mir. Ich wüsste es, wenn Marie in Not wäre. Jede einzelne Körperzelle von mir wüsste es. Ich hab Ihre Tochter wirklich sehr lieb, Frau Wendt.«

Laura weinte, und Milli, die jetzt zum Sofa herübergekommen war und sie im Arm hielt, klopfte ihr aus alter Gewohnheit leicht über den Rücken, den Meridianen entlang, um ihre Angst zu vertreiben. In die nächste Tasse Tee träufelte sie ihr dann noch heimlich Notfalltropfen, damit der Schock sich löste, und nahm selbst auch gleich welche. Das Rehlein würde umziehen? Das konnte nicht sein! Sie hatte in letzter Zeit so große Pläne für das Mädchen entworfen. Und sie liebte sie. Wie sehr, das wollte sie ihrer Mutter gegenüber gar nicht zugeben. Unter anderen Umständen wäre Milli außer sich gewesen, aber jetzt war keine Zeit dafür. Sie wollte unbedingt die maximal mögliche Ruhe ausstrahlen, um Laura Wendt davon zu überzeugen, dass alles gut war. Dabei war nichts gut! Sie würden wegziehen!

»Denken Sie, dass meine Kleine die letzten zwei Schul-

monate bei Ihnen bleiben dürfte?«, hörte Milli Laura fragen.
»Ja, natürlich. Natürlich.«
Milli hatte tausend Fragen, aber sie war zu erschüttert, um auch nur eine davon zu stellen. Und schön langsam wurde es wirklich Zeit, dass das kleine Monster auftauchte. Milli sah sie auch nicht eben gern allein draußen im Dunkeln. Sie lief jetzt im Zimmer auf und ab und überprüfte das Telefon, das Freizeichen ertönte.
»Vielleicht ist sie schon zu Hause und wartet auf Sie?«, sagte sie zum Sofa hinüber. »Haben Sie ein Handy, Frau Wendt?«
»Nein«, antwortete Laura. »Ich wollte längst ein Prepaid anschaffen, aber wirklich Sinn macht es nur, wenn Marie dann auch eines hat.«
In dem Moment ging die Klingel. Milli raste ohne ein Wort die breite Treppe ins Erdgeschoss hinunter zur Haustür, Momo und Kassiopeia, wie sie es gern taten, wenn es läutete, hinter ihr her. Sie riss die schwere Haustür auf und sah das kleine Elend davor. Marie hatte ganz verweinte Augen, und sie zitterte vor Kälte, weil sie offensichtlich schon wieder nur die leichte Herbstjacke angezogen hatte, und Handschuhe waren wohl auch nicht nötig. Sie stürzte in Millis Arme und schluchzte so sehr, dass Milli sich am liebsten gleich mit ihr im Garten unter die Eiche gesetzt hätte.
»Rehlein, das tust du nie wieder!«, hörte Milli sich schimpfen. »Du rufst gefälligst deine Mama oder mich an, wenn du irgendwo falsch abbiegst, dass das klar ist!« Was redete sie denn da? »Du machst dich nicht einfach aus dem Staub, ohne Ankündigung. Und ohne Mantel!« Sie war übergeschnappt.

»Milli, ich will nicht weg. Ich will nicht von dir weg«, stammelte Marie. »Bitte, lass mich nicht weg.«
Laura stand jetzt mit an der Tür, und sie sah wirklich müde aus, müde und traurig. Sie streichelte ihrer Tochter übers Haar und küsste sie. Sie wusste nicht, wie sie ihr klarmachen sollte, dass es keinen Ausweg gab.

9. Februar 2013

Lieber Paul,

der Winter schleppt sich zäh dahin. So viel Grau, so viele Wolken, da ist seit Wochen gar kein Himmel mehr. Wie erträgt Dein Vater diese Jahreszeit? Die alten Leute leiden doch mehr und werden gerne depressiv. Nun, das würde sich von Dir nicht so sehr abheben, nicht wahr? Bist Du oft bei ihm? Wie ist er jetzt so? Hat er sich während der Krankheit verändert? Natürlich. Ich kann mir meinen Vater gar nicht alt vorstellen, dafür gibt es kein Bild in mir. Hast Du einen Weg zu Deinem gefunden? Ich erinnere mich, wie schwer es Dir fiel, ihn zu umsorgen. Das hat Dir immer Emma abgenommen. Ihr hattet kein herzliches Verhältnis, Dein Vater und Du, die Vergangenheit sitzt tief. Du musst jetzt Nachsicht für einen Menschen aufbringen, der sie selbst nicht kannte, und brauchst Geduld mit dem immer Ungeduldigen. Aber sein Vergessen ist auch Eure große Chance, glaube mir, Paul. Halte nur nicht fest an dem, was war, erlaube Dir die neue Perspektive. Seine Schwäche ist nun Deine Eintrittskarte in seine Welt. Löse sie, geh zu ihm, taste Dich vorsichtig heran. Damit wirst Du Dich letztlich selbst beschenken und Frieden schließen können. Wenn Du diese Nähe zulässt, wird Dein Vater sie ausfüllen, und dann kommt das Verzeihen. Das macht Dich frei und wird für Deine Mutter wie ein Kuss von Dir in ihren Himmel hinüber sein. Ach Gott, die Wolken werden noch dichter, das ist doch gar nicht mehr möglich! Ich muss die Lichter anmachen und den Kamin anheizen. Ein Licht für Dich und etwas von der Wärme aus dem munteren Feuer. So halte ich Dich heute aus der Ferne warm. Der Winter wird lang in diesem Jahr, Paul, für uns alle, Du wirst sehen.

Millicent

Die Gruber-Villa musste ihn mächtig beeindruckt haben. Markus Grandauer schien gar nicht mehr gehen zu wollen. »Baujahr 1909? Wie das alte Rathaus in der Bahnhofstraße. Meine Firma war vor vier Jahren an der Restaurierung beteiligt.«
»Ach, wo auch das Gemeindearchiv drin ist«, entgegnete ihm Milli überrascht. »Das ist wirklich wunderschön geworden.«
»Und war vorher ziemlich runtergekommen. Ihr altes Mädchen steht dagegen ja perfekt da. Außer einer Dachdämmung, die einfach zeitgemäß wäre, weil sie Heizkosten spart, und ein paar Putz- und Malerarbeiten gibt es eigentlich nicht viel zu tun. Der Keller ist trocken, die Fenster sind dicht ... Das sind aber nicht die ersten?«
Lebhafte blaue Augen bohrten sich in Millis Blick.
»Nein, die haben meine Eltern mal machen lassen, irgendwann Ende der Siebziger.«
»Da hatten sie aber Glück mit dem Schreiner. Der hat damals schon was vom Denkmalschutz verstanden. Allein die Schattenfugen, das ist eine saubere Arbeit. Nicht selbstverständlich für die Zeit.«
Wieder der blaue Blick. Markus Grandauer lächelte und ließ Milli nicht aus den Augen. Sie war gerade nicht ganz sicher, ob er während der Führung durchs Haus, bei der

er eine Liste angefertigt hatte, was an Renovierungsarbeiten anstehen würde, mit ihr geflirtet hatte. Sie war wohl etwas aus der Übung. Dieser junge Mann jedoch hätte ihr Sohn sein können. Na ja, nicht ganz, sie übertrieb in diesen Dingen gerne etwas, aber er war höchstens fünfundvierzig und damit entschieden zu jung. Sie ging schließlich langsam auf die fünfzig zu. Und ihre Attraktivität hing nicht an Äußerlichkeiten. Ihr Lebensmut, der Charme, der Witz …, die »Milli-Magie« strahlte subtil. Ganz im Gegensatz zu Adonis, der, ein Stück größer als sie, breitschultrig und offensichtlich sportlich, mit kurzem Blondschopf an Robert Redford erinnerte. Und das nicht in seinen späten Filmen! Sie würde Fanny anrufen und ihr berichten, dass Robert Redford ihr Häuschen sanierte, das würde ihr gefallen. Erst einmal aber wand sie sich, so gut es ging, aus der Situation, um sich nicht durch ein dümmliches Lächeln oder irgendeine zweideutige Äußerung zu blamieren.
»Sie machen mir einen Kostenvoranschlag?«
»Ja, sicher. Den bringe ich Ihnen Ende der Woche vorbei.«
Blauer Blick.
»Sie schicken ihn nicht?«
»Ach, das liegt auf dem Weg in mein Büro. Ich dachte, ich überfalle Sie, und wir gehen gleich alles zusammen durch. Donnerstag? Am Nachmittag?«
Langer blauer Blick. Hilfe! Sie war gerade wieder sechzehn geworden und hatte offensichtlich ein Problem mit den oberen Halswirbeln, denn sie nickte.
»Schön, dann können wir ja eventuell schon gemeinsam die Farbe für den Außenanstrich aussuchen«, sprach Markus Grandauer weiter. »Ich könnte mir statt des Gelbs

auch was anderes vorstellen, sofern wir da vom Denkmalamt nicht gebunden sind.«

»Blau?«, fragte Milli zaghaft und wollte sich damit eigentlich nur selbst auf den Arm nehmen.

»Genau! Sehen Sie, wir liegen auf derselben Wellenlänge. Ein schönes Hellblau und natürlich Weiß für die Stuckpartien und die Fenster, wie gehabt. Aber die Fensterläden sollten dann kontrastieren. Ich bringe Farbmuster mit.«

Milli sah gerade ganz andere Farben. Sie drehten sich wie ein Wirbel auf Höhe seines Solarplexus und waren von bestechender Klarheit.

»Also dann bis Donnerstag, Millicent Gruber.«

Abgang, die Auffahrt entlang. Silberner Mercedes irgendwas, Milli kannte sich mit Automarken nicht aus. Blauer Blick kurz vorm Losfahren. Weg. Zurück auf den Olymp.

Milli sah an sich hinunter. Sie trug einen schäbigen grauen Flanellrock und einen Rollkragenpullover, dunkelrot, klassisch. Was der schäbige Rock bis vor einer Stunde auch noch gewesen war, klassisch. Er musste sich irgendwann zwischen den blauen Blicken abgenutzt haben neben Markus Grandauers perfekter Erscheinung. So wie sie! Anders konnte Milli sich nicht erklären, warum sie sich gerade verfluchte, dass sie heute Morgen kein Makeup aufgetragen und nur die Wimpern kräftig getuscht hatte. Außerdem war sie zu faul gewesen, ihre Haare zu waschen. Mist! Aber eigentlich auch egal, weil sie sich sowieso nicht mit dem jungen Redford verabreden würde. Schöne Männer passten nicht zu ihr. Sie hielt es mehr mit den Charismatischen mit Denkerstirn. Männer, die sie ansahen wie einen Botticelli – *La Primavera* oder wenigstens ein Spätsommer. Gern auch zehn Jahre älter, gebildet, bescheiden und ohne jede Selbstinszenierung.

Milli sah an der Westfassade hoch. »Hast du gehört, altes Gemäuer, du bist noch gut in Schuss. Wir werden ihm nicht verraten, dass das eines deiner verborgenen Talente ist.« Tatsächlich war das Haus in den vergangenen hundert Jahren kaum renoviert worden. Genau wie seine Bewohner alterte es nur langsam, als unterläge die Gruberzeit einem anderen Maß. Millis Urgroßmutter war hier siebenundachtzig Jahre alt geworden, der Großvater neunzig, und die Granny – Milli nannte die deutsche Großmutter so, da sie ihre britische kaum kannte – wäre sicher nicht so bald gestorben, hätte der Unfalltod ihres Sohnes und ihrer Schwiegertochter sie nicht gebrochen. Milli war sich sicher, dass sie, solange sie hier lebte, bei guter Gesundheit alt werden würde. Allein die tiefe Überzeugung trug, und für die Zeit nach ihrem Tod hatte sie Pläne. Deshalb war auch Markus Grandauer, der Inhaber einer Firma für Altbausanierung, heute hier gewesen, denn sie wollte die Villa in den nächsten Jahren wieder perfekt herrichten lassen. Eine neue Heizungsanlage stand an und die Dachdämmung, von der sie gesprochen hatten, wenngleich die ihr etwas Kopfzerbrechen bereitete, weil sie das Dachgeschoss entweihen würde. Vorübergehend zumindest, aber eben doch. Nun, das war ein Thema für sich! Von einer Fassadendämmung hatte Herr Grandauer ihr abgeraten. Sie spare zwar Heizenergie, führe jedoch gern zu Schimmelbildung im Haus und Algenbewuchs auf der Außenseite, besonders west- und nordseitig. Außerdem hätte man dazu den original Rauhputz abschlagen müssen, hatte er erklärt, den so in reiner Handarbeit heute kaum mehr jemand herstellen konnte.

Millis nächster Schritt würde dann ein Gang zum Notar sein, denn sie hatte keine Erben, aber die Verantwortung für ihr Haus. Sie wollte es nach ihrem Tod in eine Stiftung einbringen, die Arthur-Gruber-Stiftung. Das Herzstück wäre die Villa nebst dem verbleibenden Vermögen zu ihrer Erhaltung, versehen mit der Auflage, das Haus für immer als Praxis für alternative Heilmethoden zu nutzen sowie den Garten im heutigen Zustand zu belassen. Sie konnte nicht erwarten, dass nach ihr noch jemand die wahre Bedeutung des Grundstücks und die seltene Energie des Hauses begreifen würde, aber es würde auch weiterwirken, ohne erkannt zu werden. Sie wollte natürlich Marie als erste Nutznießerin bestimmen. Sie sollte ihre Praxis hier einrichten und anfänglich vielleicht sogar noch mit ihr gemeinsam praktizieren. Nur, dass Marie jetzt wegzog, war eine neue Wendung. Damit hatte sie nicht gerechnet.

War es also noch zu früh, so weit in die Zukunft zu planen? Andererseits, der Unfall ihrer Eltern und auch der von Emma hatten gezeigt, wie schnell die Dinge sich verändern konnten. Man hatte eben doch nicht alle Zeit der Welt.

Nein, der Geist des Hauses musste unter allen Umständen bewahrt bleiben, ganz egal, was sich ergab. Dieser Ort durfte niemals der Gier anheimfallen.

Paul schob den Rollstuhl mit aller Kraft über den unebenen Weg am Fluss entlang. In der Nacht war es klar gewesen, und die Erde war deshalb gefroren. Diese Spaziergänge erwiesen sich mittlerweile als gute Möglichkeit, der Zeit zu begegnen, die sich in der Sprachlosigkeit gerne ausdehnte. So waren Paul und sein Vater jetzt häufig unterwegs, denn das Schachspiel machte Heinrich keine Freude mehr. Trotzdem stand es auf dem Beistelltisch in seinem Zimmer.

An der Bank bei den alten Kastanien hielten sie an, und Paul setzte sich seinem Vater gegenüber. Dieser war in dicke Decken eingehüllt und trug noch seine warmen, gefütterten Hausschuhe.

»Frierst du, Vater?« Heinrich lächelte in eine Ferne, die Paul nicht einsehen konnte. »Ich war in der Oper, weißt du«, sprach er weiter. Ihre Augen trafen sich, aber Paul hatte heute nicht das Gefühl, dass sein Vater ihn auch erkannte. Die Unsicherheit ließ Heinrich lächeln, als wüsste er, dass er ein Gespräch führen sollte, aber nicht, was das war. Er war früher auch oft in der Oper gewesen. Mit seiner Frau war er sogar in manchen Jahren nach Bayreuth gefahren, um Wagner zu hören. Oper. Nur ein Wort. Was ist ein Wort?

Paul zog die Decke über Heinrichs Knie und steckte sie unter seinen Beinen fest, damit die kalte Luft ihm nicht in die Glieder kroch.

»Und ich hatte Geburtstag. Es war der erste ohne Emma. Ohne sie habe ich das Gefühl, gar nicht zu existieren. Ist dir das damals auch so gegangen nach Mutters Tod?« Paul schlang den Schal seines Vaters enger um dessen Hals und richtete ihm den rechten Handschuh. Heinrich nestelte ständig daran herum wie ein Kind, das gezwungen wurde, Handschuhe zu tragen, aber partout nicht wollte.

»Wir haben damals kaum über Mutters Tod gesprochen. Ich weiß gar nicht, wie sich das für dich angefühlt hat«, überlegte Paul laut. »Aber wir haben ja nie über Gefühle gesprochen ... nie. Nur über die praktischen Angelegenheiten, den Beruf, die Karriere oder wie viel wer verdient.

Mein Leben ist aus den Angeln gehoben, Vater. Es ist wie ein Pendel, das nicht mehr schwingt. Die Schwerkraft hält es auf der Stelle.«

Paul betrachtete seinen Vater, der ihn mit leerem Blick ansah und nickte. Er hatte nichts verstanden, aber das war auch nicht wichtig. Irgendwie tat es trotzdem gut, ihm all diese Dinge zu erzählen. Und so sprach er bereits im Weitergehen heute zum ersten Mal über seinen Selbstmordversuch und die Sinnlosigkeit seiner Tage. Er erzählte seinem Vater von Emmas Beerdigung, von seinem leeren Haus, das täglich größer wurde, und vom Alleinsein. Er hatte keine Angst mehr vor dessen Urteil, keine Angst, schwach vor ihm zu sein. Noch schwächer als sein Vater. Vielmehr fühlte er sich von ihm angenommen, und wenn auch er derjenige war, dessen Körperkraft sie beide bewegte, so war es doch sein Vater, der diese Gefühle fließen ließ. Langsam und gleichmäßig und selbst die schlimmsten fast ohne Not. Das ordnete und beruhigte Pauls Gedanken, denn sein Vater war der Einzige, der keine baldige Besserung von ihm erwartete, der seinen Zustand Woche um Woche mit dem gleichen Selbstverständnis hinnahm, der Einzige, für den Emma auch eben erst gestorben war. Selbst in Monaten würde es für ihn immer noch eben erst sein, so wie für Paul. Seines Vaters Zeitmaß entlastete ihn, damit stützte der Verlorene ohne Erinnerung den Suchenden, der zu viel davon hatte.

Sie sahen sich jetzt viel öfter als früher, als Paul noch mit der Praxis belastet war und nur sein Pflichtgefühl die Besuche beim Vater trug. Als beim Kaffee auf dem elterlichen Sofa noch Erfolge wie Kontodaten abgefragt wurden. Mein Gott, es war so lange her. Pauls Mutter war traurig, dass er sich mit den Jahren so zurückgezogen hatte, aber er ertrug diese völlige Abwesenheit von Nähe nicht. Und dann war sie gestorben, und Heinrich drängte sich auf durch seinen ungebremsten Verfall. Damals war Paul noch wütend geworden, wenn sein Vater auf dem Unsinn beharrte, den sein schwindender Geist produzierte. Doch heute verstand er, wie ein Leben auseinanderfallen und eine Biographie ausgelöscht werden konnten. Jetzt spürte er nur noch die Verbundenheit und nicht mehr die Last.

Es war wirklich kalt, Paul war mit seinem Vater gerade auf der Höhe der Wehr- und Turbinenanlage nach Süden unterwegs, als Milli am gegenüberliegenden Flussufer auf der Bank bei den ausrangierten historischen Turbinen saß. Sie mochte diese gewaltigen Riesen aus Stahl, die dort ausgestellt wurden. Sie strahlten so etwas Unverrückbares aus und waren wie die Kleinodien im Gruberhaus von der Arbeit und jeglicher Funktion erlöst.

Milli bemerkte den Mann, der den Rollstuhl schob, sofort. Sie sprang auf, schlug ihr Tuch zurück, in das sie sich eingehüllt hatte, und schaute hinüber. Und auch er sah hoch, und ihre Blicke trafen sich. Mein Gott, Paul … Milli hob die Hand, ein Gruß über das Wasser hinweg. Sie hätte vielleicht etwas rufen können, aber das durch das Wehr abgeleitete Wasser brauste hier mit solcher Wucht und Lautstärke vorbei, und die Autos auf der Planegger Straße hinter Milli taten ihr Übriges. Paul nickte mit einem Lächeln und verlegenem Gesichtsausdruck und schob den Rollstuhl weiter. Er ließ die hölzerne Brücke hinter sich und sah sich nicht um. Er sah sich nicht einmal um!

Auf dem Weg flussabwärts wird der Felsbrocken zum Kiesel geschliffen, dachte Paul in diesen Sekunden. Ja,

Millicent, du bist stark, viel stärker als ich. Du trittst dem Leben entgegen, wenn ich mich verstecke. Du könntest den Fluss überwinden, aber mir steht das Wasser schon an Land bis zum Hals. Versteh doch, nur ein Wort, und ich würde ertrinken.

Momo hatte wieder allerlei raschelnde Blätter ins Haus geschleppt und spielte damit vor dem Treppenaufgang. Trotz der dünnen Schneedecke gab es davon reichlich Nachschub. Sie knisterten so schön, wenn man sie anschubste, und zerstoben alsbald in winzige Brösel, die sich im ganzen Haus verteilten. Milli war begeistert, sie hatte gerade gesaugt. Trotzdem war es ihr lieber, als tote Mäuse zu entsorgen, die die Coons sogar unter Teppichen versteckten. Von diesen Zwischenlagern hatte damals nichts auf Maries Pro-Haustierlisten gestanden!
»Sie wird ein Eishockeystar«, kommentierte Marie Momos Spiel und warf eines der Blätter vor ihr die Stufen hinauf.
»Das saugst du dann weg«, meinte Milli mürrisch. »Ich hab das Gefühl, ich drehe mich in diesem Haushalt nur im Kreis.«
Seit der Nachricht von Maries Umzug waren zwei Wochen vergangen, und Marie hatte sich fast damit abgefunden. Milli hingegen war so traurig, dass ihre Arbeit bereits darunter litt, und Pauls Schweigen am Fluss setzte noch eins drauf. Sie hatte heute Vormittag eine Herzpatientin gehabt, bei der sie zwei Anläufe nehmen musste. Der unerschütterliche Instinkt, der sie immer leitete, hatte Aussetzer. Das lag nur an der Traurigkeit. Sie war ein eigenständiges Wesen, das Milli bei lebendigem Leib auffraß. Ein Parasit, der sich an seinem Wirt labte und ihn täglich

mehr schwächte. Sie konnte seine Anwesenheit im ganzen Haus spüren, und sogar das Haus spürte sie. Es sperrte sich genau wie damals vor fast achtundzwanzig Jahren gegen die Verlassenheit, die Milli jetzt in jeden Raum trug, den sie betrat. Seine Türen klemmten immer öfter, als wären sie verschlossen. Milli musste die Klinken kraftvoll hinunterdrücken und sich dagegen lehnen. Gestern hatte sie zum ersten Mal, seit sie denken konnte, ihren Schlüssel vergessen, weil er nicht wie sonst an seinem Platz auf der Anrichte in der Küche gelegen hatte, wo sie ihn immer automatisch einsteckte, bevor sie das Haus verließ. Sie musste über ein Kellerfenster einsteigen und ruinierte sich dabei ein neues Paar Seidenstrümpfe. Als sie den Schlüssel dann später unter der Anrichte am Boden wiederfand, war ihr natürlich sofort klar, dass das ein plumper Versuch ihrer Wohnstatt gewesen war, sie und ihre Trübsal auszusperren, weshalb sie ihrem hinterhältigen Gemäuer eine ordentliche Standpauke hielt. Im Keller verdarb jetzt das eingelegte Gemüse, die Kartoffeln keimten, die Äpfel faulten, und auf manchen Einmachgläsern bildete sich der Schimmel. Die ganze schöne Arbeit vom Vorjahr war umsonst. Außerdem schmeckten etliche Flaschen vom Pflaumensaft sauer, als hätte Milli ihn ohne Zucker eingekocht. Ja, es war genau wie damals, ein Phänomen, das Milli selbst auslöste, davon war sie überzeugt.

Deshalb verbrachte sie jetzt auch viel Zeit im Kontor und versuchte die niederdrückenden Gedanken dort beim Schreiben zurückzulassen. Doch leider waren sie von beweglicher Substanz und krochen auch unter Türschwellen hindurch, auf der Suche nach ihrem Hafen. Dann kollidierten sie wieder mit Millis Bedauern und ihrer Hoffnungslosigkeit. Im Idealfall hatten solche Empfindungen ja nur ein vorübergehendes Wohnrecht in den Seelenzimmern der Menschen, zumindest in ihrer anfänglichen Intensität. Irgendwann lief ihr Mietvertrag aus, und sie mussten weichen. Manchmal jedoch entpuppten sie sich als Hausbesetzer. Üble Schmarotzer, die den Wohnraum nachhaltig belegten, auf dass nur ja keine glücklichen Empfindungen mehr eingelagert werden konnten. Dann musste man die Plage mit ein paar wunderbaren Gedanken überrumpeln. Das schuf ein Überraschungsmoment, das sich ausnutzen ließ, um sie vor die Tür zu setzen. Am Ende blieb dann nur der Raum der Schatten in fester Hand, denn von jeder Not gab es auch nach ihrem Auszug ins Reich des Vergessens eine Blaupause, und die wurde verwahrt. Doch Schatten brauchten nicht viel Platz, man konnte sie gut stapeln. Mitunter vermengten sie sich sogar mit den Jahren, dann konnte man den einen vom anderen nicht mehr so gut unterscheiden oder gar trennen, aber man hatte stille Mitbewohner an ihnen, Schatten waren selten aufdringlich. »Ein Verlust ist erst dann eingetreten, wenn du ihn akzeptierst, Milli«, hatte Fanny sie kürzlich trösten wollen. »Also akzeptiere ihn nicht.«

»Dann muss ich aber auf ein Wunder hoffen, damit Marie dableiben kann.«

»Genau. Oder du kümmerst dich selbst um eine bessere Stelle für ihre Mutter. Ich könnte mich mal bei uns im Verlag umhören. Wir suchen immer wieder Bürokräfte.«

Marie hatte alles Rascheln eingesammelt und ging mit der üppigen Momo auf dem Arm nach oben. Sie musste noch Hausaufgaben machen. Milli hörte, wie sie mit leichter Hand die Wohnzimmertür öffnete und sie hinter sich zufallen ließ. Unerhört! Nicht nur, dass im Wohnzimmer neuerdings die Wandfarbe merklich verblasste und sogar der Lack zweier alter Kommoden spontan blätterte, das Haus richtete seinen Protest auch ganz offensichtlich gezielt und höchstpersönlich nur gegen sie! Und das, obwohl sie es gerade noch nach Markus Grandauers Besuch für sein jugendliches Aussehen gelobt hatte. Von wegen kein Verfall!

Jetzt fühlte Milli sich hier wirklich verloren.

Die Leere ist mehr als ein Nicht-Dasein, dachte sie in ihrer Fassungslosigkeit und setzte sich erschöpft auf die unterste Treppenstufe. Ja, sie ist mehr als bloße Abwesenheit. Der Raum, den Marie in ihrem Herzen ausgefüllt hatte, würde nicht einfach nur unbesetzt zurückbleiben, verwaist, nein, er würde alles Glück aufsaugen und die Liebe absorbieren. Diesen Raum würde sie wohl nie mehr betreten können.

Fast hätte Markus Grandauer seinen Kostenvoranschlag doch auf den Postweg gebracht, denn Millicent Gruber hatte schon zwei Termine verschoben. Aber diese eigenwillige Frau mit der Jugendstilvilla ging ihm nicht aus dem Kopf. Sie war hübsch und hatte Humor. Und keinen Ehemann, wie es aussah, aber vielleicht einen Freund? Nun, das würde er erfahren, wenn er sie zum Essen einlud, was er sich für das heutige Treffen fest vorgenommen hatte. Markus war nun schon zwei Jahre allein. Seine letzte Beziehung hatte elf Jahre gedauert, aber sie hatten es in all der Zeit nicht geschafft, zu heiraten oder sich zu trennen. Sie blieben aus Bequemlichkeit und Gewohnheit zusammen, nahmen das Gleichmaß hin und ließen ihre Verbindung in der Schwebe. Und doch war sie nicht unbeschwert. Sie stritten nicht, sie waren sich treu, aber sie waren irgendwo zwischen dem Gehen und Bleiben steckengeblieben, bis seine Lebensgefährtin sich neu verliebt und ihn ohne große Worte und gegenseitiges Bedauern ganz plötzlich verlassen hatte. Jetzt träumte er wieder vom magischen Moment der ersten Berührung, dem gemeinsamen Fall ins Unendliche, voller Neugier alle Sinne auf den einen Menschen gerichtet, der entdeckt werden durfte. Für ihn war das eine andere Form der Kommunikation, wie ein langes Gespräch ohne Worte. Man konnte Gefühle ausdrücken, für die die Sprache gar keine Beschreibung bot. Und er wollte diese Unterhaltung mit Milli führen, unbedingt. Dabei dachte er an ein gemeinsames Essen, einen Kinobesuch oder vielleicht auch einen Spaziergang im Schnee. Der Schlosspark wäre schön, sie könnten in der Orangerie Kaffee trinken. Und dann würde sich womöglich ein Blick verfangen, und ihr schneller Herzschlag wäre zu spüren, ihr Gesicht ganz nah an seinem und ihr Atem auch, ihr Duft. Sie roch nach Givenchy drei, herb und grün. Markus könnte seine Hand in ihren Nacken legen und sie an sich heranziehen, ein kleiner Widerstand, das Herz setzte kurz aus, und der Atem hielt an. Und dann berührten sich ihre Lippen, erst ganz leicht und zaghaft, aber bald fordernder, bis er sie leidenschaftlich küssen und die Welt um sie verschwinden würde. In diesem Augenblick war der Mensch dem Himmel näher als die Sterne selbst, die ihn bildeten.

Jetzt saß Markus mit Milli in ihrer geräumigen Küche im Erdgeschoss. Sein Blick ging durch die drei Fenster in den verwilderten Garten hinaus, der unermesslich groß sein musste und in dem sich mit schwerem Gerät durchaus ein paar Quadratmeter kultivieren ließen. Ein Feuer knisterte im Holzherd, auf dem sie offensichtlich auch kochte,

wenngleich noch ein Elektroherd in der Küchenzeile an der Fensterseite stand. Und ein Skelett mit leeren Augenhöhlen neben der Tür. Irritierend!
»Frau Beckmann, eine langjährige Patientin«, hatte sie nur gesagt, »ein wirklich schlimmer Fall.«
Seine Pläne und die Angebote, die er eingeholt hatte, lagen auf dem Küchentisch. Sie wollte mit den Arbeiten lieber erst im Sommer beginnen, denn die Handwerker rund um das Haus und der Lärm würden ihre Patienten stören. Sie meinte, dass sie ihre Praxis für einige Zeit schließen müsste. Sie war Heilpraktikerin, davon verstand er nichts, aber es bot sicher viel Gesprächsstoff.
»Wir könnten mit der Dachdämmung und den Arbeiten an der Fassade auch noch Ende Juli anfangen. Wir müssen ein Gerüst bauen. Das alte Mädchen wird also für ein paar Wochen ins Korsett gesteckt.«
Diese blauen Augen brachten Milli noch dazu, unfreiwillig über ihrem Stuhl zu schweben. Sie wollte gar nicht ausschließen, dass sie dazu in der Lage war.
»Nun, dann sind wir vorerst fertig«, meinte Markus, als Milli nickte, aber er rührte sich nicht vom Fleck. Er goss sich und ihr Tee nach und lächelte verboten. »Wenn uns dann jetzt gerade keine Geschäftsbeziehung verbindet, könnten wir eigentlich miteinander essen gehen. Passt Freitag?«
Milli war sprachlos. Das mit den tiefen Blicken hatte sie sich doch nur eingebildet. Und auch wenn sie sich heute wirklich hübsch gemacht hatte – sie trug sogar die Smaragdohrringe ihrer Großmutter, die ihre Augen unübersehbar leuchten ließen, und ein schlichtes, elegantes Kostüm mit langem Rock –, so war doch eigentlich klar, dass das nur eine Phantasie war. Viel zu gutaussehender junger

Mann warb um mittelaltes Mädchen. Die graue Maus kroch aus dem Mauseloch, und die Kürbiskutsche fuhr vor.

Graue Maus? Kürbiskutsche? Diese Begegnung wirkte sich offensichtlich auf ihr Gehirn aus. Die Vergleiche, die ihr da durch den Kopf schossen, waren ja wohl nicht ihr Ernst! Was hatte Markus Grandauer nur an sich, das Milli derart verunsicherte? Gerade stellte sie sich vor, wie seine Hand versehentlich beim Griff nach der Teekanne die ihre berührte und er sie nicht zurückzog.

»Sie sprechen nicht mehr mit mir?« Markus sah sie fragend an.

»O doch, natürlich. Entschuldigung. Was haben Sie gesagt?«

»Ob Sie am Freitag mit mir ausgehen würden.«

Was für eine schöne Stimme.

»Ein Geschäftsessen?«

»Nein.«

»Oh.« Milli waren wirklich die Worte abhandengekommen.

»Wenn es da jemanden gibt, ich meine, einen Mann in Ihrem Leben, der etwas dagegen hätte, dann ziehe ich die Frage natürlich zurück. Zumindest, wenn er größer ist als ich.«

Er sah Milli mit ungeheurer Entschlossenheit und einem bubenhaften Lachen an, aber sie nahm auch Unsicherheit in seinem blauen Blick wahr und etwas Zaghaftes, das sie mochte.

»Markus, das schmeichelt mir ungemein. Aber ich kann doch nicht mit Ihnen ausgehen. Sie sind viel zu jung.«

»Zum Essen?«

»Nein, um mit mir zu essen! Ach, sie verstehen mich

schon. Ich werde dieses Jahr neunundvierzig.« Das sagte Milli, als meinte sie vierundneunzig.
»Das ist doch schön. Und ich werde fünfundvierzig. Aber ich habe eine alte Seele. Das entspricht einem Aufschlag von, sagen wir, hundert Jahren. Ich bin also hundertfünfundvierzig und brauche deshalb, wenn ich ausgehe, jemanden, der mich stützt.«
Milli betrachtete ihn ungläubig. Er brachte sie zum Lachen. Aber auch wenn ihr in seiner Nähe die Knie weich wurden, so war er doch kein Mann, dem sie ihr Herz geschenkt hätte, so wie der großväterlichen Pendeluhr, Alice' altem Rosenservice oder dem hundertjährigen sanften Vergehen der Mauern des Hauses. Milli liebte eben das versteckte Betören. Warum sonst hing sie wohl so an Paul?
»Bitte seien Sie mir nicht böse, aber ich kann das nicht. Wenn ich irgendwann mal wieder ausgehe, dann mit einem Mann, der etwas weniger ... wie soll ich sagen? Weniger ... Designerhaus ist«, Milli rang ehrlich um Worte, »weniger schlüsselfertig und mehr ... denkmalgeschützt ... bewohnt.« Eine peinliche Pause entstand. »Verstehen Sie, was ich meine?«
»Zum Glück nicht.« Markus schien nicht gekränkt. »Und deshalb sehen wir uns am Freitag. Da können wir den kleinen Architekturexkurs gerne vertiefen.«
Milli war überrascht und ehrlich verwirrt. »Am Freitag also«, sagte sie deshalb widerstandslos.
Diese Verabredung war irgendwie unwirklich, so wie er, und trotzdem zauberte sie ihr ein Lächeln ins Gesicht, das sogar noch anhielt, als Markus Grandauer längst gegangen war.
Milli fiel ein, wie das Rehlein sie gefragt hatte, ob sie

manchmal einsam sei. Das war Ende November bei ihrem Nachtspaziergang gewesen. Sie hatte es damals verneint. Aber vielleicht sehnte sie sich doch danach, jemanden an ihrer Seite zu haben? Einen Mann, so wie Fanny oder ihre Mutter ihr ganzes viel zu kurzes Leben lang. Und vielleicht fühlte sie sich, seit sie Paul nicht mehr sah, auch ausgesetzter als früher. Ein bisschen verlassen? Marie ging ebenfalls bald fort, dann würde es still werden.

Ein Abendessen. Nur ein einziges. Milli überlegte, ihr vegetarisch-veganes Lieblingslokal vorzuschlagen, in dem schon Paul an ihrer Seite Hunger gelitten hatte. Dieses kleine kulinarische Opfer musste Markus Grandauer dann wohl bringen.

1. März 2013

Mein lieber Paul,

mein Leben gerät gerade in jeder Beziehung aus der Bahn. Ich falle zwischen Glück und Traurigkeit hin und her. Ich habe jemanden kennengelernt, wir gehen aus. Und das Rehlein verlässt mich. Ihre Mutter zieht fort, nach Dortmund. Ich stürze ständig aus dem siebten Himmel in die Hölle, in der ich in Maries Abwesenheit verglühen werde, und steige dann wieder auf. Wie kann das nur gleichzeitig passieren?

Das konnte sie unmöglich schreiben. Sie konnte ihm doch nicht erzählen, dass sie einen Mann kennengelernt hatte, während er um Emma trauerte.

Ich finde, dass er meinem Vater ähnlich sieht. Ich bin gerade zwanzig Jahre jünger und fühle mich hinreißend schön.

Niemals würde sie so etwas Albernes schreiben. Sie war all die Jahre darum bemüht gewesen, auf Paul einen ernstzunehmenden, soliden Eindruck zu machen. Millicent Gruber – klug, gebildet, über Äußerlichkeiten erhaben, erwachsen.

Er kümmert sich um die Renovierung des Hauses, das ab August leer sein wird, ohne mein Mädchen. Sie hat so viel Freude in die alte Hütte und mein Leben gebracht.

Wenn ich Marie manchmal von der Schule abhole, sehe ich die jungen Leute auf dem Pausenhof oder an der Bushaltestelle, fünfzehn, sechzehn Jahre alt. Dann ist das Gefühl von völliger Freiheit wieder da, genau wie damals, als ich selbst zur Schule ging. Gewiss, die kleinen Probleme schienen überdimensional, und der Liebeskummer war endzeitlich, aber trotzdem war da doch dieses Empfinden des Augenblicks. An jedem neuen Tag war alles offen und alles möglich. Jede Begegnung war aufregend, das Lernen, das Eingebundensein in die Schule, die Freunde. Nur der Tag zählte, das war ein Dahingleiten ohne Plan. Ja, das Planlose fehlt mir am meisten. Doch dort auf dem Schulhof greift dieses Gefühl noch immer Raum, es ist mit jeder neuen Generation wieder da und lässt sich, einem stolzen, wilden Pferd gleich, auch von alten, verwitterten Besuchern die Nüstern streicheln. Ehe es sich aufbäumt, davongaloppiert und die Jugend mitreißt.

Paul, warum können wir diese Unmittelbarkeit nicht mehr spüren? Wir sind unser eigener Herr, fühlen uns längst nicht mehr so unsicher wie früher, haben unser Auskommen, unseren Platz im Leben. Warum können nicht gerade wir sorglos und unbeschwert den Augenblick genießen? Ich will im Moment gar kein Morgen planen. Ich will überhaupt nicht planen. Ich will nur durch mein Leben streunen, Paul, und mich überraschen lassen.

Millicent ist verrückt geworden, sie möchte zurück auf den Schulhof – sie wusste genau, dass er das denken würde, dass er nichts von dem verstehen würde, was sie da schrieb. Oder doch? Nein, das Risiko wollte sie gar nicht

erst eingehen. Der begonnene Brief wanderte in eine Kiste »Banales und andere Sinnlosigkeiten«.
Sie würde Paul heute nur von Marie erzählen und davon, wie traurig sie war, weil sie fortging. Das verband sie, und Trennendes brauchte es jetzt gewiss nicht.

Die Quelle der Gelassenheit trug endlich keine Eisschicht mehr. Die Märzsonne kroch bereits in den Boden, obwohl die zähe Wolkendecke das nur stundenweise zuließ. Diese Quelle war eigentlich ein Brunnen, der, ein gutes Stück von Millis Haus entfernt, im Dickicht verborgen lag. Arthur Gruber hatte ihn im Zuge des Hausbaus graben lassen, denn das weitläufige Grundstück war damals zur Selbstversorgung gedacht gewesen. Der Großvater wollte seine Familie während möglicher Kriege oder anderer Katastrophen durch eine kleine private Landwirtschaft autark versorgen können, und dafür benötigte er natürlich auch reichlich Wasser. Der Brunnen war nie in die Baupläne aufgenommen worden und führte so sein Dasein von den Behörden unbemerkt fort. Milli war sicher, dass ein offener Zugang zum Grundwasser nicht erlaubt war. Aber was nicht verzeichnet war, existierte auch nicht. Dieses Wasser hatte, das spürte sie immer wieder aufs Neue, eine spezielle Eigenschaft. Es unterstützte die Ruhe im Organismus, die Gelassenheit. Sie trank von diesem Brunnen jeden Tag, sie kochte mit dem Wasser und brühte ihre unverzichtbaren Tees damit auf. Die liquide Ausgeglichenheit reinigte die Zellen und den Geist gleichermaßen. Im Prinzip war es natürlich dasselbe Wasser, das auch aus dem Hahn floss. Aber sie hatte festgestellt, dass es doch eine andere Schwingung aufwies, ehe es die Rohrleitungen passiert

hatte. Deshalb eignete es sich auch so gut für das Ansetzen ihrer Bachblüten.
Während Milli heute den Schöpfeimer hochzog, dachte sie an Marie. Fanny hatte schlechte Nachrichten gehabt, im Verlag war keine in Frage kommende Stelle für ihre Mutter in Aussicht, doch Markus hatte sich noch angeboten zu suchen. Nicht in seiner Firma, er war mit langjährigen Mitarbeitern ausgelastet, aber bei befreundeten Unternehmern. Vielleicht tat sich ja doch noch eine Tür auf.
Milli schleppte ihren täglichen Vorrat an Brunnenwasser in ihre Küche, befüllte Wasserkocher und Katzennapf und fuhr anschließend mit dem Bus auf den Friedhof. Sie hatte frische Veilchen mit einem feinen dunkellila Samtband in ihrem Einkaufskorb mitgebracht, denn es war der 5. März, der Todestag ihrer Großmutter.
Milli hätte sie damals, als sie starb, gerne auf ihrem Weg hinüber begleitet, denn sie war davon überzeugt, dass die Seelen weiterzogen. Aber sie stellte sich das eher wie ein Meer aus Seelen vor, in das sich jede neue als eigene Menge ergoss, um sich dann vollständig zu vermischen. Vor achtundzwanzig Jahren, nach dem unwirklichen Verlust der Eltern, sehnte Milli sich danach, in diesen Ozean einzutauchen. Aber zu keiner Zeit in ihrem Leben wäre sie freiwillig gegangen, so wie Paul. Nie war das Leben so schwer, so unerträglich, dass sie es nicht hätte leben wollen. Sie dankte Gott für jeden Tag, auch den schlimmsten. Nach der Beerdigung der Granny war es dann eng auf der steinernen Gedenktafel geworden, und so hatte Milli einen neuen Grabstein anbringen lassen. Genau genommen war es ein Baum, aus Schmiedeeisen gefertigt. Der Stamm, der fast so groß war wie sie selbst, verzweigte sich an der Stirnseite des Grabes zu beiden Seiten und trug Blätter,

die goldfarben bemalt waren. Versteckt zwischen den filigranen Ästen, fanden sich die Geburtsplaneten der Familienmitglieder. Ein Jupiter, als zehn Zentimeter große Skulptur gearbeitet, wie man ihn lebensgroß aus römischen Sammlungen kannte, das Zeichen des Uranus auf der geöffneten Hand, stand für die Urgroßmutter und ihren in London beerdigten Mann. Jupiter-Uranus, die »Vielfruchtmarmelade« hatte ihr Lehrer diese Verbindung einst genannt. Zum überraschenden Moment des Uranus gesellte sich die Vielfalt, das Weltumgreifende des Jupiter. Ein Neptun mit Dreizack, ebenfalls als kleine Figur gefertigt, mit einem Steinbock an seiner Seite, repräsentierte die Großeltern. Und für ihren Vater hatte Milli eine anmutige Venus entwerfen lassen, die an eine antike Aphrodite erinnerte. Wie bei der Jungfrau Maria lag ihr eine Mondsichel zu Füßen, die Alice verkörpern sollte. Der immergrüne Efeu hatte sich den Lebensbaum in den Jahren gegriffen und sich mit ihm verbunden. Die Namen und Daten der Verstorbenen konnte man deshalb nur lesen, wenn Milli die Heckenschere bemühte.

Sie steckte den kleinen Veilchenstrauß neben dem Steinbock ins Blattwerk hinein und drapierte seine lila Schleife. Er duftete intensiv nach den fliederfarbenen Veilchenpastillen, die die Granny so gemocht hatte. Dann machte sie sich auf den Rückweg und kam wie zufällig auch heute bei Emma vorbei. Noch im Oktober hatte sie hier ganz früh am Morgen, als sie sicher sein konnte, dass noch niemand unterwegs war, besonders nicht Paul, Blumenzwiebeln gesetzt. Tulpen und Osterglocken, eine kleine Wildform, die die ersten Frühlingsboten für ihn und seine Frau sein sollten. Und sie hatte auch später zum Heidekraut der Gärtner Christrosen gepflanzt.

Drei Reihen weiter passierte Milli dann den königlichen Postkassier mit Gattin, bei dem sie links abbiegen musste, und kam an dem verwitterten Grab des Flugzeugführers und Leutnants a. D. vorbei, der im letzten Kriegsjahr 1918 gestorben war und gewiss schon lange keinen Besuch mehr bekommen hatte. Hinter der Realitätenhändlerwitwe Ella Kraus, die hier mit ihren Kindern lag, aber ohne Mann – er war ihr wohl an einem entfernteren Ort abhandengekommen, so wie Millis Urgroßvater –, und dem Organisator des Feuerwehrwesens begann das freie Waldstück. Hier entdeckte Milli heute einen toten Fuchs, der fast am Wegrand lag. Sie sah keine Verletzungen an ihm, er war wohl erfroren. Sie bedeckte das Tier mit Tannenzweigen, die auf der Erde lagen, und verließ kurz darauf den friedlichen Ort, an dem die Vergangenheit so bildhaft Raum griff, durch eines der Tore zur Kriegerheimstraße Richtung Gegenwart und Busstation.

Das »halbe« Zimmer der dreieinhalb war jetzt lindgrün, und es standen schon ein kleiner Schrank und ein Bett darin. Helles Holz mit weißlackierten Fronten, Selbstabholung bei Möbel Höffner in Freiham. Fritz hatte das alles organisiert. Klara durfte noch nichts Schweres heben, und sie wurde auch immer noch schnell müde. »Ihr Körper heilt«, hatte Millicent Gruber bei Klaras drittem und letztem Besuch zu ihr gesagt, »das kostet Kraft.« An diesem Tag hatten sie auch das erste Mal über die Kosten der Behandlung gesprochen. Millicent Gruber hatte ihr ihre Abschlussrechnung mitgegeben. Klara hatte es völlig versäumt, am Anfang zu fragen, und sie wollte sich, als es ihr noch so schlechtging, auch gar nicht damit auseinandersetzen. Das Gesparte würde schon reichen, und als sie nach der ersten Sitzung gehört hatte, dass Millicent Gruber sie nur noch zwei-, höchstens dreimal würde behandeln müssen, war das ohnehin nicht mehr so wichtig. Drei Termine! Klara hatte sich auf ein halbes Jahr eingestellt, ein ganzes vielleicht sogar. Das war sehr ungewöhnlich, wie die Heilpraktikerin selbst. Und ihr Honorar. Klara hatte das Kuvert noch am Teetisch geöffnet und war sprachlos gewesen. Millicent Gruber hatte pro Sitzung, die zwischen zwei und drei Stunden gedauert hatten, nur je hundert Euro berechnet. Hundert! Wie konnte man davon leben? Noch dazu in diesem Haus? »Ist das für Sie in Ordnung?«, hatte Milli besorgt nachgefragt, denn Klaras verstörter Gesichtsausdruck war ihr nicht entgangen. »In Ordnung?«, erwiderte sie. »Ja, natürlich. Aber Sie haben sich so viel Zeit genommen, und ich merke doch auch, wie viel Kraft Sie so eine Behandlung kostet. Das ist viel zu wenig für das, was Sie da tun.« Milli schlürfte erleichtert ihren Tee. »Davon können Sie doch gar nicht leben, oder?«, fügte Klara noch hinzu und entschuldigte sich sofort für die indiskrete Bemerkung. »Es deckt das Nötige«, hatte Milli freundlich geantwortet und ihre Tasse zurückgestellt. Klara konnte ja nicht wissen, wie wenig sie zum Leben brauchte. Keine Miete, kein Auto, keine Reisen, Selbstversorgung aus dem Garten, sie aß kein Fleisch und pflegte insgesamt keinen aufwendigen Lebensstil. Sie verdiente genug, um das Erbe nicht ankratzen zu müssen, außer für größere Posten, und wollte überdies aus ihrer Gabe zu keiner Zeit Kapital schlagen. Vielleicht war das sogar die Basis des Gelingens, dass sie aus Liebe und Anteilnahme heilte. Klara war an diesem Tag sehr beschwingt nach Hause gekommen und hatte ihrem Mann die Rechnung gezeigt. »Eine feine Frau, nicht?«, hatte er gesagt und sich sofort um die Überweisung gekümmert. Seitdem spürte Klara mit jedem Tag mehr ihre Stärke und Zuversicht zurückkehren. Sie war schon fast wieder die Alte, mit ihrem Fritz an ihrer Seite. Gut, er war noch immer kein Romantiker, mitunter etwas ungeschliffen und direkt, aber doch seit der OP ihr viel näher als zuvor. Es war geschenkte Zeit, die sie da lebten, Zeit, um sich und ihre Ehe neu zu entdecken.

Fritz' Zurückhaltung und Fürsorge waren so voller Liebe, eine Liebe, die verschwunden gewesen war. Von den stummen Jahren aufgesaugt und in flüssigem Stickstoff konserviert. In der Kälte, die Klara jahrelang an seiner Seite in sich gefühlt und nicht hatte benennen können, außer vielleicht mit dem einen Namen – Ruth.

Die kleine Dose aus Alabaster stand nun auf der Fensterbank im neuen grünen Kinderzimmer. Schon nach der ersten Behandlung bei Millicent Gruber, noch am selben Tag, hatte Klara sie, einer Eingebung folgend, mit einem Mut, von dem sie bis heute nicht sagen konnte, woher er gekommen war, hervorgeholt und ihrem Mann gezeigt. Sie hatte Fritz' Verständnislosigkeit und Unglauben mit ihren Träumen konfrontiert und ihm von ihrer Sehnsucht erzählt, die sie versteckt gehalten hatte, um ihn nicht zu verärgern. Nur dass Ruth so oft bei ihr gewesen war in den Jahren, erwähnte sie nicht. Aber dass sie sich bei einer Hilfsorganisation für ein Programm melden würde, das kranke Kinder aus dem Ausland vermittelte, die hier vorübergehend eine Pflegefamilie brauchten, weil sie operiert werden sollten, erzählte sie. Sicher war es noch etwas früh, aber sie wollte nicht mehr warten, sie hatte schon so viel Zeit mit Warten verbracht. Und Fritz verstand es! Es kostete ihn zwar sichtlich Mühe zu verarbeiten, was da in seiner sonst so verschlossenen Frau vorging, welche Träume sie hatte, welche Ängste, ja, dass sie überhaupt welche hatte, aber er war wunderbar. Wenn sie ihn nun manchmal über den Frühstückstisch hinweg betrachtete – immer öfter legte er die Zeitung zur Seite, hinter der er früher verschwunden war –, schien er trotz der Veränderungen beinahe erleichtert. Sie konnte es nicht beschreiben, sie spürte nur, wie sie sich nähergekommen waren. Und es wäre sicher nicht so weit gekommen, wenn sie nicht bei Frau Gruber gewesen wäre, denn dort hatte sie diesen Mut gefasst. Die Heilpraktikerin und ihr vertrauensvoller Blick in Klaras heile Zukunft hatten etwas mit ihr gemacht. Mehr mit ihr als mit ihrem Körper, dachte sie heute. Denn Millicent Gruber hatte den kalten See gesehen, da war Klara sich sicher, und sie hatte ihr eine Barke aus Licht ans Ufer gestellt. Ein kleines leuchtendes Schiff, das Klara sicher hinüberbrachte, das sie schützte vor dem flüssigen Eis der Traurigkeit und sie in seinem hölzernen Bauch barg wie sie Ruth in ihrem Herzen.

»Bist du bereit für eine Überraschung, Klara?« Fritz hatte gerade die Post hereingeholt und einen Brief geöffnet. Sie erkannte das Logo des Hammer Forums, der Organisation, für die sie sich schon bald nach ihrem Gespräch mit Fritz entschieden hatte. »Sie heißt Tahani und ist sieben. Sie kommt im Juni aus dem Jemen, aus ... Oh, das kann ich gar nicht aussprechen«, sagte er lachend. »Was denkst du? Ein gemeinsamer Abendkurs an der Volkshochschule? Arabisch für Spätberufene?«

Das war ein Mysterium mit diesen Spiegeln. Sie zeigten, was man zu sehen erwartete. Sie bestätigten Makel und unterstrichen Vorzüge. Doch die Reflexion trog, denn die eigene Anschauung machte die Wirklichkeit. Sie entwarf die Menschen jeden Tag neu, wenn sie es zuließen. Milli betrachtete sich in letzter Zeit öfter im Spiegel und suchte nach etwas. Sie suchte ihre Schönheit und die Freude daran. Die war in den Spiegeln gewesen, als ihre Mutter ihr früher die Haare gekämmt und mit ihr gemeinsam Kleider und Schmuck ausgesucht hatte. Und sie war im Glanz ihrer Augen gewesen, wann immer diese sie ansah. Aber dann waren die Kleider und Milli verwaist, und sie sah kaum mehr in die Spiegel. Mit ihrer Mutter hatte sie ein Stück von sich verloren, das sie die ganze Zeit über nicht einmal vermisste. Doch seit ein paar Wochen ahnte sie wieder das Leuchten um sich. Milli hatte eingekauft, Kleider in hellen Farben, neue Wäsche und rote, hohe Schuhe, wie ihre Mutter sie einst getragen hatte. Es war ein Déjà-vu gewesen, als sie sie im Schuhladen gesehen hatte. Und es war ihr erstes hohes Paar seit sicher … zwanzig Jahren? Seit jenem Mittwoch, als sie im Café in der Bahnhofstraße neben einem Meter-dreiundsiebzig-Begehren eilig auf einen Stuhl gesunken war, um ihn nicht zu überragen. Milli dachte darüber nach, während sie das rote Leder befühlte. Über die flachen Schuhe, die sie seitdem immer trug, und das stille Staunen, wenn er sprach. Über ihre Blicke, die ihn nie wirklich erreichten, weil er sogar auf dem Stuhl neben ihr unerreichbar blieb. So klug, so gebildet und so unwiderruflich verheiratet.

Damals, nach dem plötzlichen Tod ihrer Eltern, hatte Milli beschlossen, ihr Erbe anzutreten. Das eigentliche Erbe ihrer Familie, ihre Gabe, allein durch Lebensenergie zu heilen, weshalb sie ihr Medizinstudium, das ihr den Menschen doch nur als Baukasten erklärte, aufgab. Sie begann ihre Ausbildung zur Heilpraktikerin und lernte

bei einem Meister des Reiki, der wie sie durch bloßes Handauflegen wirkte und dessen Energie der ihren ähnlich war. Hier fand sie den richtigen Rahmen für ihre unkonventionell herbeigeführten Heilungen und die gut getarnten Wunder und hatte zudem eine alternativ-medizinisch belegte Methode, die ihrem Wirken einen Namen gab. Aber Paul gegenüber hatte sie ihre Erfolge immer heruntergespielt, sie wollte schließlich nicht zur Wunderheilerin degradiert werden. Ein Fall für die Medien, wer brauchte das schon!
Ja, sie hatte sich kleingemacht neben ihm und ihre besondere Magie, ihre Kompetenz und sogar die schönen langen Beine versteckt.
Doch jetzt schnupperte Milli Höhenluft, in den neuen Schuhen sah sie hinreißend aus.
Hatte Paul sie so überhaupt jemals wahrgenommen? Als Frau?
Etwas hatte sich verändert. Markus Grandauer und seine blauen Blicke waren nicht die Ursache, aber er war der Auslöser. Und er war – ihr Liebhaber. Ein wunderschönes Wort: Lieb-haber!
Zur ersten Verabredung in einem winzigen Restaurant mit englischer Küche – ja, sie hatte ihm den Grünkernauflauf erspart und sich stattdessen an die Beilagen gehalten –, in diesem Restaurant also mit grauenhaftem real english food, viktorianisch gemütlich mit offenem Kamin, schenkte er ihr das Modell eines Designerhauses im Maßstab 1:25. Die großflächig verglaste Konstruktion im Bauhausstil mit einzelnen Flachdachkörpern in Kubusform war sein eigener Entwurf. Ein ähnliches wurde gerade in Millis Straße gebaut, mitten hinein in die verträumten alten Villen. Markus hatte unzählige Bäume um

sein Haus »gepflanzt«, wie man sie von Modelleisenbahnlandschaften kannte, und mit Stücken echter Sträucher vermengt. Sogar Spaliere waren angebracht und mit Kletterpflanzen bemalt. Ein Versuch des Nachbaus von Millis Garten. Im Wohnzimmer saßen zwei winzige Figuren auf einem Sofa, natürlich fest verklebt. Und es gab auch einen Miniaturschlüssel, einen Anhänger aus Silber, für eine Kette gedacht oder ein Armband, der neben die Haustür gepinnt worden war. »Schlüsselfertig«, sagte er zu ihr, »kein Denkmalschutz, aber dafür ein geschütztes Biotop drum herum und im Übrigen durchaus bewohnt. Sie müssen nur genauer hinsehen.« Dabei lächelte er wieder bubenhaft.

Bald darauf war sie mit ihm im Nymphenburger Schlosspark spazieren gegangen, an der Badenburg vorbei und dem See, auf dem man im Winter manchmal Schlittschuhläufer sah, wie auf einem Bild naiver Malerei. Sie waren bis zur Orangerie gekommen, in der früher bei eisigen Temperaturen die großen Topfpflanzen eingelagert worden waren und es heute ein Café gab. Und genau als Markus sie zum ersten Mal küsste, begann es zu schneien. Ihr Leben verlor jetzt offensichtlich jeden Realismus, und das wollte bei ihr schon was heißen. Der Mann, der um sie warb, hatte die Statur von Bartolomeo Ammanatis Neptun im Brunnen auf der Piazza della Signorina in Florenz. Er schickte ihr Rosen, Chilischokolade und Katzenfutter.

Gestern hatte sie die Karten zur Hand genommen und sie dann doch zurückgelegt. Nein, sie wollte gar nichts über ihn wissen. Sie wollte nur den Augenblick genießen und die Kraft, die sie in sich spürte. Und so ließ sie alles laufen, sie stemmte sich nicht dagegen, sie versuchte nichts zu analysieren, nichts zu hinterfragen. Dass er irgendwie zu gut aussah, erfolgreich war, charmant und diesen silbern blitzenden Zweisitzer fuhr, von dessen Erlös Maries Mutter zwei Jahre hätte leben können, versuchte sie ihm nachzusehen.

Als Milli jetzt die Tüten im Schlafzimmer auspackte, sah sie im Spiegel des großen Kleiderschranks ihre Mutter, wie sie ihre Blusen vom Bügel nahm, die Röcke glatt strich und aus der Kommode gegenüber die zarte Wäsche holte. Lavendelsäckchen lagen dazwischen. So war Alice am Tag ihrer Abreise voller Vorfreude durchs Zimmer gegangen und hatte ihre Koffer mit den leichten Sommerkleidern gepackt. Sie begutachtete den Schmuck, den sie mitnehmen wollte, und die passenden Schuhe. Solche mit hohen Absätzen, denn Millis Vater war groß. Selbst auf acht Zentimetern sah Alice neben ihm wie ein Giraffenjunges aus.

»Du bist da?«

»Ich war immer da, mein Kind, nur siehst du heute meine Freude, weil dein Herz leicht ist.«

»Wirst du bleiben?«

»Auch, wenn du mich nicht siehst. Aber du musst dein eigenes Leben leben, mein Kätzchen. Schau nach vorn. Dort warten Abenteuer.«

Ja, offensichtlich.

Milli verstaute eine Tüte mit Maries Geburtstagsgeschenken im untersten Kommodenfach. Das Rehlein war am 15. März geboren, in den Fischen, wann sonst, mit Skorpion Aszendenten. Diese Leute fanden unabsichtlich die dunkelsten Geheimnisse ihres Gegenübers, schlafwandlerisch, sie gaben den perfekten Analytiker ab. Zum Beispiel beugten sie sich im akkuratesten Haushalt unters

Sofa, um ihre entglittene Kuchengabel aufzuheben, und zogen dabei die übersehenen Wollmäuse von Jahren hervor, was freilich jede Hausfrau blamierte. Solchen Besuch schätzte keiner, außer Milli natürlich. Sie hatte für Marie ein Kleid und einen Gutschein aus dem Buchladen besorgt. Zwei Harry-Potter-Tassen lagen schon verpackt in der Schublade und ein Bild von der schönen Arwen aus Tolkiens *Herr der Ringe,* lauter Rehlein-Begehrlichkeiten. Und gleichzeitig eine Art verfrühtes Abschiedsgeschenk. Würde Markus noch etwas bewegen können? Er hatte ihr beim letzten Treffen keine großen Hoffnungen gemacht.
»Sie ist meine Tochter«, sagte Milli, als wollte sie es ihrer Mutter erklären. »Sie gehört mir nicht wirklich, aber sie gehört zu mir. Ich werde sie hergeben müssen, Ma.«
»Berühr sie mit deiner Magie, Milli-Kätzchen, dann kommt sie wieder nach Hause.«
Und in diesem Moment fand Milli, was sie in den Spiegeln gesucht hatte. Es war nicht die Schönheit ihrer Mutter, es war ihre eigene, die aus einem langen, traumlosen Schlaf erwacht war.
Alice hatte recht, Millis Herz war heute leicht. Es war so voller Freude über das Wiedergewonnene und Neuentdeckte, dass sie dieses Glück sogar berühren konnte, wenn sie die Hände über ihren Körper gleiten ließ, wie sie es sonst nur bei ihren Patienten tat. Und sie wusste, dass sie dieses Leuchten nun nicht mehr verlieren würde.

Etwa zehn Minuten bevor sie ihr Ziel erreichten, verband Markus Milli die Augen mit einem sündhaft teuren Seidentuch von Hermès. Bunte Schmetterlinge tummelten sich darauf auf champagnerfarbenem Grund. Nicht, dass

Milli die teure Geste besonders beeindruckt hätte, aber sie mochte, wie der kühle Stoff sich anfühlte. Der Wagen fuhr offenbar gerade vor einer grünen Ampel wieder an und bog in einem weiten Bogen nach links ab. Milli hatte seit einigen Minuten keine Ahnung mehr, wo sie war.
»Ich hoffe, dass du unter deinem Mantel etwas Leichtes trägst, wie ich es dir geraten habe«, meinte er.
»Leicht genug für eine Gartenparty im Juli«, entgegnete Milli.
Es war eigenartig, aller Sinne beraubt zu sein. Nun, eigentlich konnte sie nur nichts sehen, aber mit der Ungewissheit, wohin er sie bringen würde, was er mit ihr vorhatte, vermischt mit der Vorstellung, was er schon alles mit ihr gemacht hatte … Sie fuhr mit einem Mann, den sie erst knapp acht Wochen kannte, mit verbundenen Augen in einem leichten Sommerkleid im ausgehenden Winter mit ungewissem Ziel durch die Stadt. Und sie kämpfte mit sich, weil sie sich trotz des Knisterns doch auch etwas albern vorkam. Jetzt spürte sie Markus' Hand auf ihrem Bein. Er schob sie ganz langsam höher unter ihr Kleid. Beim Abschluss des Strumpfes hielt er kurz an. Sie hörte ein leichtes Räuspern, sein Atem ging schneller. Sie schwankte zwischen der Erotik, die sich entspann, und einem süffisanten Kommentar.
»Bleib sitzen, meine Schöne, ich helfe dir.«
Der Wagen hatte angehalten. Markus öffnete ihre Tür und hielt sie am Arm. So überquerten sie anscheinend eine breite Straße.
»Wie viele Leute halten mich gerade für verrückt?«, fragte Milli besorgt.
»Ich sehe nur zwei«, entgegnete er. »Die Dame hatte gerade eine komplizierte Augen-OP«, hörte sie Markus

jetzt zu jemandem sagen. »Sie reagiert in den nächsten Stunden sehr empfindlich auf Licht.«
»Das meinst du nicht ernst«, raunte Milli ihm zu, »zumal sowieso bald die Sonne untergeht.«
»Na, dann hast du es ja fast geschafft.«
Jetzt ging Markus mit ihr in irgendein Haus durch eine Schwingtür, dachte Milli. Der Boden war mit Sand bestreut oder aus fester Erde gestampft. Merkwürdig. Noch eine Tür, die Temperatur veränderte sich, es wurde zunehmend wärmer, und die Luft war feucht. Sie spürte deutlich die Energie vieler wunderbarer Pflanzen, fast wie in ihrem Garten, nur nicht ganz so entfesselt. Markus führte sie nach rechts durch eine weitere Tür und nahm ihr dann das Tuch ab.
»Ich wollte dir Schmuck schenken, aber den hättest du doch nicht angenommen, das weiß ich. Also habe ich mich für fliegende Edelsteine entschieden.«
Milli sah sich um. Sie befand sich im Victoriahaus, dem schönsten Glashaus im Botanischen Garten. Hier standen an den Längsseiten und auch in der Mitte des hohen Raums Wasserpflanzen in großen Becken. Und dort zwischen den riesigen Blättern von Bananenstauden entdeckte sie einen Bistrotisch mit zwei Stühlen, einen Champagnerkühler und zwei Gläser. Sie waren völlig allein. Außer den vierhundert tropischen Schmetterlingen der berühmten Ausstellung, die geruhsam ihre Bahnen durch das Glashaus zogen oder sich mit zusammengefalteten Flügeln auf den unzähligen Blättern ausruhten. Die Luft um sie herum war in ständiger Bewegung, schwarz-weiß gesprenkelte, pudrige Wesen umschwirrten Milli, rote, gelbe oder blaue Falter jeder Größe und Form. Ein paar der Luftgeister flatterten sogar mit kleinen türkis gehalte-

nen Frackschößen an ihr vorbei. Milli ging dabei ein altgriechisches Wort durch den Sinn – »Psyche« für Schmetterling. Der Atem, der Hauch, die Seele. Ja, das waren sie tatsächlich, der schwebende Hauch der Seelen, der bereits im Werden fast schon wieder in Auflösung begriffen war. Verdichtetes Licht im Spektrum des Regenbogens.
Milli saß jetzt mit Markus am kleinen Tisch und trank Champagner. Ohne ein Wort betrachtete sie um sich herum das atemberaubende riesige Kunstwerk aus Stahl und Glas, das genau wie ihr Haus unter Denkmalschutz stand, und das sanfte Gleiten der überirdisch schönen Kreaturen darin. Eines der Geschöpfe hatte sich gerade auf Markus' Arm niedergelassen. Dort klappte es die mächtigen Flügel zu und verbarg so seine metallic-blaue Zeichnung. Über ihren Köpfen hing eine Gruppe Passionsblumenfalter, die orange leuchteten. Es war ein Aufblinken mit jedem Flügelschlag. Immer wieder flogen die filigranen Wesen auch auf Millis Tuch, das sie jetzt um den Hals trug. Die Farben zogen die herrlichen Segler an.
»Wie hast du das gemacht?« Milli erholte sich gerade etwas. Sie war so überwältigt. »Die haben doch schon geschlossen. Wir dürften gar nicht hier sein. Und das auch nicht.« Sie deutete auf die Gläser.
»Der zuständige Gartenbauingenieur, dem die Reviergärtner unterstehen, ist ein alter Freund von mir. Er hat da was gedreht. Allerdings habe ich versprochen, dass wir um neunzehn Uhr verschwunden sind.«
Milli schlüpfte aus ihrem Mantel, nahm das Tuch ab und öffnete einen Knopf am Dekolleté. Ihr wurde gerade aus verschiedensten Gründen ordentlich heiß.
»Siehst du, jetzt bist du froh, dass du nicht so viel drunter hast«, sagte Markus und grinste frivol.

»Möglicherweise bist eher *du* froh, dass ich nicht so viel drunter habe«, konterte Milli.

»Also *ich* bin froh über das, *was* du da drunter hast. Aber wenn wir das Thema jetzt weiter ausbauen, müssen wir leider gleich gehen.« Er beugte sich über den kleinen Tisch, küsste sie, und fuhr ein halbes Glas Champagner später fort: »Ein einziger Flügelschlag eines Schmetterlings auf der anderen Seite der Welt kann, wie man sagt, einen Tsunami auslösen, Milli. Nur ein Flügelschlag, und etwas Gewaltiges entsteht. Deshalb dachte ich, ich bringe die Welt um uns heute mal in Bewegung!«

Am Morgen des 27. März, kurz vor den Osterfeiertagen, begann Paul damit, Emmas Schrank zu leeren, die Kleider, in denen hundert Erinnerungen steckten, von den Bügeln zu nehmen und die Schubladen auszuräumen. Anna drängte schon so lange, doch wenn Emmas Sachen aus dem Haus waren, dann war auch Emma fort. Anna hatte versprochen, sich um den Abtransport zu kümmern, aber Paul dachte wieder daran, wohin alles käme. Würde eine andere Frau die Kleider tragen, über die seine Hände zärtlich gewandert waren und die noch immer ihren Duft festhielten? Würden sich ihre Mäntel, Jacken, Blusen um einen anderen, warmen Körper legen und ihn verzaubern, so wie sie?

Paul fühlte sich wie ein Eindringling in ihre intimsten Dinge. Er betrachtete jedes einzelne Stück und legte alles sorgfältig, beinah liebevoll und akkurat zusammen, dass sie nicht ärgerlich wäre, wenn sie gleich hereinkäme.

In der Wäschekommode fand er dann einen Umschlag mit Emmas Namen, den sie vor ihm versteckt hatte. Es war eine Buchungsbestätigung für den 3. bis 5. Mai für das kleine Hotel am Gardasee, in Gargnano, in dem sie ihre kurzen Flitterwochen verbracht hatten. Die Villa Giulia, ein verträumtes Haus mit wenigen Zimmern, noch heute im Besitz derselben Familie und mit wundervollen alten Möbeln gediegen eingerichtet. Ein wenig erinnerte es an Millicents verschachteltes, antiquiertes Refugium. Sie hatten immer, wenn sie dort waren, dasselbe Zimmer gehabt, in den Garten hinaus, mit Blick auf den See. An den ersten lauen Frühlingsabenden auf der Terrasse am Wasser zu sitzen, Palmen und uralte Olivenbäume im Blick, die Tische mit feinem Tuch eingedeckt, Ober, die man kaum spürte, und die Lichter auf der gegenüberliegenden Seeseite, das war für Emma und ihn immer der Inbegriff von Luxus gewesen. Hier war es still und exklusiv, aber nicht provokant, denn Gargnano war auch heute noch sehr ursprünglich. Es bot einfach nicht vielen Touristen Platz, die Stadtteile zogen sich über dem See den steilen Berg hinauf. Die wenigen Hotels waren fast alle teuer bis unerschwinglich, lediglich Ferienwohnungen erlaubten es auch Touristen mit Kindern, hier Urlaub zu machen. Die Westseite des Sees entlang der Gardisana occidentale pendelte, seit Paul zum ersten Mal hier war, zwischen mondän und marode. Sie war mit ihren wiederbelebten Jugendstilvillen, den verblassten Grand Hotels und der Patina der exklusiven Jahrhundertwendeatmosphäre ein Kleinod, während sich das hektische Geschiebe der Massen in den engen, zweckverlorenen Gassen, die von Geschäften überquollen, auf die Südseite des Sees beschränkte. Dorthin konnte man mit dem Traghetto übersetzen, wenn einem der Sinn nach Geschäftigkeit stand, aber besser fuhr man gleich nach Verona. Emma war hier immer auf der Jagd nach Schuhen gewesen, damit hatte sie gern ein Klischee bedient. Wenn sie in Italien waren, hatte sie klassisch Edles in unzähligen Kartons erbeutet. Und Paul hätte von den meisten Paaren, die hier im Schrank standen, sagen können, wann und wo sie sie gekauft hatten. Die feinen champagnerfarbenen Riemchensandaletten mit dem cognacbraunen Absatz; Emma trug dazu immer ein helles Kleid, das bei jedem Schritt um ihre schönen Beine schwang und sich im Abendwind mit einem leisen Rascheln bewegte – Sommer vor acht Jahren. Die Wildlederstiefel zu schmalen Hosen und englischen Sakkos – Herbst 2007. Die silberfarbenen Ballerinas – im Jahr davor.

An ihrem dreißigsten Hochzeitstag, am 4. Mai, Emmas Geburtstag, wollte sie also wieder mit ihm an den Gardasee, und sie hatte das schon im letzten Sommer geplant. Paul hielt die Unterlagen in der Hand und saß bewegungslos auf der Bettkante. All die Bilder standen ihm vor Augen, neunundzwanzig Hochzeitstage, neunundzwanzigmal erneuert, was sie einander versprochen und neunundzwanzig Jahre lang gehalten hatten. Gewiss, sie zelebrierten ihre Liebe nicht an jedem Tag mit der gleichen Hingabe, da gab es auch Alltag und Gewöhnung, aber ihre Sprachlosigkeit war nie stumm und das Gleichmaß nie lieblos gewesen.

An ihrem dreißigsten Tag wollten sie wieder gemeinsam über den schönen See blicken und zeitverloren in die gestärkten weißen Kissen sinken, mit nichts als einander beschäftigt. Dem Halten und Betrachten und Verweilen. Und dem vertrauten kleinen Feuerwerk, das man auf der anderen Seeseite schon nicht mehr würde erkennen können, das gerade groß genug war, um die Magie ihrer eige-

nen satten Körper zu illuminieren. Weißwein am hellen Tag und ein Aperitif um fünf.
Du hast recht, Emmi, da sollten wir sein und nicht hier in dieser Verlorenheit.
Am liebsten wäre Paul sofort zu ihr auf den Friedhof gefahren, aber er zwang sich, heute nicht schon wieder aufzugeben, denn dieses Räumen hatte er schon mehrfach versucht und war immer gescheitert. Irgendwann musste es sein, wenngleich ihm nicht klar war, warum eigentlich. Ginge es nach ihm, so blieben alle Dinge an ihrem Platz. Aber Anna hätte es wohl nicht verstanden, und sie machte sich ohnehin schon zu viele Sorgen um ihn, ganz besonders seit der Silvesternacht. Seither ließ sie ihn kaum aus den Augen und versuchte jede Gemütsregung zu analysieren. Sie war um seine psychische Stabilität besorgt, und das war er, nebenbei bemerkt, auch.
Die kleinen Utensilien von ihrer Schminkkommode zu nehmen war unsäglich. Jedes Stück bot Widerstand, alles sträubte sich, wie er. Ihre Haarbürste, mit der sie Abend für Abend und an jedem Morgen das schimmernde Braun bezwungen hatte, die Puderdose mit dem Pinsel, der noch immer zarten Duft verstäubte, der eine Lippenstift, den sie getragen hatte, ein Apricot-Ton, und ihr Parfum. Den Flakon trug Paul ins Bad und stellte ihn zwischen seine Sachen. Er würde ihn behalten. Immer wenn in den letzten Monaten die Betten von seiner Haushälterin frisch bezogen worden waren, hatte er Emmas Parfum daraufgeträufelt, damit sie wieder bei ihm war. Ihren Schmuck würde er natürlich Anna geben und was sie sonst gerne als Andenken behalten wollte. War damit dann alles getan? Er hätte so gerne auch die Traurigkeit, die Leere und den bohrenden Schmerz mit eingepackt und fortgegeben

und all die Fragen, mit denen er sich noch immer quälte. Das »Warum?«, das »Warum sie und nicht ich?« und so viele andere, die seinen Geist wie einen Kreisel herumjagen ließen, seit Monaten schon, ohne Anhalten. »... mit Säcken gegürtet, voll vom Tausendfragensand, wie Luftschiffballast« – Paul erhellten sich Millis Zeilen immer mehr.

Als die Umzugskartons, die Anna gebracht hatte, mit seiner letzten Verbindung zu Emma gefüllt waren, sank er im Wohnzimmer in ihren Sessel. Das Buch, in dem sie im September gelesen hatte, lag noch immer aufgeschlagen auf dem kleinen Tisch bei der Stehlampe und wartete wie er auf ihre Rückkehr. Die anderen konnten sagen, was sie wollten, das Leben ging nicht weiter. Das, was da weiterging, war sein Sterben. Es ging langsamer, als er es zur Jahreswende geplant hatte, aber es schritt voran. Jeder Tag schwächte ihn, jeder Gedanke, jede Erinnerung zwang ihn weiter in die Knie, es sah nur keiner außer ihm. Warum nur konnte keiner so wie er sehen, was geschehen war? Dass er in ihren Armen, sie in seinen gestorben war und ihm die Gnade einer ordentlichen Beerdigung nicht erwiesen wurde. Hier saß er, hager und schmal, matt und kraftlos, den drängenden Frühling im Garten und ihre Buchung in der zitternden Hand. Was sollte damit geschehen? Sollte er alleine reisen? Und vielleicht dort ...? Nein, das hatte er versprochen, und das wäre auch nicht das, was Emma für ihn wollen würde, das wusste Paul ja ganz genau. Dass der letzte Liebesdienst, den er seiner Emma tun konnte, darin bestand, weiterzumachen. Und es gut zu machen. Und an irgendeinem fernen Tag auch wieder froh zu sein. Sollte er alleine reisen? Oder mit seinem Vater? Wäre das dem alten Mann noch zuzumuten?

Wohl eher nicht. Er war in letzter Zeit immer schlechter orientiert, es würde ihn aufregen. Aber Anna vielleicht? Sie könnte ein paar freie, unbeschwerte Tage mit ihrem Mann brauchen.
Das wäre in deinem Sinn, Emmi, nicht wahr? Wenn Anna und ihr Mann fahren?
So legte Paul also die Hotelbestätigung und Emmas Schmuckschatulle oben auf einen der Kartons mit all dem geliebten Inhalt und schob ihn an die Haustür zu den anderen. Dann beeilte er sich, seinen Mantel anzuziehen und das Haus zu verlassen. Er würde zu Emma gehen, und während er weg war, käme Anna und nähme die Kisten mit.
An diesem 27. März blieb Paul Ebner lange aus. Er parkte erst vor dem Haupteingang des Friedhofs, bei den steinernen Sphinxen, und kaufte dann dem schwerhörigen Blumenhändler am Stand einen Strauß ab. Wahrscheinlich hatte die jahrelange Arbeit neben der sechsspurigen Straße dem Mann zugesetzt, konstatierte Paul für sich und ging mit den Blumen zu Emmas Grab. Dort blieb er länger als sonst und kam später auf dem Nachhauseweg sogar an Millicents Haus vorbei, wenngleich es nicht direkt auf seinem Weg lag. Er fuhr etwas langsamer auf Höhe der Nummer 12 und sah sie aus dem Augenwinkel an der Haustür mit einem Mann, den er nicht kannte. Er hielt sie im Arm, sie schienen vertraut. Paul fuhr weiter. Er bog in die Bahnhofstraße ein und hätte fast am Café gehalten. War heute nicht Mittwoch? Egal, ein Tag wie der andere. Nur das Haus, das würde, wenn er heimkam, nicht mehr dasselbe sein, denn Emma war heute ausgezogen.
War Leere steigerungsfähig?

3. April 2013

Mein lieber Paul,

der Frühling überrennt Dich sicher mit seiner ungezähmten Kraft. Er drängt mit marsianischer Wucht in den Raum und wandelt das Abgestorbene in neues Leben. Wie steht es um Deines? Sicher hast Du noch immer das Gefühl, das eines anderen zu leben. Bald ist Dein Hochzeitstag, Emmas Geburtstag. Das wird vielleicht die schwerste Prüfung. Du solltest nicht allein sein. Kannst Du nicht mit Anna und den Kindern etwas unternehmen? Du drehst Dich sonst nur im Kreis, Du durchlebst die gleichen alten Gefühle wieder und wieder, und sie lassen in ihrer Intensität nicht nach. Gewiss, es ist noch nicht so viel Zeit vergangen, aber doch genug, um dem Leben ab und an wenigstens ein Fenster zu öffnen. Du musst dem Fortgang ja nicht gleich die Tür aufreißen, doch bitte durchbrich das monotone Gleichmaß Deiner Tage, erlaube etwas Lebendigem, Dich zu berühren.

Marie wird nächste Woche für ein paar Tage bei mir wohnen. Ihre Mutter mietet in Dortmund eine Wohnung an, sie zieht ja bereits Anfang Juni weg. Mit jedem Schritt wird der Abschied konkreter. Ich weiß nicht, wie ich das durchstehen soll, aber vielleicht bist Du ja dann für mich da, vielleicht wirst Du mich trösten. Ich nehme die Zuwendungen ab August auch gern wie bewährt schriftlich entgegen.

Sophie war wieder einmal hier. Sie erzählt das wenige,

das sie weiß. Du sollst planen, im Sommer die Praxis wieder zu übernehmen. Das ist gut. Das Tagesgeschäft schleppt Dich durch die Wochen und Monate, ohne den kreisenden Gedanken Platz zu lassen. Tatsächlich geht es doch darum, Zeit zu gewinnen, um den Abstand zu vergrößern.
Tja, und was macht die gute alte Millicent? Wie befindet sich die eigentlich? Nun, ich habe die notariellen Angelegenheiten bezüglich der Stiftung auf den Weg gebracht, Du ahnst nicht, wie kompliziert das ist! Darüber hinaus trage ich mich mit einer privaten Entscheidung. Ich hätte so gern Deinen Rat, rein theoretisch, versteht sich. Aber es geht um eine Herzensangelegenheit, und ich werde es mit mir selbst abmachen müssen. Vergangenheit und Zukunft ringen gerade miteinander, und ich bin wohl das Pfand. Ich könnte mich auf das Heute konzentrieren, aber das verwirrt mich. Wo bist Du, der Du immer souverän Rat wusstest? »Ach, das war einmal, Millicent«, höre ich Dich sagen. Ja, nicht wahr, je älter wir werden, je mehr wir einstecken müssen, umso ungewisser werden die Entscheidungen. Der jugendliche Leichtsinn fehlt, die herrliche Selbstüberschätzung, mit der wir glaubten genau zu wissen, was wir tun, die Unbeschwertheit. Heute wird bis zum Erbrechen abgewägt und vor lauter Zögern auch verspielt, was das Leben an Chancen bereithält. Wann sind wir nur so ängstlich geworden? Wozu nutzt die Lebenserfahrung, wenn sie vom Zaudern verschlungen wird?
Achte auf Dich, Paul. Hab Dich nur ein wenig so lieb, wie Du Emma liebst, und sei nachsichtig mit Dir, wenn es doch länger dauert, wieder aufzustehen. Du siehst

die winzigen guten Begebenheiten nur nicht, die Dir auf Deinem Weg begegnen, die kleinen Engelwesen, die Dir unter die Arme greifen, aber sie tragen Dich wohl.

Millicent

Milli legte den Stift zur Seite, las Pauls Brief noch einmal durch und versank dabei im Blau der Seiten. In ihren Gedanken verschmolz die zarte Farbe des Papiers mit der von Markus' Augen, die sie jetzt ernst und konzentriert ansahen. Er saß ihr gegenüber auf der Bettkante in ihrem Schlafzimmer und hielt sie mit seinem blauen Blick fest. Seine Hände öffneten ihre Bluse Knopf um Knopf. Zentimeter um Zentimeter suchte er ihre Nacktheit, schob den Stoff über ihre Schultern und berührte mit den Fingerspitzen den Ansatz ihrer Brüste. Er streichelte darüber, dann den Rücken entlang, öffnete ihren BH und betrachtete die Unsicherheit auf ihrer Haut, als er fiel. So würde er ein seltenes Gemälde ansehen, das er verstörend langsam aus edlem Geschenkpapier wickelte. Sein Mund küsste nun alles Ungewisse von ihrem Körper. Sie hatte ihm das Hemd ausgezogen, den Gürtel geöffnet und spürte bei jeder Berührung seine Muskeln unter ihren Fingern. Er war so schön und stark und groß. Markus bedeckte ihren Körper, sie verschwand unter ihm, er war ihr Schutzwall. Diese Minuten zogen sich wie Stunden hin. Jede Berührung hatte ihre Zeit, hatte Dauer. Das ließ den Moment, der kommen würde, auf den alles hinzielte, in dem er sie ausfüllte bis an den Rand der Ekstase, größer werden. Die Anspannung wuchs mit jeder Berührung seiner Hände, die jetzt si-

cher und ohne Zögern ihre Beine entlangstrichen und sie im Zentrum ihrer Lust alle Scham vergessen ließen. Als er sich zwischen ihre Schenkel schob und in sie eindrang, verließ die Zeit ihre gewohnte Bahn, sie gab die Linearität auf. Jetzt liebten ihre Körper einander, sie suchten nicht mehr nur die Befriedigung im anderen, sie waren Vergangenheit und Gegenwart bei der Zeugung eines Morgen. So als hätten sie sich schon hundertmal berührt. Und sie erkannte seinen Duft, es war seit Jahren immer derselbe. Und begegnete seinem Blick, der dunkel, tief und forschend auf ihr lag.
Milli hatte sich in dieser Phantasie verloren, sie beschwor sie immer wieder herauf. Sie schlief mit Markus, stellte sich seinen wunderschönen Körper vor, seinen Gesichtsausdruck, seine Erregung, und dann, am Höhepunkt, war es immer Paul, der bei ihr war. Immer er. Diese Vorstellung ließ eine Leere in ihr zurück, die sich ausbreitete, ein Gefühl der Einsamkeit, das nach ihr griff. Sie war frisch verliebt – wenngleich sie lieber ein anderes Wort für dieses Gefühl gefunden hätte –, und in einem alten, verbotenen Traum gefangen, der sie nicht freigab, der sie an das Ungeschehene, das Niemals kettete. Doch tief in ihrem Herzen wusste sie, dass sie das jetzt aufgeben konnte, dass sie sich würde lösen können. Die Zeit war reif, und die Umstände waren nie zuvor günstiger gewesen. Sie konnte ihn sich aus dem Leib reißen, mit einem kräftigen Ruck, und die Sinnlosigkeit zurücklassen. Sie konnte den Stift niederlegen und das Briefpapier zuunterst in der Schublade verstauen.
Aber sie wollte nicht. Sie wollte ihn nicht aufgeben. Auch wenn er diese Liebe nicht erwiderte, nie erwidern würde, liebte sie das Gefühl, ihn zu lieben, doch zu sehr.

»Komm rauf, Fanny, und schick dich!« Milli drehte ihrer besten Freundin gleich wieder den Rücken zu, als die an diesem 11. April, einem inoffiziellen Feiertag für Milli, unangemeldet in der Tür stand, und eilte davon. »Die alte Rutherford wird gerade erwürgt, und es stehen noch Sesamnudeln warm«, hörte Fanny sie noch an der Treppe. Milli deutete kurz Richtung Küche und hastete hinauf. Als Fanny mit einer Schüssel in der Hand im Wohnzimmer ankam, lümmelte Milli bereits wieder auf dem Sofa und sah fern. Miss Marple hatte sich offensichtlich aus ihrer misslichen Lage befreit.

»Du weißt, dass es für so was eine Pausentaste gibt.«

»Ich finde aber die Fernbedienung gerade nicht. Vor einer halben Stunde war sie noch da, jetzt ist sie weg«, gab Milli zurück.

»Momo liegt drauf, dort unterm Tisch«, sagte Fanny und deutete hin. Das dicke Mädchen ruhte wie ein Buddha auf dem großen Webteppich, und ihr stattlicher Bauch quoll über die Tastatur, von der nur noch ein kleines Stück hervorlugte.

»Mein liebes Wampelein, dich müssen wir nun doch bald auf Diät setzen«, meinte Milli, während sie nach der Fernbedienung griff und die Stopp-Taste drückte. »Ich glaube, die gute Marple kann eine Pause vertragen«, richtete sie sich nun an Fanny, die schon im Slugg Platz genommen hatte, ihre Nudeln aß und Millis Gesichtsausdruck studierte.

»Du guckst heute so verträumt«, stellte sie dabei fest.

»Ich genieße den Duft im Haus. Schon den ganzen Tag über«, erklärte Milli.

»Den Sesam?«

»Nein, Kouros von Yves Saint Laurent. Mein Vater hat es

benutzt, und heute ist sein Geburtstag. Das Haus duftet an seinem Geburtstag immer nach ihm.«
»Besprühst du dann alles?«, fragte Fanny, der nichts weiter aufgefallen war, ungläubig.
»Nein, es riecht von allein so. Das Haus riecht nach ihm, schon wenn ich morgens aufstehe. Das hat im Jahr nach seinem Tod angefangen. An Weihnachten ist es der Veilchenduft meiner Granny, und Mas Parfum trage ich selbst, das merke ich also gar nicht mehr«, entgegnete Milli. »Wahrscheinlich gibt es noch mehr Düfte. Manchmal scheint mir hier ein Pfeifenraucher am Werk zu sein, der alte Arthur womöglich.«
»Du willst mich auf den Arm nehmen.«
Fanny war etwas verstört. In Spielfilmen wurde an dieser Stelle immer ein schrecklicher Gehirntumor diagnostiziert. Machte sich Milli über sie lustig? Nein, das ungerührte Gesicht ihrer Freundin ließ Fanny befürchten, dass dem nicht so war.
»Milli, das ist …«, stotterte sie.
»Magie! Ja, das ist Magie, Fanny.«
»Verrückt, wollte ich eigentlich sagen, aber Magie trifft es auch irgendwie. Oder du bist eine multiple Persönlichkeit und führst mindestens ein Doppelleben, von dem du nichts weißt.«
»Das sollten wir nicht ausschließen«, gab Milli strahlend zurück. »Tatsächlich aber spricht mein Haus mit mir. Es tröstet mich und teilt mit mir seine Erinnerungen.«
Und das, obwohl ihre Wohnstatt noch immer nicht ganz mit ihrer aktuellen Gemütslage im Einklang war. Doch die kleinen Schikanen hatten nachgelassen, was Milli ihrer langjährigen Freundin aber nicht erzählte, denn trotz ihrer gemeinsamen Zeit auf der Astrologieschule war

Fanny doch eher dem Greifbaren verbunden. Milli wollte ihre Vorstellungskraft nicht überstrapazieren. Sie war es ohnehin gewohnt, dass ihre besondere Wahrnehmung nicht geteilt wurde. Das war schon ganz in Ordnung so.
»Sehr praktisch, wenn man sich Geburtstage schlecht merken kann«, versuchte Fanny die skurrile Situation aufzulösen, aber Milli war in Gedanken versunken.
»Und wie steht es mit Markus? Bist du glücklich?«, wechselte Fanny jetzt das Thema und kam auf den eigentlichen Grund ihres Besuchs zu sprechen – Milli auf den Zahn zu fühlen.
»Es ist spannend.«
»Habt ihr denn schon ... miteinander geschlafen?«, bohrte Fanny weiter.
»Sehr diskret, Fanny Brühl, wirklich subtil.«
»Du lenkst ab, Milli. Also, habt ihr?«
»Ja, haben wir.«
»Und, wie war es? Ist das erste Mal noch genauso atemberaubend, wie ich es in Erinnerung habe?«
Fanny war gierig auf Neuigkeiten, und doch schien sie gerade fast traurig, als hätte sie einen argen Verlust erlitten.
»Ich denke, noch mehr, je älter du wirst. Du weißt es mehr zu schätzen, wenn jemand in dich verliebt ist. Es passiert dir schließlich nicht mehr so oft. Du bist aufmerksamer, weißt du, einfühlsamer, und dadurch wird alles ... intensiver.« Milli lächelte.
»O Gott, ich beneide dich, wirklich«, platzte es aus Fanny heraus. »Nicht, dass ich mit Peter nicht absolut glücklich wäre, aber manchmal, nach über zwölf Jahren Ehe und mit den Kindern, denke ich schon daran, dass es nie mehr ein erstes Mal für mich geben wird. Nie mehr das

Werben, die Ungewissheit, will er mich, will er mich nicht? Nie mehr das Herzklopfen vor dem ersten Kuss, das gemeinsame Erkunden.« Fanny seufzte. »Manchmal vermisse ich diese großen Gefühle, das Drama. Nicht zu wissen, was als Nächstes passiert. Mein Leben ist so berechenbar.«

Milli blickte Fanny interessiert an. »Das glaubst du doch nicht wirklich? Kein Leben ist berechenbar. Du hast doch auch keine Ahnung, was morgen ist.«

»Aber die Wahrscheinlichkeit ist groß, dass ich es weiß«, entgegnete Fanny. »Die Wunder sind ausgeschöpft. Wenn sich was ereignet, kann es eigentlich nur etwas Schlimmes sein, und darauf verzichte ich gern.« Sie sinnierte ins Standbild des großen Fernsehers hinein. »Was soll sich denn noch für ein Abenteuer ereignen? Dass wir einen neuen Kühlschrank kaufen? Ein Aufstieg in eine höhere Gehaltsgruppe? Ein ausgedehnter Urlaub allerhöchstens. Ich erfinde mich doch nicht mehr neu!«

»Weißt du, Fanny«, versuchte Milli zu erklären, »Markus sieht so verdammt gut aus. Und er ist jünger als ich. Und so ... neu. Ja, es fühlt sich unvertraut an. Und ganz überwältigend, alles zusammen. Irgendwie kenne ich mich selbst nicht mehr, wenn ich mit ihm zusammen bin, aber mitunter fürchte ich um meinen Verstand.«

»Diese Beziehung verändert dich eben«, bestätigte Fanny. »Aber ich bin, seit die Zwillinge geboren wurden, immer die Gleiche. Ich bin ein liebevolles, langweiliges Mutti. *Das* Mutti, wohlgemerkt, das ist ein Synonym für Dienstleistung. Ich habe meinen Zauber an einen sicheren Alltag abgetreten und mute meinem Mann jeden Tag Linsensuppe zu. Und mit der Linsensuppe meine ich mich, dabei war ich mal ...«

»Kaviar?«, unterbrach Milli ihre beste Freundin mit gespielt blasiertem Unterton.
»Quatsch«, sagte Fanny lachend. »Aber doch wenigstens ein Hummercremesüppchen mit Sahnehaube, daran kann ich mich gerade noch erinnern. Doch irgendwie fehlt die Lust, die Freude an der Selbstinszenierung.«
»Die typische Midlife-Krise, Fanny«, kommentierte Milli.
»Das bezweifle ich. Nein, es reicht bei mir nicht mal mehr zu einer anständigen Krise. Nur behagliches Gleichmaß.«
Fanny stellte die leere Schüssel ab und betrachtete jetzt Momo in ihrer eleganten Trägheit unter dem Tisch. Die dicke schwarz-graue Coon-Katze hatte sich seit einer halben Stunde keinen Millimeter bewegt. »Eigentlich könnte ich mir eine reinhauen, wenn ich so daherrede«, sagte Fanny nach einer Weile. »Ich bin eine verwöhnte Kuh!«
»Das stimmt«, entgegnete Milli trocken. »Das stimmt.«
»Und was ist mit Paul? Denkst du noch an ihn?«
»Jeden Tag. Und ich schreibe ihm auch jeden Tag, seit September.«
»Und liebst du ihn noch?«
Fanny wusste es. Seit Milli Paul zum ersten Mal begegnet war, wusste sie, was Milli empfand. Sie hatten oft darüber gesprochen, dass es sinnlos war und eine Freundschaft auf dieser Basis nicht gelingen konnte. Aber das stimmte nicht. »Worüber reden wir da eigentlich, Fanny? Ich meine, Liebe, die gibt es auf so unterschiedliche Weise. Ich liebe zum Beispiel dich. Und mein Rehlein, sie ist mein Licht. Und Sesamnudeln, die liebe ich auf jeden Fall auch.«

»Paul wird ja wohl nicht in die Kategorie ›Teigwaren‹ fallen?«

»Nein«, entgegnete Milli, »nein, keine Teigwaren und auch keine Linsensuppe. Aber mal ehrlich, muss Liebe denn immer auch Begehren sein? Erotik? Kann sie nicht zärtlich und platonisch sein?« Darüber dachte sie gerade in den letzten Wochen immer mehr nach. Immer genau dann, wenn Markus bei ihr war und sie eigentlich das Denken ausschalten wollte.

»Vielleicht«, überlegte Fanny laut. »Wahrscheinlich ist noch gar nicht jede mögliche Form gelebt worden. Und vielleicht können wir nicht mal darüber reden, weil sich Liebe für jeden und in jeder denkbaren Beziehung anders anfühlt.«

»Dieses Gefühl für ihn ist heute so groß, Fanny«, sagte Milli, »größer, als es jede Berührung je sein könnte, verstehst du? Diese Liebe hat sich in all den Jahren verändert. Heute habe ich das Gefühl, für immer zu ihm zu gehören, auch wenn er das nicht so empfindet. Diese Liebe muss gar nicht erwidert werden, sie ist genauso stark ohne ihn. Das wird mir in den letzten Monaten immer klarer.«

»Du sehnst dich also gar nicht danach, bei ihm zu sein?«

»Doch, aber das würde mir dann auch schon genügen. Bei ihm zu sein und zu wissen, dass es ihm gutgeht. Ihn einfach nur in der Nähe zu haben.« Milli zögerte. »Obwohl mein Herz immer noch schneller schlägt, wenn ich ihn sehe. Immer noch, nach all den Jahren. Und wenn ich in seinen Augen versinke, dann habe ich jedes Mal das Gefühl, zu Hause zu sein. Früher, im Café, wenn er mir in den Mantel geholfen hat«, Milli genoss diese Erinnerung, »und seine Hand dann für eine Sekunde auf meinem Rücken lag, hab ich mir immer gewünscht, die Zeit anzuhalten, nur für einen Moment, um in diesem Gefühl zu verweilen.«

Milli sah jetzt ganz glücklich und entrückt aus. Paul teilte sich gerade ein Stück Kuchen mit ihr und erzählte von der Oper. Sie hörte seine vertraute Stimme, sah sein schmales Gesicht. Er trug die Lesebrille mit dem blauen Rand, die Emma ausgesucht hatte, und blätterte in einem Programmheft. Sie stritten um das letzte Stück Sachertorte am Teller, das eigentlich keiner mehr wollte, es war eine liebe Tradition.

Milli atmete den Duft ihres Vaters ein und wanderte in der Zeit. Sie war klein. Vincent warf sie in der Eingangshalle in die Luft. Sie lachte laut und streckte die Arme aus, als wollte sie den hohen Leuchter fangen, bis ihre Mutter die weite Treppe herunterkam und schimpfte: »Oh dear! Vincent, will you please stop fooling around? Put Milli down at once, will you? She might get hurt!« Diesen Klang, dieses Gewühl aus fremden Worten, das doch immer etwas Distinguiertes an sich hatte, liebte Milli. »So very irresponsible and grossly negligent, the two of you!« Alice übergoss sie beide wie ein Wasserfall und strahlte dabei, als hätte sie soeben ein ordentliches Lob ausgesprochen. Milli versank in diesen federleichten, fragilen Erinnerungen, die die Seele weit oben im Himmel fliegen ließen, dort, wo die Luft schon dünn war und wohin nur die flüchtigen Elemente des Äthers aufsteigen konnten. Hier war die Atmosphäre kalt und klar und unberührt von Menschenwesen. Ein freier, ungebundener Ort, nah an dem, was man gemeinhin Himmel nannte. Ein Platz, an dem Gefühle nicht mit der Zeit kollidierten.

Paul saß mit seinem Vater im kleinen Park des Altenheims und genoss die Mittagssonne. Der April hatte sie bisher nicht gerade mit Licht verwöhnt, man musste die Wärme auskosten. Das helle Grün der Bäume wurde trotzdem schon kräftiger, Tulpen und Osterglocken blühten. Paul hatte sie auf Emmas Grab gesehen, kleine dunkelrote Miniatur-Tulpen, fast schon auberginefarben, und gelbe Zwerge in Glockenform. Die Gärtner mussten sie im Herbst gesetzt haben. Aber was verstand er schon von Blumen. Vielleicht konnte man sie einfach eingraben, wann immer man wollte. Dass er die gleichen am Rückweg auch auf dem Grubergrab entdeckt hatte, stimmte ihn allerdings nachdenklich. Die kleinen Rosensträuße, die so oft auf Emmas Grab standen, immer mit einer altrosa Samtschleife umbunden, und diese weißen Blumen im Winter … möglicherweise waren sie doch nicht von Anna oder der Friedhofsgärtnerei?

Heinrich hatte sich gefreut, als Paul ihn heute in seinem kleinen Apartment abgeholt hatte. Er sprach nun zunehmend mehr mit den Augen. Zwar lagen oft genug auch Abwesenheit und Resignation in seinem Blick, etwas Stupides, Dumpfes, die ganze Ödnis seiner letzten inkontinenten Jahre, aber trotzdem verstand Paul seinen Vater. Wenn er ihn ansah und ihm und sich Zeit ließ, dann verbanden sich ihre Seelen ein Stück weit und erzählten sich Dinge, die sie früher nie ausgesprochen hätten. Sie führten jetzt einen intimen Dialog der Zuneigung und des gegenseitigen Erkennens. Ja, sie hatten sich in den letzten Monaten als die Menschen erkannt, die sie in diesem Leben wirklich waren. Nicht unbedingt Vater und Sohn, vielmehr Weggefährten durch dieselbe Zeit, die vom

Schicksal miteinander verbunden und zeitweise sogar gleichgestellt waren. Alle Autorität war vergessen, die Strenge, die Lieblosigkeit. Nein, vergessen traf es nicht, das alles war vielmehr nur noch Erinnerung, die Paul jetzt wie eine Landkarte betrachtete, wohl wissend, dass sie nicht die Landschaft selbst war und von jedem anders gelesen werden konnte. Sicher war sie nicht einmal vollständig.

In letzter Zeit hielt ihm Heinrich, wenn er bei ihm saß, immer öfter seine Strickjacke hin. Er wand sich förmlich, als das wollige Teil in diesem Frühling von der Schwester im Schrank verstaut werden sollte. »Die brauchen Sie jetzt nicht mehr, Herr Ebner. Jetzt ist es doch schon wärmer«, hatte sie gesagt. »Im Herbst wieder.« Er hatte aufbegehrt, war voller Unruhe gewesen und hatte immer wieder Unverständliches gerufen. Es klang fast wie ein Bellen. Heinrich beruhigte sich erst, als man ihm seine Jacke zurückgab. Auch heute legte er sie in Pauls Schoß und versuchte sie mit zitternden Händen über seine Beine zu ziehen. »Warm«, sagte er dabei immer wieder, »warm.« Und er formte mit den Händen einen Kreis um Pauls Kopf, als würde er einen schützenden Schein um ihn legen. »Warm.«

»Ja, Vater, ich liebe dich auch«, entgegnete Paul.

Wenn er jetzt über Emma sprach und dabei traurig wurde, deutete sein Vater mit zärtlichem Blick in den Himmel. Paul wusste nicht, ob er ihm sagen wollte, dass sie dort war, oder ob es als Trost gedacht sein sollte, doch er erinnerte sich, dass sein Vater ihn, als er noch klein war, auf Reisen in jede Kirche gezogen und immer bei der Marienstatue eine Kerze angezündet hatte. »Wenn du mal Kummer hast, Junior, dann trägst du deine Sorgen zu ihr.

Sie nimmt sie dir ab. Du wirst sehen.« Einer der seltenen Momente väterlicher Zuneigung. Paul bezweifelte, dass das jenseits der Grundschule noch ein gangbarer Weg war. Der Glaube kam einem im Unglück als Erstes abhanden, der Moment der tiefsten Verzweiflung war auch der des tiefsten Zweifels, und das Schweigen der Himmelsmacht dröhnte selten heftiger in den Ohren der irdischen Ankläger als in den Zeiten der Not. »Die Maria«, hatte Paul erwidert und die Hände zum Gebet gefaltet. Da stand ein Lächeln in Heinrichs Gesicht. »Sie spendet Trost.« Er nickte lange und ließ Pauls Augen dabei nicht los.

So saßen sie in diesen Wochen oft zusammen. Heinrich setzte einzelne Worte in den Raum, ließ sie schweben, und Paul fing sie ein und empfand ihre Bedeutung. Und mitunter sprachen sie auch völlig stumm, nur im gemeinsamen Dasein. Das waren gute Begegnungen, heilsame Augenblicke, alle Vorwürfe dem Leben gegenüber oder einander gemacht, waren getilgt. Wenn Wut und Unverständnis, wenn die Bitterkeit verschwand, blieb viel Raum, der mit neuen Gefühlen gefüllt werden konnte. Hatte Millicent das nicht prophezeit? »Seine Schwäche ist nun Deine Eintrittskarte in seine Welt. Löse sie, geh zu ihm, taste Dich vorsichtig heran. Damit wirst Du Dich letztlich selbst beschenken und Frieden schließen können.« Ja, sie hatte es gewusst, sie wusste überhaupt so viel über ihn. Paul spürte diesen Frieden jetzt in sich und kam gern. Und er blieb auch oft, wenn sein Vater für ein Weilchen eingenickt war. Der Moment, den er früher immer genutzt hatte, um sich unbemerkt vor der Zeit davonzuschleichen. Doch jetzt griff er nach einem der Bücher in Heinrichs dezimiertem Regal und las. Goethe, Rilke oder

Wilhelm Busch. Wie wenig man am Ende doch benötigte, nichts eigentlich. Nichts, das man hätte kaufen können oder das es zu besitzen galt. Wenn Heinrich dann wieder aufwachte, sah er Paul voller Dankbarkeit an. Du hast mich nicht allein gelassen, sagte sein Blick. Und Pauls antwortete, ich gehöre doch hierher. Es drängte ihn ja auch nichts, er hatte sich schließlich noch immer nicht zur Rückkehr in seine Praxis entschlossen. Im Sommer vielleicht, dann würde er eventuell sogar umziehen. Das Haus war zu groß für ihn allein. Er hatte schon flüchtig die Mietangebote überflogen und nach einer Wohnung gesucht.

Heute gab Heinrich seinem Sohn, als dieser ihn in sein Apartment zurückgebracht hatte, seine goldene Taschenuhr. Sie lag immer auf dem Nachttisch neben seinem Bett. Sehr zum Unmut der Schwestern, die Angst vor einem möglichen Diebstahl hatten. Aber sie war in all den Jahren nicht abhandengekommen. Pauls Mutter hatte sie ihrem Mann zum fünfzigsten Geburtstag geschenkt. Sie war sein größter Schatz. »Am Golde hängt doch alles«, war auf der Rückseite scherzhaft graviert, »Meinem Heinrich von seinem Gretchen«. Paul hatte die Uhr zurückgelegt. »Sie gehört dir, Vater. Mutter hat sie dir geschenkt, weißt du noch?« Er deutete auf Margaretes Bild im Silberrahmen. »Du hast sie doch immer hier.« Da sah Heinrich flehend zur Terrassentür, als böte sie ihm den ersehnten Ausweg aus seiner wirren Welt. »Du nimmst sie nicht mit, wenn wir fortgehen, ich weiß. Aber jetzt bist du ja da. Und sie ist hier sicher. Sie kommt nicht weg, Vater, glaub mir.« Doch sein Vater hielt ihm die Uhr noch einmal hin, aufgeregt und bestimmt. Erst als Paul sie einsteckte und versicherte, gut darauf aufzu-

passen, beruhigte er sich. »Ich gehe vorne raus«, verabschiedete er sich. »Jetzt. Ich geh dann jetzt. Wir sehen uns in dieser Woche noch. Ja?« Da wandte Heinrich sich ab und versank.
Paul gab der diensthabenden Schwester Bescheid, dass die Uhr nun bei ihm war. Nicht dass sein Vater danach suchte und das ganze Personal aufscheuchte.
Als Paul an diesem Tag das Altenheim verließ, zum wievielten Mal wohl, begleitete ihn ein neues Gefühl. Es konnte mit dem Frühling zu tun haben. Der Aufbruch war in jedem Zweig zu spüren, in den Blüten der Bäume im Park, in den Blumen der spartanisch angelegten Beete, die zum Parkplatz hin abschlossen, und dem Lachen der Kinder im angrenzenden Kindergarten. Die ganze Welt um Paul war jung. Sie entwarf sich gerade wieder neu und nahm die Lebewesen mit auf ihre Jahresreise. Und sie nahm auch Paul mit. Heute genoss er eine Unbeschwertheit, die er schon gar nicht mehr kannte. Er fasste Mut. Er würde sich auch neu entwerfen können, dachte er plötzlich, und noch viele Jahreszeiten durchlaufen. Er würde auch wieder blühen wie die Blumenzwiebeln, die Emma noch im Garten hatte setzen wollen, wie die Bäume neben dem Fluss auf dem Weg zu seinem Vater. Überall würde er neu entstehen.
Der Himmel hing jetzt wieder höher, er war mit weißen Wolkengebilden durchzogen. Paul freute sich darüber. Die trüben Wintertage, an denen sich das Grau schwer auf die Dachgiebel gelegt und die Last seiner feuchten atlantischen Luft auf den Häusern abgestützt hatte, waren ausgestanden.
Als Paul an diesem Tag das kollektive Siechen hinter sich ließ, war er bereit für den Aufbruch.

Millis Garten erwachte jetzt im April. Er streckte sich mit grünen Gliedern weit in sein Zentrum hinein und unter Missachtung der Grenzen auch in die Nachbargrundstücke hinüber. Undurchdringlich verdichtete sich Dornröschens Dornenhecke um Millis Hundertjahreschlaf, aus dem Markus Grandauer sie nach besten Kräften wach küsste. Er bemühte sich so sehr um sie wie nie zuvor um eine Frau, und sie ließ sich hinreißen und genoss seine unerschöpfliche Phantasie. Heute hatte er einen Perspektivenwechsel erwähnt, ehe sie in seinem Wagen losgefahren waren, das Erweitern des Blickfelds und Cappuccino. Ein Rätsel, zumal Milli doch ein überzeugter Teetrinker war. Und Markus hatte sie gebeten, für ihr gemeinsames Wochenende eine kleine Reisetasche zu packen. Ein Hotel vielleicht, aber wo?

»Fahren wir lange?«, fragte sie nach kurzer Fahrt. »Ich würde nur gern wissen, worauf ich mich einstellen muss.«

»Warum? Hast du Angst, hinterm Steuer einzuschlafen? Das wird nicht passieren, weil ich ja fahre«, erwiderte Markus in allerbester Laune.

»Das ist angesichts der Tatsache, dass ich keinen Führerschein habe, eine gute Idee«, sagte Milli. Er war ihr ausgewichen.

»Nein, meine Schöne, wir fahren höchstens noch zwanzig Minuten.«

»Oh, ein Wochenende am Stadtrand, das klingt einladend. Im Industriegebiet?«, fragte sie.

»Warm, Milli, sehr warm. Und nun bohr nicht, du siehst es ja gleich.«

Markus parkte seinen Wagen tatsächlich bald, und zwar an einem Privatflugplatz, auf dem kleine einmotorige

Maschinen und Segelflieger Tragfläche an Tragfläche in Warteposition standen.

»Du ahnst was?«, hakte er beim Aussteigen nach. Er hatte ihr Gepäck schon in der Hand und steuerte zielsicher eine viersitzige Blechkiste mit Propeller an. »Darf ich vorstellen, Millicent Gruber, Delta Echo Papa Alpha Oscar. Sie ist eine Piper 28. Ihr werdet euch in den nächsten zwei Stunden über den Alpen noch näher kennenlernen.«

Milli sah ihn entsetzt an. Blechkiste, Alpen, zwei Stunden, das raste ihr gerade im Kopf herum, während Markus offensichtlich das Flugzeug inspizierte.

»Irgendwas nicht in Ordnung?«, fragte Milli hoffnungsfroh.

»O doch, alles wunderbar, ich muss nur den Ölstand, die Ruder und die Reifen überprüfen, bevor wir einsteigen. Das ist Vorschrift.«

Ruder? Es handelte sich also um ein amphibisches Fahrzeug!

»Wir landen auf dem Lido auf einer tausend Meter Graspiste und setzen dann in einem Motorboot über. Zum Mittagessen sind wir in unserem Hotel, dem Danieli. Na, was sagst du? Ein Wochenende in Venedig.«

»In Venedig«, wiederholte Milli wie ferngesteuert.

»Genau. Wir müssen morgen am späten Nachmittag zurück sein, damit wir vor dem Sunset wieder festen Boden unter den Füßen haben. Wir haben ein stabiles zentraleuropäisches Hochdrucksystem. Die Chancen stehen also gut, dass wir auch wieder zurückkommen.«

Milli rang um Fassung. »Hattest du schon mal erwähnt, dass du einen Flugschein hast? Ich meine, du hast doch einen Flugschein?«

»Eine PPL-A und ungefähr dreihundertfünfzig Stunden Flugerfahrung. Du bist bei mir in den besten Händen.«
Sie waren eingestiegen, und Markus schraubte jetzt im Cockpit an einem Teil herum, das er Höhenmesser nannte. Es hatte irgendetwas mit dem aktuellen Luftdruck am Boden zu tun, was immer das bedeutete.
»Hast du etwa Flugangst, Milli? Oder Höhenangst?«, erkundigte er sich.
»Ach nein, ich schaue mir nur Gebäude ab dem vierten Stock lieber von unten an.«
»Millicent Gruber, du überraschst mich. Du bist ein Angsthase, wer hätte das gedacht!«
Natürlich, so bekam man jeden, man musste nur an seinen Stolz appellieren. Und an die Reiselust. Zwei Tage Venedig ohne Autofahrt, das war selbstverständlich ein Traum. Milli hätte sich jedoch lieber dem Teleportieren ausgesetzt als einem Flug in dieser Nussschale.
»Wir haben die zwo sieben in Betrieb, Wind aus drei null null, zehn Knoten. Start nach eigenem Ermessen.«
Die Durchsage war nach Markus' Anmeldung vom Tower gekommen. Er dirigierte die Maschine daraufhin zum Rollhalt und führte die letzten Checks durch. Der Motor heulte gespenstisch auf. Milli war noch nie zuvor so verstört gewesen. Sie hielt sich beim Start neben Markus an ihrer Handtasche fest, und schon während die Blechbüchse mit dem kryptischen Namen ihre Nase in den Himmel reckte, wusste sie, dass allein ihr fester Griff um diese Tasche ihnen Halt geben würde.
»Siehst du«, vernahm sie Markus über den Kopfhörer, »da unten hast du schon das Voralpengebiet. Du schaust ja gar nicht raus, Milli. Heute siehst du von Pol zu Pol, das ist umwerfend.«

Er war glücklich.
»Ich sehe gleich raus. Gleich. Nur noch einen Moment.«
Millis Blick hatte sich am Armaturenbrett festgesaugt und seit dem Start nicht gelöst. Es war eine Frage der Schwerkraft oder der Balance, das konnte sie gerade nicht genau definieren. Sie wusste nur, dass sie, solange sie ihren Blick nicht hob, das Flugzeug in stabiler Lage halten konnte. Eine Änderung der Blickrichtung hätte zweifelsohne zu einer fatalen Gewichtsverlagerung mit ungeahnten Folgen geführt.
Markus war wirklich fürsorglich. Er spürte ihre Angst und versuchte deshalb ihr jede seiner Handbewegungen zu erklären, was die Sache aber nicht besser machte. Immer wieder hantierte er an einem Rad zwischen den Sitzen herum, um, wie er meinte, eine Klappe am Höhenruder einzustellen. So würde der Ruderdruck eliminiert. Was immer das sein mochte, Milli verstand nur »eliminiert«. Außerdem beschrieb Markus ihr die gesamte Newtonsche Physik mit ihren Naturgesetzen, die ihnen einen sicheren Flug garantierten. Jene, die tonnenschwere Schiffe schwimmen und geflügelte Busse aufsteigen ließen und die Milli schon im Gymnasium an ihre Grenzen gebracht hatten. Zumindest, wenn sie ihnen mit Zahlenwerten zu Leibe rücken sollte. O Gott, Männer waren doch so naiv! Was sie da augenscheinlich im Himmel hielt, war neben Millis festem Griff um den Henkel ihrer Handtasche und ihrem stabilen Blick, der die Kante des Fensters zu ihrer Rechten nicht überschritt, doch nur Markus Grandauers rührender Glaube, dass das Fliegen möglich war. Ganz klar hielt sie nur diese Fehleinschätzung am Himmel. Wobei halten schon nicht stimmte. Millis Theorie wurde bestätigt durch die Tatsache, dass

der Blechfloh wieder und wieder ganz plötzlich nach unten sackte, während seine Insassen noch eben einen Meter höher saßen. Ein unbeschreibliches Gefühl im Magen und im Solarplexus. Thermik nannte Markus das. Milli wollte ihn nicht verunsichern und erwähnte nur deshalb nicht, dass es sich ganz eindeutig um schwarze Löcher handelte, blaue Löcher möglicherweise, die in den Lehrbüchern so noch nicht beschrieben worden waren. Allein durch die Tatsache, dass sie angeschnallt waren, wurde verhindert, dass ihr fliegender Sarg darin verschwand. Hoffentlich!

»Wird es besser?« Markus war wirklich enttäuscht, dass Milli den Flug so wenig genießen konnte. Er machte sich Sorgen. »Willst du lieber umkehren?«

»Nur, wenn du mir versprichst, dass wir dann nicht landen. Ich glaube, davor habe ich noch mehr Angst als vor dem Fliegen.«

»Das könnte ein Problem geben«, entgegnete er liebevoll. »Wir müssten uns dann in der Luft auftanken lassen. Das ist bei diesem Flugzeugtyp, soweit ich weiß, noch nicht ausprobiert worden.«

Sehr schön! Das Landen schien also unausweichlich, wo auch immer.

»Gibt es Fallschirme an Bord?«, hörte Milli sich fragen. Der Überlebenswille sprach aus ihr.

»Aber nein, natürlich nicht! Fallschirme sind in diesen Maschinen nicht vorgeschrieben.«

O Gott, o Gott! Zwischen einem Wiedersehen mit ihren Ahnen und ihr stand also nur ein dünnes Blech und etwas, das sich Auftrieb nannte. Milli atmete nur noch gelegentlich. Eine Ohnmacht könnte das Ganze verkürzen und ihr das Finale ersparen. Das, bei dem die Schachtel

über die Landebahn hinausschießen und sich mit ihren Insassen in die Lagune stürzen würde.
»Siehst du, der Wetterstein, das Karwendel und dahinter die Stubaier Alpen. Da liegt noch Schnee, die sind auf der Nordseite vergletschert.«
Milli sah es nicht. Sie war zu sehr mit Denken beschäftigt, dem »Was wäre, wenn?«.
»Was machst du denn ohne Fallschirm, wenn du notlanden musst?«
»Na, eben notlanden. Ich komme mit der Maschine doch überall runter. Selbst wenn der Motor ausfällt, hat sie immer noch eine Gleitzahl von eins zu zehn. Da bleibt genug Zeit, sich eine schöne Wiese zu suchen.«
»In den Alpen?!«, kreischte Milli. Sie konnte gar nicht beschreiben, wie entsetzt sie war. »Wir kommen da nie rüber!«
»Schatz«, Markus war ungemein geduldig, »Hannibal ist da mit seinen Elefanten rübergekommen, da werden wir es doch in diesem erprobten Flugzeug schaffen. Vertrau mir einfach. Wenn du erst Venedig unter dir siehst, ist alles gut. Du wirst begeistert sein, das weiß ich. Es ist so unbeschreiblich aufregend, dort zu landen, während die Massen mit dem Auto anreisen und sich dann in überfüllte Schiffe quetschen, um sich anschließend durch die Gassen schieben zu lassen. Ich zeige dir heute ein Venedig, das du so noch nie gesehen hast. Besonders am Abend, wenn die hunderttausend wieder weg sind und die Schönheit uns gehört.«
Und so war es auch. Milli kam sich wie ein Filmstar vor, als sie auf wackligen Beinen das Fliegerchen verließ und mit Markus in einem Motorboot, nur für sie alleine, zum Markusplatz übersetzte. Nominiert bei der diesjährigen

Biennale! Wenn Paul sie jetzt hätte sehen können – die spitzen Bemerkungen würden sie lebenslang verfolgen, denn er hasste große Auftritte. Und Milli eigentlich auch, doch neben Markus schien es kleine Momente gar nicht zu geben. Er umfing das Leben gern mit großer Geste.

Das Hotel war unbeschreiblich schön und die Serenissima sowieso, besonders bei Nacht. So kannte Milli die Stadt nicht. Und Markus war ein ungewöhnlicher Fremdenführer. Sein Wissen beschränkte sich zwar auf die Geschichte und Architektur der Stadt, so dass er kein Fresko wirklich würdigte und geradezu unbeirrt an den größten Kunstschätzen vorbeilief, aber das war eben seine Art, die Stadt zu genießen, während Milli ihm, mit einem Kunstführer bewaffnet, in jeder Kirche im Flüsterton vorlas.

»Meine Schöne, ich merke mir nicht einen Namen. Bei mir bleibt nur ›Pigment und Heiligenszene‹ hängen«, entgegnete er duldsam. »Ist es wirklich wichtig, wie die Maler alle heißen? Möchtest du dir stattdessen nicht lieber diese unglaublichen Stützpfeiler ansehen, ohne die kein Künstler hier je unter der Decke gepinselt hätte?«

O du heilige Ignorantia! Wenn er dabei nicht so hinreißend gelächelt und sein blauer Blick gesagt hätte, dass er das unmöglich ernst gemeint haben konnte, Milli hätte über eine Zugfahrt Richtung Norden nachgedacht. So aber freute sie sich eben an der Architektur, am Bröckeln, am immer wieder knapp abgewendeten Untergang, dem schleichenden Verfall, und hörte sich ohne Murren alles über den neuen Hochwasserschutz an, der die Lagune vor dem Exodus bewahrte. Ein pneumatisches Wunder der modernen Technik!

Ja, Venedig war im Ganzen, was Milli über die Jahre in ihrem Haus an Schadhaftem zusammengetragen hatte

und dem sie sich so liebevoll annahm. Diese Stadt hätte sie gerne zu Hause unter einem Glassturz aufgestellt und ihr den Gruberschen Verfallsschutz gegönnt, das hatte Markus schon ganz richtig gesehen. Sie erlebte hier eine überraschend romantische Nacht mit ihm und erlaubte dem Unwirklichen, sie zu umfangen. Sie erlaubte Markus, ihr einziger Gedanke zu sein, und gönnte den Zweifeln eine Pause. Das war gut.
Und sogar das Wetter hielt, wie er es gesagt hatte. Markus flog auf dem Rückweg höher. Über den Wolken fehlte es zwar an Aussicht, was Milli verschmerzte, aber das Flugzeug verhielt sich deutlich ruhiger. Als sie am späten Nachmittag des 21. April wieder zu Hause landeten – Markus hatte noch eine Runde über Millis Anwesen gedreht –, war sie bereit, ihre Einschätzung bezüglich der Physik noch einmal zu überdenken. Unter Umständen war das Fliegen doch möglich.

In dieser Nacht verließ Heinrich Ebner der Wahnsinn. Der dichte Nebel, den er nicht hatte greifen und vertreiben können, zog weiter und legte sich auf eine andere geschlagene Seele. Das Kargland der Gedanken blühte plötzlich so mannigfach, dass Heinrich sein ganzes Leben beschreiben, benennen und verstehen konnte. Alles war wieder da. Es füllte sich mit Sinn, bis in den letzten schmerzenden Winkel hinein, und zog sich gleichzeitig zu einem einzigen Punkt zusammen, zu geballter Energie. Seine Eltern waren nun bei ihm, Gretchen und Emma und viele andere Wegbegleiter, die vorausgegangen waren. Freunde. Richtig, in seinem früheren Leben hatte er Freunde gehabt, da war er nicht auf seine Apartmentnummer und das Vergessen reduziert gewesen. Sie spra-

chen mit ihm. Ihre Freude war groß und seine auch. Jetzt spürte Heinrich, was er in den letzten Jahren, den letzten Monaten nicht mehr hatte empfinden, geschweige denn aussprechen können. Alles war wie vorher, vor der Versteppung der Wahrnehmung, und das ganz ohne Kampf. Er musste nichts mehr aufbauen, niemand war zu versorgen, er war frei von jeder Verpflichtung, und es gab nur ihn. Er war das Zentrum der Welt. Heinrich wusste, dass er nun nicht mehr aufzustehen brauchte, dass alles getan und alles gelebt war. Er hätte fortgehen können, sein Körper war wieder jung. Der Rücken schmerzte nicht mehr vom langen Liegen, sein Herz nicht mehr vom Verlassenwerden. Er hätte überallhin gehen können, aber der Weg vor ihm war der einzige, der ihn anzog.
Von diesem Licht hatte er früher oft gelesen. Ein Patient hatte sogar davon berichtet. Es war tatsächlich da. Aber es war kein unbelebtes Leuchten, es war das Wesen, aus dem er geboren worden war und in das er jetzt zurückkehrte. Sie alle waren das Wesen, das ihn so glücklich machte. Er würde Paul in dieser Welt allein lassen müssen, sein Junge war noch nicht so weit. Er war noch an die Zeit gebunden, an Zeit und Ort, die Projektionsfläche des Himmels. Heinrich hielt jetzt seine Margarete im Arm und war Licht. Hier endeten das Vorher und das Danach, hier fiel er über den Rand der Erde, die bekanntlich keine Scheibe war, aber wie er nun wusste, auch keine Kugel. Sie war überhaupt kein Körper, sie war ein Gedanke aus dem Licht, der weder Anfang noch Ende kannte. Also doch, dachte Heinrich erleichtert, also doch, und er verließ sein Zimmer dort an der Schwelle zur Terrassentür in eine andere Dimension.
Die Nachtschwester, die Heinrich Ebner, Apartment 105,

senile Demenz, vor Sonnenaufgang fand, verständigte seinen Sohn an diesem Dienstag, dem 23. April, erst gegen acht. Es gab keinen Anlass zur Eile. Es genügte völlig, die kleine Wohnung im Lauf der Woche zu räumen, um einer Neuvermietung Platz zu machen. Einem neuen betreuten Sterben, das sich auf Jahre verteilte. Das war Routine und erschütterte das Personal in erträglichem Maß, mal mehr, mal weniger. Paul jedoch, der nun keinen Menschen mehr auf der Welt hatte, der zu ihm gehörte, niemanden, mit dem ihn eine gemeinsame Geschichte verband, der sein Leben miterlebte und ihn durch die bloße Zurkenntnisnahme seiner Person an die Realität knüpfte, Paul trauerte ungesehen, aus ganzer Fallhöhe. Nicht so sehr um seinen Vater, mit dem er ins Reine gekommen und dem er nichts schuldig geblieben war, sondern um sich. Er führte keine Anklage wie bei Emma, das Schicksal war nicht grausam, nur folgerichtig und konsequent. Es gab, was man zu erhalten erwartete, was schon vor Jahren akzeptiert worden war. Gleichzeitig aber kappte es die letzte Wurzel des Paul Ebner, die ihn noch in dieser Welt verankert hatte.

Doch er fügte sich und konnte in der absoluten Schwebe seiner momentanen Existenz trotzdem etwas Zukunft für sich erkennen. Sie würde nur einfach ganz anders daherkommen, als er sich das früher einmal vorgestellt hatte.

Noch ein Name musste jetzt auf dem breiten, ewigen Stein eingemeißelt werden, und die schöne Frühlingsbepflanzung litt, als das Loch für die Urne ausgehoben wurde. Eine weitere Beisetzung mit Sarg in so kurzer Folge hätte ein Tieferlegen des letzten nötig gemacht, weshalb Anna Paul zur Verbrennung riet. Wieder kümmerte sie sich um alles Organisatorische und die pietätlosen De-

tails. Und sie nahm natürlich mit ihrer Familie an der Beerdigung teil, die an einem verregneten Frühlingstag stattfand. Sophie war ebenfalls gekommen und ein alter Freund von Heinrich, den seine Tochter im Rollstuhl gebracht hatte. Und Milli. Paul sah die zwei Sträuße in Sophies Hand, ein kleiner bunter und einer aus winzigen gelben Rosen mit lindgrünem Samtband. Da wusste er, dass sie hier bei ihm war.
Die Trauernden standen dicht beieinander unter dunklen Regenschirmen. Es war kühl geworden und nass. Paul sehnte sich nach Heinrichs alter Strickjacke, doch er trug selbstverständlich den anthrazitfarbenen Anzug, den Emma so gemocht und den er schon auf ihrer Beerdigung angehabt hatte. Ein edler Stoff, ein perfekter Schnitt und jede Faser vom Abschied durchtränkt. Er würde ihn entsorgen.
Während der Pfarrer sprach, dachte Paul an die goldene Uhr in seiner Sakkotasche, und er hatte dabei das unbestimmte Gefühl, dass nun alles und alle, alle außer Emma, am richtigen Platz waren. Möglicherweise sogar er. Er hatte für die wenigen Anwesenden lange an einer Grabrede gesessen. Genau genommen war sie jedoch nur für ihn. Er hatte in den vergangenen Tagen immer wieder versucht das Leben seines Vaters angemessen zusammenzufassen, aber was war angemessen? Von seinen beruflichen Erfolgen zu erzählen? Dem Aufbau der Praxis? Seinen Auszeichnungen? Seinen Leistungen in irgendwelchen Vereinen oder denen als Ehemann und Vater? Durfte er die Härte seines Vaters erwähnen? Die Ignoranz anderen gegenüber und die Oberflächlichkeit, mit der er Menschen an ihren Verdiensten gemessen hatte, an Prestige und Geld? Wollte er das? War das überhaupt sein Vater?

»Ihr alle habt meinen Vater gekannt. Den, der er früher war, vor seiner Krankheit, bevor ihn das Alter und die Demenz so reduziert haben. Er war ein angesehener Mann, erfolgreich und vom Leben vielleicht auch etwas verwöhnt. Vom Leben und von meiner Mutter, die ihm immer den Rücken freigehalten hat …, so wie Emma mir.« Paul wollte das gar nicht sagen, es war nur plötzlich einfach da gewesen. Ja, Emma war genau wie Pauls Mutter für ihren Mann der Boden, auf dem seine ganze Existenz gediehen war, so als hätte er das Feld wirklich selbst bestellt. »Ich könnte seinen Werdegang von der Oberschule bis zum Mitglied einer Kommission der Ärztekammer nachzeichnen, und doch würde es uns nichts über ihn sagen, denn mein Vater wurde erst am Ende seiner Tage der Mensch, zu dem er geboren worden war. Er war, erst nachdem das Leben sich alles von ihm genommen hatte, was ihn auszumachen schien, wirklich mein Vater. Mein Freund. Geld und Einfluss hatten keine Relevanz mehr, und sie fehlten ihm auch nicht, denn er entdeckte die Liebe in seinen letzten Monaten, er fühlte Fürsorge und Zufriedenheit. Ihr dürft mir glauben, dass mein Vater trotz seiner Haft in diesem Gefängnis aus Wirrnis und müden Gliedern am Ende mit seinem Leben zufrieden war.«

Paul sog die frische Regenluft in seine Lungen und erinnerte sich an den muffigen Geruch, der ihm im Pflegeheim immer entgegengeschlagen war. Den würde er nicht vermissen.

»Ich hatte viel Zeit, ihn auf diesem Weg zu begleiten, diese Verwandlung mit ihm zu durchleben. So hat er mir einen Weg aufgezeigt, mich wissen lassen, dass wir wachsen, wenn wir bereit sind, das Vorgegebene anzunehmen.

Widerstand verhärtet, deshalb sollten wir jedem neuen Tag mit Demut begegnen. So wie mein Vater ... am Ende.«
Paul sah den Pfarrer an, der bei den Trauernden stand. »Ich habe nie wirklich an Gott geglaubt, und selbst wenn, so wäre mir dieser Glaube doch spätestens mit Emmas sinnlosem Tod abhandengekommen, ich sage das ganz offen. Doch mein Vater hat immer an Gott festgehalten, er war sich so sicher, und ich denke, dass diese Gewissheit ihn schließlich nach Hause geführt hat.«
Paul öffnete nun die Bibel, die er die ganze Zeit über in der Hand gehalten hatte, Emmas Bibel, und las die Stelle aus dem Lukasevangelium, die er noch von ihr angemerkt gefunden hatte: »Der Vater aber sagte zu seinen Knechten: Holt schnell das beste Gewand und zieht es ihm an, steckt ihm einen Ring an die Hand und zieht ihm Schuhe an. Bringt das Mastkalb her und schlachtet es; wir wollen essen und fröhlich sein. Denn mein Sohn war tot und lebt wieder; er war verloren und ist wiedergefunden worden.«

4. Mai 2013

Mein lieber Paul,

das ist der dunkelste Tag von allen, weil er damals vor dreißig Jahren Dein glücklichster war. Und Du hast gerade erst Deinen Vater beerdigt. Meine Zeilen waren sicher nicht tröstlich genug. Du bist so weit weg. Du und ich, wir werden uns vielleicht langsam fremd. Ich weiß nichts mehr über Dein Leben, außer dem wenigen, das Sophie berichtet oder die Zeitung in der Rubrik »Todesanzeigen« auflistet.
Der heutige Tag ist zum Stillstand wie geschaffen, nicht wahr? Aber Du darfst im Schicksal nicht länger mit eingezogenen Gliedern ausharren. Jetzt musst Du antworten. Du musst Anker werfen, mitten hinein in Deinen grundlosen Alltag, und Dich gut vertäuen. Du musst planen und Zukunft entwerfen. Genau heute! Wo willst Du leben und wie? Wirst Du arbeiten? Ja, Du wirst. Und wer willst Du sein? Als Einzelner und doch wider Erwarten vollständig, mehr oder weniger. Du musst Dich neu entwerfen, Paul. Zeig der Welt und Dir, dass Du noch da bist, wie viel von Dir übrig ist und was dazukommen wird. Mit der Beisetzung Deines Vaters endet die Zeit der Verluste. Nun geht es wieder bergauf, Du musst gut gerüstet sein. Festes Schuhwerk und ein ebensolcher Wille sind vonnöten. Du brauchst jetzt wieder Neugierde und Tatendrang. Leg den Garten neu an oder zieh um. Kehr in die Praxis zurück oder eröffne ein Café mit überirdisch guten

Sachertorten für nette ältliche Damen, egal. Reise, eroberte Dir neue Menschen, sie säumen Deinen Weg auf jeder Strecke. Ein kurzes Gespräch, ein kleiner Gedankenaustausch, das tut gut. Und hole Dir ein Wesen, um das Du Dich kümmern musst. Ich rate Dir zu einem Hund. Der schleppt Dich ins Leben zurück, dreimal täglich zum Spaziergang, und strukturiert Deinen Tag. Schau, dass Du einen findest, der schon älter ist und sich mit Katzen versteht, dann kannst Du ihn bei mir parken, wenn Du wieder arbeitest, und hast keine Not, ihn erziehen zu müssen. Im Tierheim sitzen die Übriggebliebenen, die mit Dir so viel gemein haben, dass Du Dich gar nicht wirst entziehen können. Greife das jetzt alles an und verschiebe nichts mehr auf bessere Tage, sie werden von allein nicht kommen. Entschuldige Dich nicht länger mit den Schicksalsschlägen, ruh Dich nicht weiter aus im klammen Schoß der Einsamkeit, schaffe Leben, wo keines mehr ist. Und wenn Sophie mir nicht binnen eines Monats berichtet, dass Du übergeschnappt bist, weil Du Dir nun einen Hund zugelegt hast, setze ich ihn Dir höchstpersönlich vor die Tür. Und mich gleich dazu. Nein, nein, keine Angst, das mit mir war nicht ernst gemeint, der Rest jedoch durchaus. Ach, und arbeite an den Absenzen, Du weißt schon, den geistigen Aussetzern. Nur ihretwegen hab ich früher mal behauptet, dass in Deiner Obhut nur ein Stein überleben würde, aber das schaffst Du schon. Du wirst das Kerlchen nicht vor irgendeinem Geschäft vergessen, nur weil Du binnen Minuten über einem kleinen Einkauf vergisst, dass Du ihn hast. Die Autotür schließt sich stets erst hinter ihm und die Haustür auch. Eventuell

kannst Du ihn zum Aufspüren und Apportieren Deiner Lesebrillen bewegen, das wäre doch hilfreich!
Nun also ans Werk. Die gute alte Millicent gibt Dir einen mentalen Tritt, der Dich hinaus ins satte Hier und Jetzt befördert. Du findest es genau vor Deiner Haustür, dort, wo Dein Leben heute neu beginnt.

Millicent

Jetzt musste Milli gar nicht mehr so lange unter der Eiche sitzen, um zu regenerieren. Sie fühlte sich schon wieder viel stärker als noch im Januar, und die geballte Energie des Frühlings tat ihr Übriges. Am Tag nach ihrem Venedigwochenende hatte sie sogar zwei Patienten behandelt. Eine chronische Mittelohrentzündung, bei der sie eine verschleppte Infektion durch die eustachische Röhre bis zur Ebene des Energiekörpers verfolgt und dort durch ihr Reiki ausgeschaltet hatte. Und eine unspektakuläre Harnwegsentzündung, zu deren Abheilen sie Birkenblätter, Queckenwurzelstock, Riesengoldrutenkraut und Süßholzwurzel als Teemischung empfahl. Keine Wunder, nur schlichte Pflanzenheilkunde. Außerdem war Frau Wiegand auf einen kurzen Besuch bei ihr gewesen. Ihre Werte waren vorbildlich und der Onkologe zuversichtlich, dass sie im Juni ihre erste kleine Patientin aus dem Ausland betreuen könnte.
Irene Mayer, Millis Asthmapatientin vom letzten September, hatte Fotos von den Buben mit ihrer Katze geschickt, und sie hatte Milli einen kleinen goldenen Anhänger beigelegt, eine Katze schlafend in sich eingerollt. Sie lernte jetzt ein paar Stunden die Woche im Laden einer Freundin, die Goldschmiedin war, und hegte Pläne,

umzusatteln. »Eine gewagte Neuorientierung, mit der ich alle überrascht habe«, schrieb sie, »am meisten aber wohl mich selbst.«

Das war schön, die Menschen um Milli fanden ihren Weg. Nur ihrer lag im Dunkeln. Die Beziehung zu Markus Grandauer verstand sie immer noch nicht. Möglicherweise lebte da ein garstiger, oberflächlicher Dämon in ihr, der sie jetzt dem Jetset auslieferte. Sie musste nur die nörgelnde Stimme im Kopf zum Schweigen bringen, das Haus blau anmalen und den Garten roden, und schon hätte sie den Freifahrtschein in die Hölle der Reichen und Schönen erworben. Ja, Markus war ein Traumprinz, der aus den Märchen ihrer Kindheit, mit einem weißen Pferd, glücklichen, loyalen Untertanen und einem Märchenschloss – achtzig Quadratmeter Penthouse auf dem alten Messegelände mit Blick über die Theresienwiese. Das war so gar nicht Millis Welt, aber trotzdem liebte sie doch seinen Humor und seine Küsse, seine blauen Blicke und sogar die eigenwilligen Verabredungen. Aber liebte sie auch ihn? Wann immer sie nach vorn schaute, tauchte Paul auf, der fragile, gern etwas verwirrte Mensch. Er und Markus hätten unterschiedlicher nicht sein können. Der war so zielgerichtet, was vor ihm lag, packte er an, er war kein bisschen kompliziert, sagte, was er dachte, und fürchtete sich nicht vor Gefühlen. Paul hingegen …? Allein seine Unkonzentriertheit! Dieser Mann warf die Rezepte für seine Patienten bei der örtlichen Sparkasse ein und brachte dann seine Überweisungen mit zum Hausbesuch. Er hatte es selbst einmal voller Unglauben erzählt. Er verlor regelmäßig seine Schlüssel, gern schleuderte er sie auch mit dem Müll in die Gemeinschaftstonne der Praxis. Seit er einmal bei dem Versuch, sie wieder herauszuangeln, schon halb in der großen Tonne hängend mit ihr durch den Hof gefahren war, weil die Müllabfuhr vergessen hatte, die Rollen festzustellen, hatte Sophie ihm verboten, selbst den Abfall zu entsorgen. Aber das war ja auch typisch für ihn! Er beharrte nicht auf Hierarchien, er ließ niemanden glauben, dass er als Akademiker mehr wert wäre als etwa seine Sprechstundenhilfe. Und seine Brillen waren der Klassiker! Paul besaß sicher drei bis vier. Sie verschwanden im Rhythmus der Tage und tauchten an Orten auf, die sich keiner ausmalen konnte – dem Kühlschrank, seinem Autodach, dem Briefkasten oder Schuhregal. Ganz gewiss lag in jedem Museum, das er je besucht hatte, ein Exemplar. Paul zog eine Spur der Vergesslichkeit, aus Lesebrillen gelegt, hinter sich her. Er war so ganz und gar fehlerhaft und ohne jedes Heldentum. Eher würde er in der Gemeinschaftstonne bei Milli vorfahren als auf einem weißen Pferd angaloppiert kommen.

Marie fand Milli an diesem Tag am Brunnen, dort, wo die Akeleien, die sich selbst ausgesät und miteinander vermendelt hatten, in allen Farben zwischen Rosé und dunklem Lila standen. Sie lösten die kleinen gelben Schlüsselblumen ab, die sich ebenfalls über den Waldboden zogen, wo immer sich noch ein Rest Erde gegen das Moos behauptete. Und gegen den Waldmeister, der hier alles bedeckte und ganz leicht nach Limonade und Kindheit duftete.

Das Mädchen rief schon von weitem Millis Namen.

»Ist etwas passiert?« Milli stellte gerade noch den Eimer ab, ehe Marie ihr in die Arme fiel.

»Du hast gehext! Du hast gemacht, dass ich dableibe«, platzte sie heraus. »Die Mama hat eine neue Arbeit. Ab

Juni schon. Bei einem Hersteller von medizinischen Geräten, da kann sie mit der S-Bahn hinfahren.«
»Hier bei uns? Wie kommt das?«
Milli dachte kurz, dass sie ohnmächtig würde. Sie hatte Tränen in den Augen und Marie im Arm und fühlte gerade eine Last von sich abfallen, die unmenschlich war.
»Der neue Chef hat sie angerufen, ob sie sich nicht vorstellen will, weil er jemanden für die Logistik sucht oder so. Sie ist da selber Chefin von drei anderen Frauen im Büro. Ich wusste gar nicht, dass sie so was kann.«
»Hat deine Mama sich denn noch woanders beworben? Ich dachte, das mit der Stelle in Dortmund wäre schon fest?«, fragte Milli nach. Sie hatte immer noch Angst, dass sie Marie falsch verstanden haben könnte.
»Er hat gesagt, dass er ihre Nummer von einem Kollegen bekommen hätte, einem Freund, der für sie angefragt hat, weil er sie gerne in der Nähe behalten wollte, der Doktor Ebner. Er hat dem neuen Chef gesagt, dass er keine Bessere als meine Mama kriegen könnte. Und nachdem sie sich dann mit ihren Unterlagen vorgestellt hat, hat er sie fest eingestellt, für ganz. Mit einem richtig guten Gehalt.«
Marie war vor Aufregung ganz außer Atem. Sie sprudelte die Sätze schneller, als das Grundwasser unter ihnen lief.
»Mama hat gesagt, dass es ein Irrtum gewesen sein muss, weil der Doktor Ebner sie doch nur als Patientin kennt und sie schon lange nicht mehr bei ihm war. Aber du kennst ihn gut. Also hast du für uns gehext, nicht wahr?«
Milli war sprachlos. Paul hatte für Maries Mutter eine Stelle gesucht, damit sie bleiben konnte! Er musste herumtelefoniert, bei Freunden angefragt und sich für eine ihm fremde Frau starkgemacht haben, über deren Qualifikation er nicht das Geringste wusste, außer dem weni-

gen, das sie ihm jüngst in ihren Briefen geschrieben hatte. Oder wusste er vielleicht mehr über seine Praxis? Etwa über Sophie Sager? Das war schon möglich, sie war ein wandelndes Lexikon, was Pauls Patienten anbelangte, und hatte ihre Kontakte überall. Mein Gott, das würde sie ihm nie vergessen, ihr ganzes Leben lang stand sie dafür in seiner Schuld. Er hatte ihr ihren größten Schatz zurückgegeben, ihr Mädchen. Den kleinen anhänglichen Irrwicht, der durch die lichten Teile ihres Lebens schwirrte.
»Und die Mama sagt, ich soll dir das geben.« Marie hielt ihr einen hellgrünen Umschlag hin, wohl mit einer Grußkarte. Er war verschlossen. »Den hat ihr ihr Chef für dich mitgegeben. Von seinem Freund.«
Millis Tränen liefen immer noch, sie hatte noch nie vor Glück geweint. Sie öffnete den Brief, während sie sich an den Rand des Brunnens lehnte, und ihr Herz raste. Eine Karte kam zum Vorschein, nur zwei Zeilen standen darauf: »Wir haben schon genug verloren. Mehr geben wir nicht. In Verbundenheit, Paul.«

Nun waren die Wochen noch unausgefüllter. Seit Paul nicht mehr ins Altenheim gehen musste, unterteilten sich seine Tage nur noch in Einkaufen, Essen aus der Mikrowelle und die Zeit, in der er las, vor dem Fernseher saß oder Musik hörte. Manchmal ging er auch spazieren. Diese Tage, die immer endloser wurden, lösten sein Gehirn wie eine langsam wirkende Säure auf. Er beobachtete an sich eine zunehmende Demenz. Wollte er etwa seinem Vater nacheifern? Nein, es war kein Krankheitsbild im klassischen Sinn, das konnte er trotz fortschreitender Verwirrtheit noch ganz gut beurteilen, nur eine um sich greifende sedierende Stupidität. Trotzdem, als er vor ein paar Tagen im Wagen zum Einkaufen gefahren war, hatte er plötzlich erschrocken an sich hinuntergesehen, weil er nicht mit Sicherheit wusste, ob er unter seinem Mantel überhaupt Hosen trug, was dann aber doch der Fall war. Nur hätte er ohne diesen Kontrollblick nicht sagen können, welche und wann er sich überhaupt angezogen hatte. Das war doch nicht normal! Er würde bald im Schlafanzug auf die Straße gehen! Wollte er wirklich zu einer so skurrilen Gestalt verkommen?

Jetzt saß er zwischen den alten Fotoalben seiner Eltern und ließ sich durch die Zeit tragen. Wie jung sein Vater aussah, er hatte ihn so schon ganz vergessen. Aber natürlich war Heinrich auch einmal neunundfünfzig gewesen, so wie Paul heute. Und vierzig, so wie er vor neunzehn Jahren. 1971! Da hatte die Bundesärztekammer seinem Vater kurz nach dessen vierzigstem Geburtstag die Paracelsus-Medaille für vorbildliche ärztliche Haltung verliehen. Wie die sich genau erklärte, hatte Paul nie erfragt. Die imposante Urkunde war gerahmt und im Behandlungszimmer seines Vaters aufgehängt worden, damit nur ja keiner sie übersah. Zwölf Jahre später trat Paul dann in die Praxis ein. Es gab ein Foto – Paul, Heinrich und die neue Tafel vor der Tür. Dr. med. Heinrich Ebner, Dr. med. Paul Ebner, Praxis für Allgemeinmedizin stand darauf. Ihre damalige Arzthelferin Monika Schuster freute sich verhalten neben ihnen. Sie war ein alter Drachen gewesen, mit dem zusammen Heinrich die Praxis schon eröffnet hatte, aber sie mochte den »jungen Herrn Doktor«, zumindest zwei Jahre lang. Dann heiratete Paul, was sie ihm irgendwie übelnahm. Nach seiner aktiven Zeit in der Praxis wurde Heinrich in den wissenschaftlichen Beirat der Ärztekammer berufen. Seine Stimme hatte nun Einfluss auf neue Gesetzesentwürfe im Bereich des Gesundheitswesens. »Heinrich und die vierzig Räuber« nannte Pauls Mutter sie gerne. Es waren fast vierzig Mitglieder im Rat. Das war die Krönung von Heinrichs Laufbahn. Es gab viele Bilder mit Prominenz aus der Politik an seiner Seite, wichtige Auftritte neben chronischen Impertinenzen der Wirtschaft und anderen dreisten Lobbyisten der Pharmaindustrie, doch es waren kaum Fotos von Margarete dabei oder von beiden gemeinsam.

Paul schlug das Album zu. Der Blick zurück erhellte nichts, er brachte ihn nicht weiter, er zeigte lediglich, wie unbarmherzig die Zeit raste. Millicent hatte es ganz richtig erkannt, das Hier und Jetzt wartete vor der Haustür, und er erkannte, dass es da nicht ewig ausharren würde. Es würde nicht auf ihn warten wie seine Mutter auf Heinrich, während der sich im Erfolg gesonnt hatte und sie nur Statistin in seinem Leben war. Es würde wie Emma plötzlich verschwinden, wenn er nicht achtsam war.

Paul musste sich über etwas klarwerden. Ihm kam ein unbestimmter Gedanke, und so ging er los und betrat wenig später das Café in der Bahnhofstraße. Er bestellte die übliche Sachertorte mit Cappuccino, saß am vertrauten Tisch und dachte an seine Gespräche mit Millicent. Die fehlten ihm. Sie hatte etwas so Unkonventionelles an sich, das ihn fast immer ein wenig aus der Bahn warf oder wenigstens das Gewohnte verrückte. Außerdem fühlte er sich neben ihr als etwas Besonderes, fast wie mit Emma. Ein klein wenig so wie mit Emma. Millicent hörte ihm zu, wenn er erzählte, ohne ihn je zu unterbrechen. Sie war so ehrlich interessiert an ihm und seinem Leben, und er mochte die Art, wie sie ihn ansah, oft lang betrachtete,

mit diesen magischen grünen Augen. Dieses Gefühl, für einen anderen Menschen etwas Besonderes zu sein, vermisste er. Zumal seine Selbstwahrnehmung immer unbestimmter wurde – wenigstens trug er Hosen.
Die Sacher schmeckte allein wirklich fad, sie hatte das schon im Oktober festgestellt. Im Café war an diesem Nachmittag nicht viel los, Paul konnte lange ungestört die Menschen um sich herum und draußen auf der Straße beobachten. Sie schienen alle ein Ziel zu haben oder wenigstens eine Absicht, die ihren Tag bestimmte. Paul hatte beides nicht. Wo sollte das hinführen? Zum ersten Mal seit dem einen Tag im September dachte er darüber nach. Er könnte seine Arbeit wiederaufnehmen und weitermachen, sein Vater brauchte ihn nicht mehr. Er könnte wieder das gleiche Leben wie früher führen, nur ohne sie. Montag bis Freitag die Krankheiten der Gemeinde verwalten, mittwochs ein Stück Kuchen, und dann käme am Wochenende der stumme Rückzug. Kunst und Kultur als Surrogat.
Gegen siebzehn Uhr fasste Paul einen Entschluss und bog, die S-Bahn-Unterführung hinter sich lassend, links in Millis Straße ein. Das war wirklich der schönste Teil Gräfelfings mit seinen alten Villen, dem alten Baumbestand und alteingesessenen Familien. Und auf der Nummer 12 ihr Haus. Heute würde er sie besuchen! Er würde sich für die Briefe bedanken und für ihre Unterstützung und sie vielleicht sogar um Rat fragen, wie er weitermachen sollte. Er würde ihr erklären, warum ein Hund in seinem Leben eine dumme Idee war, und nach ihrem Rehlein und deren Mutter fragen. Überhaupt hatte er sich vorgenommen, Millicent vieles zu fragen und endlich auch einmal an ihrem Leben Anteil zu nehmen, ihr zuzu-

hören und sich um sie zu kümmern. Was war er schließlich für ein Freund?

Ihr Garten war schon fast wieder im Grün ertrunken. Warum kümmerte sie sich eigentlich gar nicht darum? Wenn er an das Grab ihrer Eltern dachte, hatte sie doch wohl Talent zum Gärtnern. Ob es einen Grund für diesen Wildwuchs gab?

Paul war noch nicht ganz am Tor der Einfahrt angekommen, da fuhr ein silberfarbener Mercedes hinein. Ein großer blonder Mann um die vierzig stieg mit einem Strauß roter Rosen aus. Paul ging ein paar Schritte zurück. Er wusste gar nicht genau, warum, aber er wollte nicht gesehen werden. Diesen Mann kannte er, er war schon einmal hier gewesen, als Paul ebenfalls an Millicents Haus vorbeigekommen war. Er hatte sie damals im Arm gehalten. Warum auch nicht? Sie war sowieso viel zu lange allein. Es war gut, wenn es da jetzt jemanden gab. Der virile Schönling ging die Treppe zur Haustür hinauf und läutete. Paul erkannte es schemenhaft durch die Büsche und Bäume hindurch, die von hier aus betrachtet den Eingang verdeckten. Er fühlte sich wie ein Strauchdieb, stand da und belauerte Millicents Besuch. In letzter Zeit war er wirklich nicht mehr ganz auf der Höhe. Und dann erschien sie in der Tür, die blonden Haare offen und länger, als er sie in Erinnerung hatte. Der Rosenkavalier umarmte und küsste sie. Da fiel Paul auf, dass er nie einen Mann an ihrer Seite gesehen hatte. Sie hatte Freunde und Lebensgefährten gehabt, aber er hatte sie nie kennengelernt. Millicent war für ihn irgendwie immer allein gewesen. Seltsam. Ja, es war ein ganz seltsames Gefühl, sie so zu sehen. Und ein guter Grund, einfach umzukehren, denn das war ganz sicher nicht der richtige Moment für ein

Wiedersehen. Und Paul fragte sich jetzt, ob es den überhaupt noch geben würde. Millicent war schließlich auch nur ein Teil vom alten Leben, das jeden Sinn verloren hatte und auseinandergefallen war. Sie war eine liebe Erinnerung, aber ihr Leben expandierte, während seines schrumpfte. Das passte nicht zusammen und würde sich gegenseitig nicht fördern. Er hatte es ja eben selbst festgestellt, die Sachertorte hatte ihren Geschmack verloren. Sie war nur noch süß und von unguter Konsistenz. Sie schmeckte nach gezuckertem Schwamm. Ja, genau, nach Schwamm!
Paul machte sich eilig auf den Heimweg. Er wurde gerade immer ärgerlicher und verstand nicht, warum. Zu Hause angekommen, warf er sogar wütend die Tür ins Schloss und setzte damit einen geharnischten Kontrapunkt zu seinem Ausflug ins Hier und Jetzt.

In Millis Blumenbeet, das sich an der Auffahrt zum Haus entlangzog, tauchten jedes Jahr zwischen Mai und Juni Fremdlinge auf. Winden womöglich, mit weißen und blauen Blüten, die sich in den angrenzenden Gartenzaun schraubten und alles in ihrer Nähe erwürgen würden, wie Fanny prophezeit hatte. Nur hier bei Milli blühten sie bezaubernd und mordeten augenscheinlich nicht. Gelb-orangefarbige kleine Blumen standen dabei, hohe weiß-rosa Gewächse an festen Stengeln, namenlos, und manch andere unbekannte Spezies, die sie alle nie gepflanzt hatte. Und wahrscheinlich nicht einmal ihre Mutter, sie waren nur Gäste im wilden Garten. Milli hatte sie am Morgen trotz des Nieselregens inspiziert, gleich nachdem sie Markus abgesagt und aufs nächste Wochenende vertröstet hatte. Er plante etwas Geheimnisvolles, sie wollte eine gemeinsame Mondlandung nicht ausschließen. Doch der heutige Samstag war für eine neue Patientin reserviert, die sie ausnahmsweise mit Marie gemeinsam behandeln wollte. Ihre Mutter hatte nämlich seit einiger Zeit überall am Körper Ekzeme, die trotz Kortisonsalben immer wiederkamen.

»Das, was du da bei deinen Behandlungen siehst, Milli, die Farben und Schwingungen, ist das wirklich?«, hatte Marie sie vor einiger Zeit einmal gefragt.

»Du meinst, weil andere es nicht sehen können, ist es nicht da?«, entgegnete Milli.

»Ja, vielleicht täuschst du dich. So wie letztes Frühjahr, als wir das rotbraune Eichhörnchen im Baum entdeckt haben.«

Marie hatte es vom Wohnzimmerfenster aus beobachtet. Es saß völlig regungslos in einer Astgabel, ganz nah am Stamm, und das tagelang. Zwischenzeitlich hatten sie es vergessen, bis Marie eines Tages meinte: »Ist es wieder da oder immer noch?«

»Wohl kaum immer noch«, antwortete Milli, »sonst ist es tot und klemmt fest.«

Marie war an diesem Tag hinuntergegangen und konnte, als sie genau unter dem Baum stand, das Tier nicht mehr sehen. Milli oben am Fenster aber sehr wohl. Und als Marie wieder oben ankam und hinaussah, war das geisterhafte Wesen auch für sie wieder am Platz. Also griffen sie zum Fernglas und studierten das Ding eingehend, bis klarwurde, dass da die ganze Zeit über immer nur ein verwelktes Blatt in der Astgabel gehangen hatte. Ein Kastanienblatt, von dem die eine Seite wie ein Eichhörnchenschwanz abstand, während sich der Großteil wie ein kleiner rotbrauner Körper an den Stamm schmiegte. Dass das

Bild keine Tiefe hatte, ließ sich vom Fenster aus nicht erkennen. Genau genommen sahen sie also, was am naheliegendsten war. Die Erwartung schuf ihre Wirklichkeit. Als Milli und Marie erst wussten, was da am Baum hing, konnten sie die Bilder wechseln – Blatt, Eichhörnchen, Blatt, beliebig wie auf einem Vexierbild, die alte und die junge Frau. Hatte man beide erst entdeckt, waren sie auch beide da.

»Das Ding damals im Baum war ein Kastanienhörnchen, meine kleine Motte«, sagte Milli, »und als solches absolut real.« Marie lachte wie ein Bauarbeiter, das zarte Mädchen hatte ungemein bodenständige Facetten. »Schau«, fuhr Milli fort, »unsere Wahrnehmung hängt doch davon ab, was wir wissen und glauben können. Von unserem Weltbild, verstehst du? Wir erkennen nur, was wir kennen. Wir finden, was wir suchen.« Marie grübelte. »Der dreidimensionale Mensch stellt eben nur eindimensionale Fragen, aber die muss man ausdehnen und neu denken und sogar sich selbst damit überraschen.«

An diesem Samstag saßen sie nun also zu dritt in Millis Behandlungsraum am winzigen Teetisch, und wieder taten sich ein paar Fragen auf. Die Ursache für Lauras Ekzeme musste gefunden werden. Milli vermutete eine allergische Reaktion, weshalb sie es heute bei der klassischen Detektivarbeit beließ und Marie gleich mit einband. »Was meinst du, Dr. Watson«, fragte sie sie im Ermittlerton, »worauf könnte deine Mama allergisch sein?«

»Bettfedern«, antwortete Marie prompt, »oder Putzmittel oder Kosmetik oder …«

»Ja, siehst du«, unterbrach Milli sie, »das ist das Problem, es kann so viel sein. Aber Daunen schlagen sich eher auf die Atmung, und Putzmittel schließe ich aus, weil das vor

allem auf die Hände begrenzt wäre. Aber eine Kontaktallergie ist schon mal keine schlechte Fährte.«
Laura Wendt hatte auf Millis Wunsch hin ihre Kosmetikartikel und etliche Nahrungsmittel mitgebracht, allerlei Fertiggerichte, Tees, Säfte, Süßigkeiten und einen speziellen Brotaufstrich, den sie gern aß. Auch Medikamente, Kopfschmerzmittel, Grippetabletten und Magnesium, das sie regelmäßig einnahm, stapelten sich jetzt auf einem Beistelltisch. Milli ergänzte die Testreihe mit ihren eigenen Proben, jedes erdenkliche gängige Nahrungsmittel, vom Milchpulver über Cerealien bis hin zur Glukose, aber natürlich auch Pollen, Tierhaare und chemische Substanzen, die sie in Glasröhrchen abgefüllt hatte und, falls nötig, auspendeln würde. Doch zunächst verschwand sie in ihrer Küche, um frische Minze aufzubrühen, und überließ Marie und ihrer Mutter die laufende Ermittlung. Sie sollten die Inhaltsangaben der mitgebrachten Produkte studieren und einen gemeinsamen Stoff suchen. Und das dauerte dann tatsächlich keine zehn Minuten, denn die Citronensäure, das E330 tauchte als Konservierungsstoff in fast allen Zutatenlisten auf. Die Menge pro Nahrungsmittel war gering, zusammengenommen jedoch und in Verbindung mit der zusätzlichen Einnahme des Magnesiumpräparats war die Citratkonzentration eklatant.
»Aha, der übliche Verdächtige«, stellte Milli fest, als sie den Tee einschenkte, denn die Citronensäure war ihr schon im Zusammenhang mit einigen Krankheitsbildern begegnet. »Haben Sie das Magnesium erst nach dem Ausbruch der Ekzeme genommen oder schon vorher?«, fragte sie daher.
Laura dachte eine ganze Weile nach.
»Nein, vorher schon. Ein paar Monate vorher sicher.«

»Dann haben wir's!«, erwiderte Milli und war sehr zufrieden. »Der Übeltäter ist die Citronensäure. Ich versichere Ihnen, wenn Sie das Magnesiumpräparat absetzen und möglichst auf Fertigprodukte verzichten, wird Ihre Haut in wenigen Wochen wieder ganz gesund sein.«
Wirklich so einfach? Laura konnte kaum glauben, dass es das schon gewesen sein sollte. Sie war so überrascht und erleichtert, dass sie sich kurz darauf in einem langen, herzlichen Gespräch mit Milli wiederfand, in dem sie natürlich auch die Gelegenheit nutzte, sich für Pauls Vermittlung zu bedanken. Marie zeigte ihrer Mutter im Anschluss ihr Zimmer, in dem sie manchmal übernachtete, die Katzen, die sie Milli aufgeschwatzt hatte, und den verwunschenen tropfnassen Garten. An der alten Beckmann, die noch immer in der Küche hauste, führte sie vor, wie gründlich sie die Namen der über zweihundert Knochen des menschlichen Skeletts schon beherrschte. Bei der lateinischen Aufzählung, zwischen Atlas und Tarsus, standen Laura vor Rührung Tränen in den Augen. Und Milli auch, denn in diesem Moment sah sie Rehleins Zukunft ganz klar vor sich. Sie würde Medizin studieren und dazu noch alles lernen, was ein guter Heilpraktiker konnte. Das würde sie dann verbinden und das Beste von beidem nehmen. Von Letzterem aber natürlich mehr!

Diese Kunst hatte Paul in den letzten Monaten perfektioniert. Letztlich war es nur eine Frage der Gestaltung. So standen Zahnbürste und Zahnpastatube seit September nicht mehr im Glas, sondern lagen auf der schmalen Ablage über dem Waschbecken schräg, parallel daneben, mit einem Abstand von je einem Zentimeter. Das galt es zu erreichen, die verbliebenen Utensilien zu streuen, ohne

sie aus dem Zusammenhang zu reißen. Sie möglichst großflächig zu verteilen, ohne dabei Absicht spüren zu lassen. Die Haarbürste – wozu brauchte er die überhaupt? – und den Kamm durfte er keinesfalls ineinanderstecken, die Seife, das Duschgel und das Haarshampoo nur locker um den Badewannenrand drapieren. Jetzt fiel es kaum mehr auf, dass hier früher viel mehr gestanden hatte. Kaum. Der kleine Silberbecher mit Nagelfeile, Pinzette und Scheren stand nicht mehr im Spiegelschrank, sondern davor, und Pauls Nassrasierer mit seinem Rasierschaum ebenfalls. Man konnte auch mehr Handtücher als nötig aufhängen, das füllte die Wahrnehmung ungemein. Das Deo und Pauls Eau de Toilette waren griffbereit im offenen Badezimmerregal, genau wie Emmas Bodylotion. Die hatte Paul schließlich immer schon mitbenutzt, also manchmal, na gut, selten. Ein Unterschränkchen stand jetzt leer, aber das sah man nicht, es hatte eine geschlossene Front. Es hätte also durchaus mit allerlei Dingen vollgestellt sein können. Der Platz im Bad war ausgefüllt, hier war keine Stelle ungenutzt, kein Fach einfach nur himmelschreiend leer, keines. Pauls Zugehfrau brachte dieses System beim Putzen immer durcheinander. Sie wollte ihm wohl demonstrieren, wie sich alles praktischer arrangieren ließ. Also baute er einmal pro Woche wieder um, wenn sie gegangen war.
Doch heute unterbrach Paul Ebner sein eigentümliches Ritual, als er dabei in den Spiegel über dem Waschbecken sah und sein Gesicht betrachtete. Ja, das war er! Der kleine, gebrochene Mann, der Zahnbürste, Kamm und Rasierer herumschob, war er! Der mit dem stumpfen Blick. Augen, die zurückschauten, veränderten sich, sie verloren etwas und gewannen etwas anderes dazu. Der Ausdruck

bekam Tiefe, gleich dem Abgrund, der sich aufgetan und in den er sich einem Stein gleich gestürzt hatte, um auszuloten, wo der Boden war, ob es überhaupt einen gab. Während des freien Falls musste man die Tränen in Sekunden zählen und konnte dann anhand einer einfachen Gleichung die Tiefe bestimmen. Auch wenn das, unten aufgeschlagen, nicht mehr relevant war, denn solange man den Grund von oben nicht erkannte, war es allemal genug. War man dann noch in der Lage, nach oben zu sehen, war da ein Licht. Und um einen herum glitschiges Gestein, keine Vorsprünge zum Einhalten oder Abstützen und lange Zeit nicht einmal die Absicht dazu. Aber das Licht blieb erkennbar, außer in der Nacht. Die Nächte waren dort unten um ein Vielfaches schwärzer.

Dieses Licht sah Paul gerade. In dem Moment, in dem ihm sein raumteilendes, groteskes Tun bewusst wurde, sah er es in seinen Augen aufscheinen. Ein Lebensfunke. Er betrachtete sich und sein Bad und seine ganze Zwanghaftigkeit und musste plötzlich unvermittelt lachen. Und dabei dachte er an Millicent. Die hatte auch reichlich Platz in ihrem großen Haus zu gestalten. Vielleicht sammelte sie deshalb so gerne Unrat, damit sich alles füllte, so wie seine Badezimmerablagen. Jetzt schob Paul die Utensilien zusammen und zurück zur Ordnung der hilfreichen Frau Berger, seiner Zugehfrau. Sie würde sich wundern, wenn sie das nächste Mal kam.

Als Paul an diesem Nachmittag ins Tierheim fuhr, wohl um sich selbst zu überrumpeln, strahlte sein Bad dieselbe steinböckische Klarheit aus, die er sich jahrzehntelang für sein ganzes Haus gewünscht, auf die er Emma zuliebe aber immer verzichtet hatte. Und er gewann darüber die Einsicht, wie sehr er das Weite, Offene und Undekorierte liebte. Das Zweckmäßige tat ihm gut. Es beruhigte seinen labilen Geist, der allzu viel Ablenkung und Aufregung quittierte, indem er ansatzlos in den Ruhemodus herunterschaltete. Mitten in der Bewegung, wenn nötig, weshalb sich die kleinen Pannen des Vergessens und der Unaufmerksamkeit häuften. Ja, ganz genau das war Paul ohne Emma. Sein wahres Wesen, schnörkellos und schlicht. Eine Seite an ihm, die er gerade wiederentdeckte, und es gab sicher noch mehr, bekannte und ihm unbekannte, die er gerne ausloten wollte. Dazu war es aber wohl dienlich, dass er den klammen Schacht endlich verließ. Ein Lot wurde von oben nach unten geführt, also musste er hinauf, hoch an die Erdoberfläche, wo die anderen lebten. Anna zum Beispiel, die ihn ständig einlud und die er heute möglicherweise zusammen mit einem verwaisten Vierbeiner spontan besuchen würde.

9. Juni 2013

Lieber Paul,

wieder ein paar Zeilen aus der anderen Zeitzone. Von hier, wo das Leben so rennt, sich beinahe überschlägt und die unfassbarsten Dinge geschehen. Man mag kaum glauben, dass sie direkt an Deine stößt, dass man nur ein paar Straßenzüge weiter scheinbar die Datumsgrenze überquert. Von West nach Ost, von mir zu Dir, zurück in der Zeit. Ich war gestern auf der Fraueninsel. Ganz früh am Morgen, ehe die ersten Schiffe anlegen, ist es ein magischer Ort. Und möglicherweise bin ich dort meiner Zukunft begegnet. Einem völlig überraschenden Entwurf, der mir so gut gefällt wie das neue rote Paar Schuhe im Schrank, aber vielleicht beim längeren Tragen genauso einengt und an den unmöglichsten Stellen drückt. Ich will nicht eines Tages auf mein Leben zurückschauen und feststellen, dass ich mit den falschen Schuhen in den Rest desselben aufgebrochen bin. Die rechte Wahl ist entscheidend und das Gelände unbekannt. Wie soll man so auswählen? Ach so, Du weißt ja nicht, wovon ich rede. Da geht es Dir wie mir! Lass es mich bald nachreichen.

Und Du? Hast Du wieder Bodenhaftung und zumindest schmale Pläne? Zeigen die Spiegel im Haus wieder Dein Gesicht? Hast Du Kontur angenommen, oder bist Du noch immer Dein eigener Schatten? Wenn Du hinausgehst und ins Leben trittst, wirst auch Du ein paar

Treter aussuchen müssen. Was meinst Du, Pumps oder eher ein klassischer Halbschuh? Für mich natürlich, nicht für Dich. Ein Drama oder eher eine leise Komödie? Wobei die ja auch nur Drama ist, plus Zeit. Ich bin schon wieder abgeschweift, entschuldige, dieser Ausflug wirkt ordentlich nach. Vielleicht komm ich rüber in Dein Gestern, dann ist noch gar nichts passiert. Dann könnte ich mich vorbereiten, eh es mich kalt erwischt. Nur so ein Gedankenlauf zwischen mir, dem Stift und dem Papier. Du siehst, heute bin ich nicht erquicklich und so geheimnisvoll.
Ich schließe, ich muss an meinen Schuhschrank. Es gibt so viel zu überdenken.

Millicent

Die Leere betrat Milli nur mehr selten. Zuletzt war sie in der Neujahrsnacht hier gewesen, als Sophie so lange nicht zurückgerufen und sie geglaubt hatte, einen Nervenzusammenbruch zu bekommen. Die Leere befand sich im zweiten Stock unterm Dach. Sie war ein einziger riesiger Raum auf der gesamten Grundfläche des Hauses. Hier gab es auf der Ost- und Westseite Gauben im abfallenden Mansarddach, das auf Höhe der Fenster leicht geschwungen war, wodurch eine Wölbung in den Raum hinein entstand. Nach Norden und Süden hin reichte die Fassade bis über die Fenstergiebel hinauf und bot zweiflügeligen Kastenfenstern Platz, von derselben Größe, wie sie im restlichen Haus anzutreffen waren. Das Licht flutete aus allen Himmelsrichtungen herein. Lediglich die beiden gemauerten Kamine und einige schön gearbeitete Stützbalken durchzogen das Geschoss, das wie ein verlassener

Tanzsaal mit schwerem Dielenboden wirkte. Die Leere war also kein Speicher im eigentlichen Sinn. Abgestellte Kartons oder alte Möbel suchte man vergeblich. Es fand sich nichts Ausrangiertes oder Weggestelltes, dafür nutzte Milli den Keller. Im Gegensatz zu ihrer Granny, die irgendwann die Bilder und Skulpturen ihres Vaters, die hier ausgestellt gewesen waren, nach unten geschafft und im Haus verteilt hatte, um an ihrer Stelle Ottomanen und andere Polstermöbel, die weichen mussten, einzulagern. Ebenso Lampen, Tische, abgelegte Kleidung und bald auch Arthurs ganzes Büro, das in Umzugskartons heraufgebracht worden war. Steuerunterlagen, Tischwäsche kurz vor dem Untergang und sogar Dachziegel von anno 1909 versehrten den schönen Raum. Die Granny ließ eben nichts verkommen, doch sie hatte dem Keller misstraut. »Der ist bestimmt feucht, das Haus ist ja nicht mehr das jüngste!«, begründete sie die Umwidmung damals.

Nach dem Tod der Eltern und dem der Granny war Milli dann oft heraufgekommen, um in der Vergangenheit zu stöbern. Irgendwann aber beschloss sie, das Erhaltenswerte zu bergen und das Übrige aufzugeben und diesen Raum zu seiner alten Bestimmung zurückzuführen – eine Galerie für die Kunstschätze der Familie. Sie räumte über Wochen, was ihr guttat. Es half ihr, die Gedanken an den Unfall ihrer Eltern aus Frankreich nach Hause zu holen. Es half ihr, sie anzuhalten. Und mit der Zeit zeigte sich ihr der Raum, er gewann genau wie sie an Klarheit. Dadurch, dass sie ihn vom Ballast befreite, wurde auch sie irgendwie leichter. Es war ein ganz eigenartiger Prozess. Und als der Dachboden dann völlig leer war, fand Milli die eigentliche Qualität des riesigen

Zimmers, ohne überhaupt danach gesucht zu haben. Sie versenkte sich in die Weite, die sich jetzt zwischen den Wänden spannte, und spürte, wie sich auch in ihr Grenzen auflösten. Wie Konturen des Empfindens und Denkens verwischten. So hatte sie sich immer den Himmel vorgestellt.
Milli liebte diese beseelte Leere unterm Dach. Sie kam nun fast täglich herauf und konnte sich nicht mehr dazu durchringen, die Bilder hochzuschaffen. Der Raum musste leer bleiben, unberührt und frei sein von jeder Funktion, denn er war für sie der perfekte Platz zum Meditieren geworden. Hier oben fühlte sie sich so orientierungslos, als läge sie in einer Wolke. Möglicherweise wirkten sich manche Drogen so aus? Den Dachboden empfand sie jetzt als das Herz des Hauses, nein, die Seele, er war seine Seele. Ein Ort, den sie nach seiner Befreiung aufsuchte, um ihr Denken auszuschalten und das Fühlen auch. Die Zeit hier oben war wie ein Aufenthalt in einer Parallelwelt, sie verging langsamer als anderswo. Milli verbrachte hier Stunden, die auf den Uhren im Haus nur dreißig, vierzig Minuten lang waren, denn sie konnte die Zeit hier mit nichts verknüpfen, außer vielleicht mit dem Licht. Sie war eingefroren, vom flüssigen, beweglichen Zustand in den festen, unbeweglichen übergegangen. Nichts stürzte hier auf Milli ein, nichts lenkte sie vom Leersein ab. Es gab nicht einmal Töne, nur Stille und Staub. Kleine Partikel, die im Sonnenlicht schwebten. Und dahinter dehnte sich das weite Weiß der Wände beinahe unendlich aus. Die Leere war also der Gegenentwurf zu Millis belebtem Garten und gab ihr auf andere Weise Kraft.
Heute war sie heraufgekommen, um Markus' unfassbar

übereilten, bezaubernden Heiratsantrag für eine Weile auszublenden, den er ihr am letzten Wochenende bei einem gemeinsamen Spaziergang über die Fraueninsel gemacht hatte. Genau genommen auf einer Kirchenbank im Frauenwörther Münster, der Klosterkirche der dortigen Benediktinerinnenabtei, in der ihre Eltern geheiratet hatten. Markus kannte die alten Fotos aus ihrem Wohnzimmer. Sie hatten mit dem historischen Raddampfer Ludwig Fessler von Prien aus übergesetzt und waren bei ihrem Rundgang um die winzige Insel an den bunten blumenverwöhnten Gärten vorbeigekommen, die hier so gepflegt wurden. Sie saßen unter den tausendjährigen Linden, aßen im gleichnamigen Gasthof mit Blick auf den Chiemsee zu Mittag und gingen dann hinüber zur Kirche. Über die ausgetretenen Steinstufen führte ihr Weg sie in die sakrale kerzenerhellte Dunkelheit hinein. Und dann holte Markus zwischen den knorrigen Bankreihen mit den Schildchen der Namen alter Inselfamilien den Ring aus der Tasche und fragte Milli, ob sie seine Frau werden wolle. »Ich weiß, dass es schnell geht«, sagte er, »aber ich bin mir völlig sicher, Milli. Du bist die Richtige.«
»Warum?« Sie versuchte Zeit zu gewinnen.
»Weil du mir auf deine ganz eigene Art so ähnlich bist.«
Milli glaubte sich verhört zu haben. Verschiedener hätten sie doch gar nicht sein können!
»Du kennst auch keinen grauen Alltag. Dein Leben ist bunt, es hat beinahe etwas Magisches. Ich kann es schwer erklären, Milli. Es ist das bestimmte Gefühl in mir, dass du die Welt anders siehst als die meisten Menschen.«
Sie staunte Markus nur an.
»Und so geht es mir auch. Ich sehe das Abenteuer und die

Herausforderungen, hundert Möglichkeiten. Für mich ist alles Expansion.«

Milli nahm den Ring aus seiner Hand, sah sein Funkeln lange an und gab ihn dann zurück.

»Gibst du mir etwas Zeit?«

Er war enttäuscht. »Natürlich. Wie lang?«

»Ich weiß nicht«, meinte Milli, »vielleicht eine Woche? Oder einen Monat? Vielleicht auch nur einen Tag, ich weiß es nicht.« Sie lächelte ihn liebevoll an und stand auf, um bei der Marienstatue ein Licht für ihre Eltern anzuzünden.

Die wirren, unklaren Gefühle, die sie seither plagten, die ganze Palette von Euphorie bis Zweifel, ließen sich im Kontor nicht mehr in Worte fassen. Doch hier oben unterm Dach, jeder Relation beraubt, waren sie nicht mehr ganz so übermächtig. Wenigstens eine kleine Weile.

Der Sommer war viel zu zart für Wagner. Seine Wucht und Opulenz passten nach Pauls Einschätzung nicht zu den Farben der Blüten, dem lebhaften Grün, den schwerelosen Schmetterlingen und launigen Gedanken weißweingetränkter Abende. Der Sommer war zerbrechlich, nur ein Schweben zwischen den langen dunklen Tagen. Aber Paul hatte die Zeit für *Parsifal* in diesem Jahr verpasst. Zu Beginn der Osterwoche, wenn Emma die Kirschblütenzweige in die Bodenvase im Wohnzimmer gestellt hatte, suchte er Jahr für Jahr eine Aufführung aus. Boulez, Knappertsbusch oder Kubelik. Die Solti-Einspielung mit den Wiener Philharmonikern war Emmas Lieblingsfassung gewesen. René Kollo als Parsifal, die Ludwig in der Rolle der Kundry und ein wunderbarer Gurnemanz, Paul mochte seine Passagen besonders. Wenn die Zweige noch ungeschmückt im Wohnzimmer aufgetaucht waren, hatte Paul am Mittwoch nach der Sachertorte mit dem ersten Aufzug begonnen und ihn mit Emma gehört, die auf dem Sofa in seinem Arm lag. Sie aßen Mailänder Salami und Weißbrot und tranken Prosecco dazu. Am nächsten Tag, dem Gründonnerstag, kam dann das zweite Bild: Parsifal, der sich dem Zaubergarten nähert. Emma und er hatten vor Jahren im Juni in Ravello einen unbeschreiblichen Wagnerabend in der Villa Rufolo erlebt. Warum also nicht Wagner im Sommer, es musste ja nicht gleich der *Ring* sein. Am Karfreitag hatte Paul dann jedes Jahr den dritten Aufzug zelebriert, doch diesmal war er Ende März mit dem Packen von Emmas Sachen beschäftigt gewesen.

Paul wählte heute die Fassung von Thielemann. Sie war dynamisch und von einer gewissen Härte. Emma hatte sie nicht gemocht, er schon. Und heute verstand er den klaren Ausdruck noch besser, schnell und eher ungezähmt als schön. Das war genau die richtige Aufführung. Sie entsprach seiner Stimmung. Kein Schwelklang, mehr schneidende Kontur, keine Spur von Pathos, davon hatte er genug.

Paul hörte diesen *Parsifal* an einem einzigen Nachmittag, ohne Pause und ohne Emma. Er war dabei selbst die Musik und selbst die Geschichte. Er war Kundry, die »von Welt zu Welt« nach Jesus suchte, den sie einst verhöhnt hatte, und die seither auf Erlösung hoffte. »Von Welt zu Welt«, so hatte Paul auch seine Emma in den letzten Monaten gesucht, hier und in jeder anderen, die es geben mochte. Er war sogar in einer Nacht bereit gewesen, hinüberzugehen, doch wie Kundry war auch ihm das Scheitern bestimmt. Immer wieder bezwang die Verführung das Zauberweib aus dem Gralsepos, immer wieder hatte die Trauer ihn bezwungen. Er war wie Parsifal auf einer Irrfahrt, auf der Suche nach der Gralsburg, auf der Suche nach seinem Heil, seiner Lebensfreude, seiner Liebe, doch auch er fand nicht zurück. Und wie Amfortas trug Paul die Wunde, die Emmas Tod ihm geschlagen hatte und die sich nicht schloss. Pauls Vater starb gleich dem sagenumwobenen alten Titurel, und nun wollte Paul nicht länger auf den »durch Mitleid wissenden reinen Toren, der die Heilung bringt«, warten. Er würde keine Erlösung außerhalb seiner selbst finden, das wurde ihm über den gewaltigen Klängen der beziehungsreichen Oper gerade klar. Er musste selbst zum Helden seiner Geschichte werden.

Kurz vor dem Tod seines Vaters hatte sich etwas in Paul stabilisiert. Es gab ein wenig Hoffnung, und das verdankte er ihm. Ihn so verwandelt zu erleben, machte Paul glücklich. Nach seinem Tod hielt das an, doch dann war die Wunde kurzfristig wieder aufgebrochen und eiterte an den entzündeten Rändern ins infizierte Gewebe hinein. Das war, als er Millicent besuchen wollte und wie ein dummer Junge am Gartenzaun ausgeharrt hatte. Aber das verbuchte er jetzt als kleine Zäsur zum Nachdenken, zur Orientierung, während er ein kurzes Bad im Selbstmitleid genommen hatte. Wofür es überhaupt keinen Grund gab! Zumindest keinen anderen als den bekannten. »Kubelik oder Solti, was meinst du, Hope? Der Abend hat gerade erst begonnen. Wir könnten wenigstens den ersten Aufzug noch einmal hören. Oder die ersten beiden. Vielleicht erliegt Parsifal ja diesmal Kundrys Verführung. Ich warte jedes Mal darauf.«

Paul öffnete eine Flasche Wein und startete die CD. Er schloss die Augen und tauchte erneut in die Geschichte um die Wiederauferstehung ein. Draußen prasselten dicke Hagelkörner in den Garten, der Wind hatte unvermittelt aufgefrischt.
»Das geht gleich vorbei, Hope«, sagte er mit Blick auf das wilde Wetter zu seiner Gefährtin, »du musst dich nicht fürchten.«
Ein Beobachter hätte ihn in diesem Moment glücklich gesehen – Paul Ebner, ausgestreckt auf dem Sofa, mit einem kleinen Mischling im Arm, der Mailänder Salami liebte, kurz vor der Enthüllung des Grals.

Als Marie am letzten Samstag im Juni pünktlich um acht Uhr morgens unausgeschlafen und in alten Jeans nebst verwaschenem T-Shirt zu Milli kam, hatte diese im großen Wohnzimmer schon alle Möbel in die Mitte des Raums geschoben und mit Malerfolien abgedeckt, genau wie die fest verbauten Regale. Die Deckenlampen waren umwickelt und Bodenleisten, Fensterstöcke und Türrahmen abgeklebt. Zwei Kommoden standen leergeräumt draußen auf dem Flur, und allerhand Kleinteile stapelten sich auf der großen Treppe bis ins Erdgeschoss hinunter. Alles erinnerte an einen Auszug. »An meinem Geburtstag in zwei Wochen ist das hier wieder tipptopp, Rehlein!«
Milli nervte Marie schon seit Februar damit, dass sich das Haus auflöse. Marie fand jedoch lediglich Milli in den letzten Monaten ziemlich aufgelöst.
»Wann hast du das denn gemacht?«, fragte sie ungläubig. »Gestern Nachmittag war doch noch alles an seinem Platz!« Wie unheimlich.

»Abends«, erwiderte Milli voller Tatendrang und guter Laune. »Bis kurz nach Mitternacht, zusammen mit einem köstlichen Earl Grey. Aber zuerst haben Fanny und ihr Mann mir beim Möbelschieben geholfen.«

Gott sei Dank, dachte Marie. Sie hatte Milli schon vor sich gesehen, wie sie sich alleine die ganze Nacht hindurch gegen Schränke und Sofas stemmte, um sie zu verrücken, und Sessel wuchtete. Es war ihr durchaus zuzutrauen, wenn sie sich erst mal was in den Kopf gesetzt hatte. Und jetzt war es eben diese fixe Idee, die Wandfarbe im Wohnzimmer wäre ganz plötzlich merklich blasser geworden und zwei der Kommoden hätten sich entblättert. Für Marie sah eigentlich alles wie immer aus. Wenngleich ihr natürlich der tiefe, magische Milliblick fehlte. Wer wusste schon so genau, wie die Welt für sie aussah.

Auf dünnen grauen Filzmatten standen jetzt zwei Farbeimer nebst Malerrollen und Abrollgitter, und Milli war gerade dabei, ein weißes Pulver in einem der Eimer mit etwas Gelbem zu verrühren. Dazu verwendete sie eine alte Bohrmaschine mit Quirlaufsatz, die den Farbresten nach, die darauf hafteten, dafür schon öfter gebraucht worden war. Sie trug eine Latzhose mit kurzärmligem Hemd darunter und hatte ein grüngemustertes Tuch um die Haare gewickelt. Und sie war barfuß. »Du musst dir auch eins umbinden«, wies sie Marie an und deutete auf ein blaues Halstuch am Fensterbrett.

»Milli, was machst du da?«, fragte Marie mit Blick auf das pudrige gelb leuchtende Gemisch im Eimer, das jetzt mächtig staubte. »Und wo ist die Farbe?«

»Hier«, entgegnete sie, »ich muss sie nur noch mit Wasser anrühren. Das ist Lehmfarbe, die hab ich im ganzen Haus.

Garantiert frei von Lösemitteln, Weichmachern, Pestiziden und Konservierungsstoffen!« Milli wirkte auf Marie gerade wie die Darstellerin eines Werbespots für alternativen Anstrich.
»Hält das denn?«, fragte sie skeptisch.
»Ja, natürlich hält das. Hält, deckt, atmet, schafft ein gutes Raumklima und schützt sogar vor der Strahlung von Mobilfunkantennen.« Der Werbespot war offensichtlich noch nicht zu Ende. »Was guckst du denn so skeptisch, Rehlein?«, fragte Milli noch nach, während sie das vermengte Pulver, mittlerweile ein homogenes Sonnengelb, in einen zweiten Eimer mit Wasser rieseln ließ. »Kannst du bitte mal rühren, solange ich das Farbpulver einstreue?«
Marie griff zum Quirl. Mann, das brauchte ganz schön Kraft, sobald die Masse sich verdichtete. Der Bohrer ächzte und machte ein stechendes Geräusch, das merkwürdig hallte. Die Akustik im Raum hatte sich ohne die Möbel rundherum und ohne Bilder an den Wänden deutlich verändert.
Milli erklärte über den Lärm hinweg ungerührt weiter: »Das mit dem Abschirmen von Strahlung klappt natürlich nur, wenn die Lehmschicht entsprechend dick ist. Aber das Haus ist ja schon von jeher lehmverputzt. Wie altes Fachwerk.«
Marie quirlte jetzt mit beiden Händen an der Maschine und kam bereits ins Schwitzen. Sie hatte noch nicht gefrühstückt und sah sich einem Tag mit Milli im Lehmworkshop irgendwie nicht gewachsen.
»So, das reicht, du kannst abschalten. Jetzt muss die Farbe eine gute halbe Stunde quellen.«
Zum Glück. Gerne auch zwei Stunden, dachte Marie.

»Wir können frühstücken, Rehlein!« Milli strahlte heller als das Sonnengelb im Eimer.
Am Küchentisch bei Tee und frisch gebackenen Muffins, die nur Marie aß, weil sie nicht vegan waren, fragte diese vorsichtig: »Wie viel sollten wir denn heute schaffen?«
»Die drei Wände Norden, Osten, Westen. Gar kein Problem, auf der einen Seite sind ja fast überall Regale und auf der anderen die Fenster«, antwortete Milli.
»Und die Rückwand streichst du dann nicht?«
»Die Rückwand werde ich nur mit pigmentiertem Naturwachs lasieren, das will ich nämlich unbedingt mal ausprobieren. Es soll den Farbton vom Lehmputz intensivieren und quasi versiegeln. Aber trotzdem kann er noch atmen.«
Na, Gott sei Dank, sinnierte Marie, wer würde schon wollen, dass die Wand keine Luft mehr bekam. »Und warum machen wir das dann nicht überall?«, hakte sie nach.
»Weil ich nicht weiß, wie das wird. Da experimentiere ich lieber am kurzen Ende und stell dann später den Schrank davor.«
Marie überdachte den gestrigen Tag, als Milli schwungvoll angefragt hatte, ob sie nicht Lust zum Malern habe. Sie hätte genau wie im Herbst beim Gemüseeinlegen schnell irgendwas vorschützen müssen. Aber der Herbst war berechenbar, das war ein wiederkehrendes, planbares Ereignis, und hier war ihr auf die Schnelle nichts eingefallen. Was ihr bald nach dem Muffinfrühstück gleich noch mehr leidtat, denn jetzt hantierte Marie mit einem eigenen Farbroller Haushaltsleiter rauf, Haushaltsleiter runter und strich, was das Zeug hielt. Die Farbe roch gut, ir-

gendwie erdig, bestimmt konnte man sie essen. Im Wohnzimmer war es still, die volle Konzentration lag auf dem sauberen Verstreichen. Milli übernahm die Kanten und Ecken.

»Wo sind Momo und Kassi?«, fragte Marie von der Leiter herunter.

»Geflüchtet«, antwortete Milli. »Die haben ein Chaos-Gen. Sobald sich ihre angestammte Ordnung in Produktivität und laute Geräusche auflöst, sind sie weg. Wahrscheinlich fangen sie sich ihr Mittagessen heute selbst.«

Das Sonnengelb war etwas dunkel, aber tatsächlich wunderschön und matt. Nicht ganz gleichmäßig im Ton, aber das hatte was.

»Das Ergebnis kann man erst beurteilen, wenn es trocken ist. Morgen«, nahm Milli Maries unausgesprochenen Gedanken auf. »Und dann müssen die Möbel wieder zurück?«, fragte Marie ängstlich. Milli würde sie doch wohl dafür nicht auch noch einspannen? Sie würde sich auf ihre zierliche Gestalt rausreden müssen.

»Nicht doch«, antwortete sie, »dann kommt die zweite Schicht. Wir sind erst morgen Abend fertig.«

Nein, bitte! Hausaufgaben! Genau. »Milli, ich hab noch jede Menge Hausaufgaben«, versuchte Marie sich zu retten.

»Die machst du in der Mittagspause und beim Five o'Clock Tea mit Scones, Clotted Cream und Lemmon Curd, würde ich sagen«, meinte Milli unnachsichtig. Sie hatte gerade die Fenster aufgerissen, und die feuchte Luft strömte herein. Ständig fiel dieser grässliche graue Regen.

An diesem Tag wurde die Farbe mit Ausdauer umgerührt,

die Ecken wurden nachgepinselt und die Leiter umgestellt. Rauf, runter, Farbeimer, eintauchen, abrollen, rauf, runter, rauf und runter. Und jede Menge Flecken machten sich auf den grauen Matten, den Folien und dem Rehlein breit. Und auf Milli natürlich auch. Die sah am komischsten aus mit den gelben Klecksen auf der Nase und im Dekolleté, was Marie ein kleiner Trost war. Sie bestand am Ende des zweiten Tages sogar auf einem Beweisfoto. »Also du hast wirklich Farbe angenommen, Milli«, kommentierte sie das Bild, »nur die Wände sehen wie vorher aus.«

Die letzte Wand machte Milli dann am Montag alleine, ohne Marie und den leisen Spott des kleinen ignoranten Faultiers, das die ganze Arbeit anscheinend für unnötig hielt.

Das Naturwachs musste mit einer Lasurbürste im Kreuzschlag aufgetragen werden. Möglicherweise war das ein gutes Training fürs Handgelenk. Milli spürte es am Abend nur noch partiell und konnte ihre Teetasse nicht mehr halten. Die zwei Kommoden würde sie erst am nächsten Wochenende abschleifen, draußen im Garten, falls das Wetter endlich besser werden sollte. Das gab den Katzen dann wenigstens wieder einen Grund zur Flucht. Wenn sie die Schleifarbeit gründlich machte, mussten die Möbel im Anschluss nur mit etwas Bienenwachs eingelassen werden. Das würde einen wunderbaren Duft ins Wohnzimmer tragen, und außerdem konnte zukünftig nichts mehr abblättern.

»Jaja, mein liebes Gemäuer«, sagte Milli, ihre Fleißarbeit im Blick, »die gute alte Millicent zieht dir schon den Zahn. Einfach vergammeln, nur weil man mal ein Weilchen seelisch nicht so ganz auf der Höhe ist! Schlüssel

verschusseln und an die Vorräte gehen! Das hat jetzt ein Ende. Jetzt steht die Generalüberholung an.«
Und Markus Grandauer und seine Firma würden Millis Bemühungen um das Abwenden von jeglichem Substanzverlust bald noch die Krone aufsetzen. Widerstand war zwecklos!

13. Juli 2013

Mein lieber Paul,

es ist spät geworden letzte Nacht, ich habe mich vom neuen Mond einfangen lassen. Er steht so schmal am Abendhimmel, seit die Dunkelheit ihn vor drei Tagen ganz verschlungen hatte. Ich liebe den neuen Mond, er ist wie Birkenbäume im späten April, das Grün nur angedeutet, die Blätter wie Miniaturen. Wie Katzenkinder, frisch geschlüpfte Pelzchen mit weichen Krallen. Wie eine erste Begegnung.
»Und jedem Anfang wohnt ein Zauber inne ...« Daran dachte ich in dieser Nacht. Ich hatte bei Rilke gesucht. Ja, natürlich, Du lächelst, Hesse, ich weiß, jetzt weiß ich es. Der neue Mond, den ich so liebe, hat mich in der Nacht zu meinem heutigen Geburtstag zu seinen Stufen geführt. Ich hab ihn wohl vor über dreißig Jahren zuletzt gelesen. Du auch?
»Wie jede Blüte welkt und jede Jugend dem Alter weicht, blüht jede Lebensstufe, blüht jede Weisheit auch und jede Tugend zu ihrer Zeit und darf nicht ewig dauern.«
Sieben mal sieben Jahre bin ich jetzt schon hier. Im Horoskop beginnt mit jedem Jahrsiebt eine neue Hausauslösung, was Dir freilich nichts sagt. Ein neues Lebensthema wird ans Ufer des Bewusstseins gespült, und in meinem Fall ist es eine Venusauslösung, die den Rhythmen entsprechend schon seit ein paar Monaten wirkt. Das will ich nicht vertiefen, es schien mir nur beden-

kenswert, als ich den Abendstern heute schon ganz früh knapp über dem Horizont leuchten sah. Siehst Du auch manchmal hinauf in die Unermesslichkeit? Wusstest Du, dass Astronomen heute schon fünfzehn Milliarden Lichtjahre weit ins All schauen können? In die Vergangenheit? Und man sogar das Echo des Urknalls hören kann? Wenn auf der Erde ein Herz bricht, hört das kein Mensch!

»*Es muss das Herz bei jedem Lebensrufe bereit zum Abschied sein und Neubeginne, um sich in Tapferkeit und ohne Trauern in andre, neue Bindungen zu geben.*«

Bereit zum Abschied und zum Neubeginn. Tatsächlich spüre ich in mir diese Kraft und wie das Leben sie einfordert. Ich bin bereit. Du nicht, doch das wird kommen.

»*Wir sollen heiter Raum um Raum durchschreiten, an keinem wie an einer Heimat hängen ... nur wer bereit zu Aufbruch ist und Reise, mag lähmender Gewöhnung sich entraffen.*«

Denkst Du, dass man sich auch an die Trauer gewöhnt? Die Lähmung jeder Lebensäußerung irgendwann still akzeptiert? Sie vielleicht sogar für immer annimmt? Und doch ist auch sie nur eine Stufe – »*er will uns Stuf' um Stufe heben, weiten ...*« *–, auf die eine neue folgt. Sie ist hoch, ein einfacher Schritt genügt nicht, sie zu bezwingen. Sie fordert Kraft und festen Willen, sie ist viel höher, als es die anderen waren.*

»*Des Lebens Ruf an uns wird niemals enden ... Wohlan denn, Herz, nimm Abschied und gesunde!*«

Ich gehe schon mal vor, Paul. Vielleicht kann ich Dir dann eine Hand reichen oder eine Steighilfe finden.

Vielleicht tut sich eine Abkürzung auf oder ein kleiner Umweg? Ja, Letzterer wohl eher, eine Abkürzung gibt es nicht. Ich gehe schon mal vor und mache den Anfang. Denn »… jedem Anfang wohnt ein Zauber inne, der uns beschützt und der uns hilft, zu leben«.

Millicent

Heute räumte Paul die Ablagen in seinem Bad vollständig leer und verstaute seine Habseligkeiten in verschiedenen Kulturbeuteln. Er hatte seiner Zugehfrau gekündigt und packte jetzt im Schlafzimmer zwei große Koffer. Vornehmlich die leichten Sommersachen, und zwar alle. Der dunkle Anzug hing noch immer im Schrank. Er würde ihn auf dem Weg zur Autobahn in den nächsten Altkleidercontainer werfen. Nach Wochen, die es beinahe ohne Unterlass gegossen hatte, schien heute endlich einmal die Sonne. Paul hatte es satt, Tag für Tag stundenlang die Fluten zu betrachten und Hope immer wieder zu vertrösten. Die gemeinsamen Spaziergänge beschränkten sich auf kurze Ausflüge unterm Regenschirm. Jetzt sah er in den Garten und traute dem Sonnenschein nicht. Der Rasen hätte dringend gemäht werden müssen, die wenigen Bäume hatten lange, unansehnliche Wassertriebe angesetzt. Und die Kletterpflanze an der Fassade, die möglicherweise Mitte Mai geblüht hatte – Paul erinnerte sich nicht an ihren Namen, aber an das Blau der letzten Jahre –, griff sich schon den Kirschbaum in ihrer Nähe. Sie schob sich mit meterlangen Tentakeln an ihn heran und umschlang die ersten Äste. Hier wartete jede Menge Arbeit, aber der Regen hatte verhindert, dass er sie angegangen war. So musste es bei Millicent auch angefangen haben, dachte

Paul, eine monsunartige Regenperiode, Wildwuchs, und schon war es geschehen, nicht mehr in den Griff zu kriegen auf dieser Fläche. Vielleicht hatte aber auch die Traurigkeit sie an irgendein Möbelstück gefesselt, damals, als ihre Eltern gestorben waren, so wie sie ihn in seinem Sessel gefangen gehalten hatte. Vor Hope. Mit ihr, undenkbar! Immerhin hatte Paul es im Januar vom Dachgeschoss, wo er sich in den ersten Wochen versteckte, hinunter ins Erdgeschoss geschafft. Vom Lesesessel oben in den unten. Das war in der Zeit, als seine Traurigkeit eine andere Form angenommen hatte, noch vor dem Tod seines Vaters. Da war sie schon kein vieleckiger Körper mehr, mit scharfen Kanten, an denen man sich ständig schnitt, sondern rund. Wie eine dieser kleinen Holzkugeln, die er manchmal in der Tasche trug, nur um hin und wieder ihre warme, glatte Oberfläche zu befühlen – ein Tick. Doch das Problem an runden Gefühlen war, dass sie keinen bestimmbaren Anfang und damit auch kein Ende hatten.

Aber dann war gnädig die Wut gekommen. Die Wut über die, die eine schnelle Genesung von ihm erhofften und ihn wieder in ihr soziales Netz einbinden wollten – Anna, Millicent, Sophie Sager und sogar seine Nachbarn! »Kommen Sie rüber, Herr Doktor, jederzeit. Sie müssen doch mal was anderes sehen als immer nur Ihre vier Wände.« – »Was Selbstgekochtes, Paul. Maggie und Phil sind auch da. Du musst was Anständiges essen.« In die Oper, in die Praxis zurück ... ja, verdammt! Ja! Er verstand schon, dass er dreißig Jahre in einem einzigen ablegen sollte, und er fand es obszön! Doch da war auch die Wut über sich selbst, weil es ihm nicht gelang. Die Wut über die Ungerechtigkeit des Lebens und über das, was das Leben aus ihm gemacht hatte. Das war der Augenblick, als er sich im Bad im Spiegel sah und trotz seiner Verzweiflung eine gewisse Komik nicht leugnen konnte.

Und dann war Hope gekommen und mit ihr eine neue Empfindung, die die anderen ablöste. Dass Millicent eine Hexe war, stand nun auch für ihn zweifelsfrei fest, denn seit Hope bei ihm war, ein wirklich pflegeleichtes Mädchen, vier Jahre alt, stubenrein und wohlerzogen, und er sich um sie kümmern musste, sprach er nicht mehr mit Emma. Und er führte auch keine Selbstgespräche mehr auf der Hauptstraße beim Einkaufen, das hoffte er jedenfalls. Es war schon unglaublich, dass dieses liebe Wesen auf einem Parkplatz ausgesetzt worden war.

Paul stellte nun sein Gepäck im Flur an die Tür, dorthin, wo Emmas Sachen Ende März auf ihren Abtransport gewartet hatten. Seine Papiere, allerlei Unterlagen, das Adressbuch, seinen Pass und alles, was er für einen langen Aufenthalt brauchte, legte er dazu. Das Zurückgelassene würde wieder einmal an Anna hängenbleiben. Er wusste, dass er sie ständig beschwerte, aber das war dann auch der letzte Dienst, den sie ihm erweisen musste, das Abwickeln. Sie würde einen Makler beauftragen, eine Umzugsfirma bestellen und das Einlagern seiner Möbel organisieren müssen. Paul war nicht bewusst, dass es Anna half, nicht anzuhalten, sich um etwas zu kümmern und nützlich zu sein. Es war ihre Art, den Abschied erträglicher zu machen. Seine war der Aufbruch, ohne zurückzuschauen, ohne sich zu verabschieden und ohne auch nur noch einmal den Briefkasten zu leeren. Er würde ohnehin für alle, die ihn und seine Geschichte nicht kannten, bald ein anderer sein. Ein in sich gekehrter, nachdenklicher Mensch, dachten sie vielleicht. Freundlich, still und durchaus angenehm. Etwas zu dünn, aber nichts, was man mit guter mediterraner Küche nicht in den Griff bekommen könnte. Offensichtlich ein Junggeselle oder geschieden möglicherweise. Ja, damit konnte er leben. Dieses Bild von sich gefiel ihm, es war eine Fehleinschätzung, auf der sich aufbauen ließ.

Endlich war die Treppe frei, und die Bilder hingen wieder im Wohnzimmer. Das Räumen nach den Malerarbeiten hatte sich doch hingezogen. Milli hatte ihren gestrigen Geburtstag damit verbracht und schob auch am heutigen Sonntag noch Sessel und kleinere Möbel durch den Raum. Ein neues Lebensjahr, ein neues Wohnzimmer, zumindest war es leicht modifiziert. Gerade als sie sich für einen Moment ausruhen und mit einem Buch in den Slugg fallen lassen wollte, hörte sie das Auto in die Einfahrt fahren. Markus, er kam unangemeldet! Und sie trug die alten Jeans und war ungeschminkt. Die Klingel rasselte im Originalton der sechziger Jahre. Jetzt konnte sie nur noch so tun, als wäre sie nicht da. Wie albern, sie war doch keine sechzehn mehr.

Eine Entschuldigung auf den Lippen, ließ sie Markus mit einem zauberhaft verpackten kleinen Geschenk im Foyer warten und versuchte unterdessen im Bad zu retten, was zu retten war. Zehn Minuten später kam sie wieder herunter.

»Entschuldige, meine Schöne, dass ich dich so überfalle«, meinte er lächelnd. »Du hast gesagt, dass du deinen Geburtstag immer allein verbringst und dich in deine Höhle zurückziehst, aber heute dachte ich ...« Markus küsste sie und gab ihr das Päckchen. Für ein Buch war es zu klein, für eine CD zu dick. Milli schwante nichts Gutes, er hatte

sich bestimmt in Unkosten gestürzt. »Herzlichen Glückwunsch, Millimaus«, gratulierte Markus ihr und sah sich kurz um. »Müssen wir denn hier am Treppenaufgang stehen bleiben?« Sein blauer Blick hielt sie fest, während sie das Päckchen auf einer Kommode ablegte.
»Nein, natürlich nicht. Aber das Wohnzimmer ist noch nicht ganz fertig«, log sie, »und du sollst es erst sehen, wenn es perfekt ist. Ich präsentiere doch dem Fachmann nichts Halbes.« Das war eine Ausrede, zu der sie sich in Ermangelung einer Antwort hatte hinreißen lassen, denn die war heute sicher angebracht. Aber Milli hatte sie nicht! Immer noch nicht!
»Willst du lieber ausgehen, wenn doch endlich mal die Sonne scheint? Eine Tasse Tee vielleicht? Ein Stück Geburtstagskuchen?«, fragte er.
»Ja, warum nicht«, stieg Milli sofort auf Markus' Vorschlag ein. Viele Leute, nichts zu Intimes, so fiel das Reden bestimmt leichter. Würde sie seinen Antrag also ablehnen? Nein, natürlich nicht, sie würde nur noch mal kurz nachdenken, bei einer Tasse Tee oder auch zwei und dann ja sagen. Sie würde den Ring annehmen und endlich nicht mehr hadern. »Wollen wir?«
Markus brauste schwungvoll mit Milli aus der Ausfahrt, fuhr Richtung Innenstadt durch die S-Bahn-Unterführung und hielt nur eine Minute später am Café in der Bahnhofstraße wieder an. Milli war völlig perplex.
»Lieber woandershin?«, forschte er in ihrem ungläubigen Blick.
»Nein, nein, perfekt«, antwortete sie irritiert und stieg aus. Warum sollte es auch nicht perfekt sein, schließlich wusste Markus nichts von Paul ... oder den Briefen ... und den Mittwochnachmittagen genau hier in diesem

Café ... von der Sacher und ihrer blauen Sehnsucht. »Perfekt«, setzte sie noch einmal leise nach, als sie an einem der Tische draußen unter einem großen Sonnenschirm Platz genommen hatten und die Kuchenkarte studierten. Das war eben Schicksal, echte Fügung. Ja, Markus hatte ein Händchen für die richtige Inszenierung, wenngleich das hier nur ein Zufall sein konnte. »Zufälle sind ein Trick von Gott, um die Physik zu erhalten, Millicent Gruber«, sprach es in ihrem Kopf. Genau.
»Ich nehme die Sacher und einen Cappuccino«, bestellte Markus bereits bei der Bedienung, die Milli freundlich zunickte. Sie kannte sie.
»Und für Sie?«
»Earl Grey mit Zitrone, bitte.«
Milli war so aufgeregt, dass sie nicht einen Bissen runtergebracht hätte. Jetzt sah Markus sie an und sagte kein Wort. Er versank ganz tief in ihren Augen und forschte in ihrem Blick. Sie wusste, dass das jetzt die Frage war, und nach einer Ewigkeit im Verweilen stellte er tatsächlich das Kästchen mit dem Ring vor sie hin. Die schwatzenden, fröhlichen Menschen, die um sie herum die erste heiße Julisonne und den freien Sonntag genossen, rückten in ihrer Wahrnehmung von ihr ab.
»Bitte, meine Schöne«, hörte sie ihn ganz nah an ihrem Ohr. Seine Lippen berührten sie fast, und sie hatte wieder diese Schmetterlinge im Bauch. Alle Hundertschaften tropischer Falter aus der Ausstellung im Botanischen Garten. Ja, er saß ihr im Bauch, dieser Mann, und ein kleines Stück tiefer. Er löste eine Konfusion in ihr aus, die den ganzen Körper durchströmte. Ihr Atem ging schneller, und ihre Herzfrequenz stieg bedenklich an. So konnte sich doch kein Mensch auf den Rest seines Lebens kon-

zentrieren! Pumps oder Halbschuh …? Drama oder Komödie …?
Ach, Paul, bitte, kannst du nicht genau jetzt einfach hier vorbeikommen, und dann weiß ich es? Nur ein paar Worte, du und ich, und dann weiß ich es!
»Bitte sag ja«, bat Markus leise und zärtlich.
»Eine Sacher für Sie«, schob sich da die Bedienung dazwischen und stellte Milli routiniert den Kuchenteller hin. Sie starrte ihn an. Markus hielt ihre Hand.
»Das ist meine, vielen Dank«, sagte er.
Jetzt.
»Tee und Cappuccino sind auch gleich fertig. Wir rotieren etwas, das schöne Wetter hat uns überrascht«, erklärte die umsichtige Bedienung und zog dabei den Teller von Milli zu Markus.
Jetzt.
»Sollen wir ihn teilen?«, fragte er, ein Stück Kuchen auf der Gabel.
»Keinesfalls!«, reagierte Milli etwas zu heftig, und Markus legte irritiert die Gabel zurück.
Jetzt.
»Ich liebe dich, Milli«, setzte er noch einmal an.
Und genau in diesem Moment fuhr der Wagen vorbei, Milli erkannte ihn sofort. Paul saß am Steuer, und auf der Rückbank turnte ein kleiner Hund, der die Vorderbeine ans halb geöffnete Fenster gestellt hatte und seine lustige weiße Nase in den Fahrtwind hielt. Die Kofferraumabdeckung war entfernt worden, und Milli konnte, als Paul kurz abbremsen musste, weil Spaziergänger die Straße überquerten, Umzugskartons sehen und möglicherweise Koffer und eine Reisetasche. Als der Wagen wieder anfuhr, warf sie noch einen letzten Blick durch die Heck-

scheibe. Ja, das waren Koffer, ganz offensichtlich. Koffer und ein Hund.

Jetzt.

Jetzt hatte sich ihr Wunsch erfüllt. Er war vorbeigekommen, und statt der Worte hatte er Koffer dabeigehabt, auf welchem Weg auch immer. Nie war man vorsichtig genug mit dem, was man sich wünschte. Markus nahm gerade den Ring aus dem Kästchen, und Milli versank wieder im Blau. In ihr und um sie war das Gefühl einer azurnen Ohnmacht. Der eine Moment, wenn einen das Wachsein schon nicht mehr hielt und man doch noch nicht drüben war. Das eigentümliche Schweben, mit dem klaren Wissen, dass einem gleich alles entgleiten würde und man es nicht mehr aufhalten konnte.

»Willst du meine Frau werden, Millicent Gruber?«, fragte der wunderbare Mann neben ihr, und in diesem Moment wusste sie es. Jetzt wusste Milli es endlich.

Die kleine Wohnung am Gardasee lag nahe der Kirche via theatro tre, mit Blick auf den Badestrand der Einheimischen, einem etwa fünfzehn Meter breiten Kieselstreifen. Ein einzelner Kastanienbaum stand in seiner Mitte mit zwei spartanischen Bänken davor. Links lief ein Steg in den See. Hier herrschte den ganzen Tag über reger Badebetrieb, und Fragmente italienischer Sprache flogen unentwegt durch Pauls immer geöffnetes Fenster im ersten Stock. Mitunter waren es auch ganze Salven, abgeschossen von rundlichen Italienerinnen, die, mit Picknicktaschen beladen, Kinder eincremten, Hüte verteilten und nebenbei vor Pauls Haustür ihr Sozialleben pflegten. Nur zur Mittagszeit kehrte vor seiner Wohnung etwas Ruhe ein, die aber ab halb vier von der gleichen fröhlichen

Meute auch schon wieder verschlungen wurde. Die Touristen badeten weiter oben die Straße hinauf am großen Strand mit Pizzeria und Wassersportangeboten, von wo aus man am Ufer entlang einen guten Blick auf die Villa Giulia hatte. Ein Anblick, der Paul immer noch schmerzte und den er vermied.

Heute saß er am winzigen Hafen von Villa, einem Ortsteil von Gargnano, und aß zu Abend. Er war nun schon zwei Wochen hier, und es zog ihn nicht zurück. Er konnte sich sein zukünftiges Leben genau so gut vorstellen – ausschlafen, geweckt werden vom Toben der Kinder am Strand und dann im Café schräg gegenüber am Platz der Universität frühstücken. Er wechselte bei der Gelegenheit gern ein paar Worte mit den alten Männern, die den »Dottore« jetzt schon bei sich aufgenommen hatten. Später machte er einen Spaziergang oder fuhr nach Salò, ging einkaufen und aß am Wasser zu Mittag.

Paul verbrachte die meiste Zeit damit, Menschen zu beobachten und ihre Geschichten zu erraten. Das Scheitern hinter der Armani-Fassade etwa oder die Genügsamkeit, die mit ihrem Eigner in einem alten Holzboot auf dem See dümpelte. Dabei hatte er die Gewohnheit, Menschen nach Symptomen zu klassifizieren, abgelegt. Der Arzt in ihm schwieg. Hope schleppte ihn jetzt tatsächlich durch den Tag. Er verbrachte viel Zeit mit ihr auf den steilen Wegen in den Bergen über dem Ort und genoss es zu laufen. Dabei kam er an verwitterten Häusern und Millionenvillen im Rusticostil vorbei, die oftmals leer standen, weil ihre Besitzer aus Mailand oder Hamburg nur hin und wieder mal vorbeischauten. Welche Verschwendung! Er sah Olivengärten, kleine Landwirtschaften und die eine oder andere Viper, die an ihm vorbei den Hang hinuntersauste, als hätte sie sich aus einem Baum über ihm gestürzt. Zur gefährlichen Begegnung kam es aber nie. Seit er angekommen war, hatte es nur einmal geregnet. Ein kurzes Gewitter in der Nacht, das über dem Monte Baldo aufgezogen war, doch der Regen hatte sich schon im Lauf des Vormittags verzogen und ließ die Luft bald darauf wieder vor Hitze flirren. Das war ein Fortschritt, zu Hause waren sie sicher längst ersoffen.

In dieser Woche war Paul schon zweimal im Heller-Garten in Gardone di Riviera gewesen. Er hatte Hope in der Wohnung lassen müssen, da Hunde nicht hineindurften. Der botanische Garten des Künstlers war trotz der Touristenströme eine Augenweide. Natürlich hatte Paul ihn früher mit Emma besucht, ebenso wie die Trattorias, Restaurants und Cafés entlang dem Ufer, den Straßen, Gassen und Promenaden. Dennoch war sie hier nicht ganz so präsent wie zu Hause. Sie war nur ein bisschen da, gerade genug. Emma hatte das Blumenmeer rund um die Villa André Hellers geliebt, ein öffentlicher Garten, der von allerlei Skulpturen durchzogen wurde, mit Wasserinstallationen, alten Bäumen, verwinkelten Wegen und kleinen Brücken. Wahrscheinlich zog dieser Ort ihn deshalb so magisch an, weil er ein Bild für das Leben war. Immer wieder veränderte man dort seinen Blick, man entdeckte das Vergehen und Aufblühen, das Ansteigen und Abfallen in tiefen Grund, verschlungene Wege, strukturierte Beete, die mit Kalkül angelegt worden waren und die die Natur sich zu guter Letzt doch zurückgeholt und einverleibt hatte. Sie war ein großer gebärender Leib, und der war schön. Es gab hier Schatten, die beweglich waren, und durch feinen Bambus hindurch Licht, das durch den Nebel versteckter Wassersprüher fiel und Regenbogen-

farben warf. Das Lachen und leise Raunen der Besucher klang dazwischen und die Freude der Kinder, die den Garten komplettierte. Mit seinen Besuchern war er vollständig, in ihrer Bewunderung blühte er auf, ohne sie war er nur ein Traumgebilde. Aber trotzdem liebte Paul diesen Ort ohne Menschen noch viel mehr, ganz früh am Morgen, gleich nach der Öffnung, wenn es noch nicht so heiß war. Es gab im Heller-Garten eine Bank unter einem alten Ginkgo, etwas oberhalb gelegen, dort sah man fast über das ganze abfallende Areal und war doch abgeschieden. Da hätte Paul für den Rest seiner Tage sitzen können, die Jahreszeiten auf der Haut. Er wäre irgendwann eingewachsen, zum Baum geworden, ein lebendiger Teil des Gartens, denkend, fühlend, ohne noch Mensch zu sein. Der Rest einer verfallenen Skulptur vielleicht oder nur ein Stamm. Dort wäre er gerne für immer geblieben, hätten ihn nicht die Menschenströme wieder hinausgeschoben, die jetzt im Hochsommer ohne Unterlass durch das Zauberreich gespült wurden. Vielleicht hatte Heller die Gelegenheit längst selbst wahrgenommen und war in den Monaten, in denen sein Garten verschlossen blieb, darin eingegangen, war selbst zum Blühen geworden, bunt, so wie seine berühmten Zirkusinszenierungen. Wann hatte man den Künstler eigentlich zuletzt gesehen? Paul hatte noch immer die zahlreichen Düfte in der Nase, die sich jetzt mit dem Diesel der Motoren kleiner Boote vermischten. Er hatte sich hier zum ersten Mal in seinem Leben ein paar Blumennamen eingeprägt. Jetzt könnte er ohne Emma im Laden einkaufen, ohne dabei zu stammeln und wie früher hilflos auf Blüten zu zeigen.
»Ein Strauß von den bunten, bitte.«
»Diesen?«

»Nein, nein, denen.«
»Diese? Die Ranunkeln meinen Sie, Herr Doktor?«
»Die Ranunkeln, genau.«
Ranunculus asiaticus, Frühjahrsblüher, aber im Blumenladen waren sie fast ganzjährig zu bekommen. Und im Heller-Garten wurden sie ab Juli vom Delphinium abgelöst. Bene, allora!
Paul aß heute ein Salbeirisotto und trank Rotwein. Mittlerweile hatte er sich daran gewöhnt, allein an einem Tisch zu sitzen. Und manchmal, wenn es eng wurde, gesellten sich auch ein paar Leute dazu. Das ergab meist ein nettes Gespräch über den Ort, das Nichtstun oder den Hund, genau wie Millicent es gesagt hatte. An anderen Tagen sprach er hingegen mit niemandem. Wenn er das Frühstück mit den alten Herren ausließ, konnte es durchaus vorkommen, dass er ein, zwei Tage mit keinem Menschen ein Wort wechselte. Nicht, dass er das zu Hause in den vergangenen Monaten nicht auch geschafft hätte, aber da hatte es sich noch aufgezwungen und wie eine Strafe angefühlt. Da waren es noch Emmas Schweigen und seine stumme Antwort gewesen. Hier jedoch wählte er die Stille freiwillig und fühlte sich wohl damit. Sie war angenehm, ein Raum zum Ausruhen. Und er genoss die Freiheit, dass ihn hier niemand kannte und er nicht der bemitleidenswerte Mensch war, der alles verloren hatte. Hier am See war er der »Dottore«, ein Ganzer und kein verwaister Teil. Und er wurde auch nicht ständig von besorgten, erwartungsvollen Blicken durchleuchtet. Er lebte hier in Italien ohne Biographie, und so fiel sie von ihm ab. Der unerträgliche Teil fiel ab, ein gutes Stück davon jedenfalls. »Nur wer bereit zu Aufbruch ist und Reise …« – ob Millicent es gewusst hatte? Das konnte sie

doch gar nicht! Egal, es fühlte sich richtig an, vielleicht sogar für immer.
Hope legte gerade ihren Kopf auf seinen Fuß und zuckte. Sie schlief. Paul streichelte sie, schenkte sich Wein nach, holte den neuen Brief aus der Tasche – seine Post wurde ihm nachgeschickt – und öffnete wie jeden Abend behutsam das blaue Kuvert.

1. August 2013

Lieber Paul,

wie ich von Sophie gehört habe, bist Du nun schon seit zwei Wochen in Italien und hast keine Rückkehr angekündigt. Deine Schwägerin soll erwähnt haben, dass Du Dich womöglich sogar für immer dort niederlässt.
Ach, Paul, ich habe ein Jahr lang nicht gefragt, wann wir uns wiedersehen. Und nun muss ich denken, dass es nie sein wird. Wirst Du wenigstens vorbeikommen, falls Du hier alles auflöst? Ich fürchte mich, dass Du mir dann ganz fremd geworden bist. Vielleicht bist Du nicht mehr der Gleiche, der fortgegangen ist. Man empfindet sich doch plötzlich anders in fremder Umgebung, so allein. Alles ohne Rückkopplung zu erleben, ohne ein Gespräch zu betrachten, da erfährt man sich neu. Sag, wie ist dieser neue Paul Ebner, die italienische Ausgabe? Kann man ihn leiden? Kommst Du gut mit ihm zurecht? Vielleicht ist er ja ein eigenbrötlerischer, meckernder Stinkstiefel, der der Welt abgeschworen hat. Dann will ich mich an dieser Stelle schon mal aufs netteste von ihm verabschieden. Mit so einem teile ich meine Sacher nicht, nicht mal besuchsweise im sonnigen Süden.
Weißt Du, ich fürchte mich, dass Du verlorengegangen bist und wegläufst. Aber möglicherweise ist ja das Gegenteil der Fall. Du hast ein neues Leben für Dich gefunden. Woher nimmst Du nur den Mut? Deine Freunde sind doch hier, Deine Wurzeln! Wie kannst

Du sie nur in fremde Erde schlagen, vielleicht wächst Du gar nicht mehr an? Das Klima ist eventuell unbekömmlich oder die Lage nicht verträglich. Ist hier bei uns wirklich gar nichts, das Dich hält? Oder zu viel? Immer noch zu viel Emma? Gehst Du deshalb? Was ist nur los mit diesem Jahr? Muss ich Dich für das Rehlein geben? Ein Opfer an die greisen Schicksalsgöttinnen, die den morschen Lebensfaden spinnen, dafür, dass ich mein Mädchen behalten darf? Was für ein Tausch! Ja, manchmal sehe ich Gott auch so wie die anderen Menschen als alten Mann mit langem Bart auf einer Wolke schweben. Er schaut auf unsere Pläne herunter, und die Tränen quellen ihm aus den Augen, während er sich vor Lachen über die schönen entglittenen Menschenträume auf die Schenkel klopft. Als Sophie gestern hier war und erzählt hat, dass Du abgereist bist und Dir Deine Post nachschicken lässt, da war so ein Moment.

Paul, ich wünsche Dir dort am großen See für jeden neuen Tag einen guten, wunderbaren Gedanken und glückliche Fügung. Ich wünsche Dir neue Menschen, die Dich begleiten. Ich wünsche Dir Lebensfreude und dass Du die Liebe wieder für Dich findest und das Glück. Alles, alles sollst Du wiederfinden, was Du verloren hast.

»Aber Millicent, wir halten doch Kontakt«, wirst Du nun sagen. Gewiss. »Wir geben doch unsere Freundschaft nicht auf.« Natürlich. Aber ich befürchte, diese Freundschaft ist wie ein Kreisel, dem bald der Antrieb fehlen wird. Schon neigt er sich zur Seite und hat sein stabiles Moment verloren. Man erkennt bereits die matten Streifen, die eben noch obenauf leuchtende Flä-

che waren. Es ist eine Bewegung ohne Mitte. Ein Ich ohne Dich.

Millicent

Die Berge standen so nah und klar, dass man meinen konnte, sie würden direkt dort am gegenüberliegenden Ufer des Ammersees aufsteigen. Die typische Föhnlage. Der heiße Sommer dauerte an, an die lange Regenperiode zuvor erinnerte sich schon keiner mehr, aber das Stöhnen der ewig Wettergeplagten ging weiter. Aus »zu kalt« und »zu nass« war nun »zu trocken« und »zu heiß« geworden. »Kann es denn nicht mal ein Mittelmaß geben?!« Nein, konnte es nicht. Und Milli war das auch ganz recht, denn nichts mochte sie weniger als das Mittelmaß. Trotzdem hielt auch sie diese Temperaturen besser am Wasser aus, und so machte sie Urlaub, eine ganz neue Erfahrung. Sie hatte die Praxis bis einschließlich August geschlossen, so wie sie es zu Jahresbeginn mit Markus geplant hatte. Doch es stand kein Gerüst um ihr Haus, es wurde nicht gearbeitet, das Anwesen dämmerte behaglich in der großen Hitze. Die vereinbarte Renovierung hatten Markus und sie kurzfristig aufs nächste Jahr verschoben.
Diesen Teil des Ufers erreichte man nur mit dem Boot oder über Land auf schmalen Schleichwegen, durch Gestrüpp und Wildwuchs, schlimmer als in Millis Garten. Wer sich zu Fuß hierher durchschlug, war bei seiner Ankunft am Wasser von unzähligen Mücken zerstochen, die den Schatten der Vegetation liebten. Milli hatte mit Marie deshalb ein Ruderboot gemietet, das jetzt, auf den Kiesstrand gezogen, neben ihnen im Rhythmus der kleinen Wellen ganz leicht schwankte. Damit waren sie von Die-

ßen aus herübergerudert. Die Uferzone war hier auf der Ostseite flach. Von den vielen winzigen Buchten aus, jede durch Bäume und Büsche von der nächsten abgeschirmt, konnte man wenigstens dreißig Meter weit in den See hineingehen und stand noch immer erst knietief im Wasser. Man saß geschützt für sich allein, und nur einzelne Gesprächsfetzen wehten von den anderen Badegästen herüber.

Die Sommerferien hatten begonnen, und Maries Mutter musste arbeiten. Das Rehlein verbrachte deshalb die meiste Zeit mit Milli oder ihren Freundinnen. Oder Milli und den Freundinnen, sie durfte sie auch mit ins Haus bringen und mit ihnen den Garten durchstreifen. Letzte Woche hatten drei Mädchen auf Millis verwunschenem Grundstück gezeltet. Sie hatte das Gekicher durch ihr Schlafzimmerfenster fast die ganze Nacht hindurch gehört. Auch Lilly und Lars, Fannys Zwillinge, kamen vorbei, wie immer eben. Schon immer? Milli dachte gerade, dass ihre kleine Wassernixe erst vor knapp sechs Jahren in ihr Leben spaziert war, doch die Zeit davor schien ihr heute irgendwie unwirklich.

Es war wunderbar still. Marie las. Ein Seeungeheuer hätte ans Ufer steigen können, sie hätte nicht einmal aufgeblickt. Sie war so fokussiert, gab sich so bedingungslos an alles hin, was sie interessierte.

»Vermisst du ihn?« Marie hatte das Buch nun doch zur Seite gelegt und sah Milli fragend an.

»Nein. Nicht so sehr, wie ich vielleicht sollte.«

»Das ist gut. Dann hast du das schon richtig gemacht.«

Milli hatte Markus' Antrag im Café abgelehnt. Das war schließlich alles viel zu schnell gegangen, und das Leben an seiner Seite war so unwirklich gewesen. Und viel zu groß. Es war alles, was eine Frau sich wünschte und doch kein Mensch auf Dauer leben konnte. Wie begossen hatte er ihr gegenübergesessen, ungläubig, gekränkt und niedergeschlagen. Milli wollte ihre Hand nach ihm ausstrecken, aber er stand auf. »Das dazwischen will ich nicht, Milli«, sagte er traurig. »Nicht mehr. Für mich ist es Zeit, mein Leben zu planen. Und wenn es nicht für immer reicht, reicht es überhaupt nicht.« Dann küsste er sie ein letztes Mal filmreif und ging. Für immer. Auch wieder so eine große Geste, alles oder nichts. Aber es war in Ordnung, es war gut, denn in Wahrheit wusste sie doch die ganze Zeit über, dass sie einen anderen liebte. Einen, mit dem sie nicht leben würde, der dieses Gefühl nicht erwidern und sie niemals so ansehen würde, wie Markus es getan hatte. Eine zärtliche Freundschaft, eine tiefe Verbundenheit, gemeinsame Geschichte, nebeneinander, nicht miteinander gelebt. Hätte sie beides haben können? Markus wollte eine gemeinsame Zukunft, und sie wollte ihr Leben, wie es war. Und sie wollte Paul. War ihr das klargeworden, weil er jetzt allein war? Waren vielleicht alle ihre Beziehungen über kurz oder lang daran zerbrochen, dass sie in letzter Konsequenz nicht frei war, seit diesem Tag im Café in der Bahnhofstraße, als er sich vorgestellt hatte: »Ebner, guten Tag, Frau Gruber. Schön, dass Sie es einrichten konnten.« Damals, als sich der Duft von Darjeeling und Kuchen mit einer Empfindung verband. Die Liebe duftete für Milli schon immer – Kouros, honey-scones, ein Sommerregen im Hyde-Park oder das Haar von Marie. Als sie Pauls Wagen hinterhergesehen und Markus' Antrag abgelehnt hatte, wusste sie, dass sie allein bleiben würde. Dass die Beziehung zu Paul bestenfalls so weiterlaufen würde wie bisher – Sachertorte, mitt-

wochs von drei bis vier. Sie war nicht Emma, niemand war Emma. Aber das beschwerte sie nicht, denn was sie mit ihm hatte, war genug. Es war genug für ihr ganzes restliches Leben. Ein Blick von ihm, ein Lächeln für hundert Tage Venedig. Ein spöttischer Satz, ein resignierter Seufzer, wenn sie über die Karten oder Horoskope sprach, für ein Leben auf der Überholspur. Und er war schon wirklich verdammt schnell, dieser Markus Grandauer!
»Weißt du, Rehlein, Markus ist ein unglaublicher Mann. Aber ich denke, er könnte noch eine Familie gründen, und ich hab meine doch schon.« Milli sah in die dunklen Rehaugen und war in Gedanken noch immer bei Paul und seinem schnöden Auszug ins Gelobte Land. Bei der »Reise nach Jerusalem« war sie schon als Kind immer die Erste gewesen, für die kein Stuhl mehr frei war, sobald die Musik abgeschaltet wurde. Offensichtlich hatte sich daran nichts geändert. »Außerdem ist ständig hinreißend zu sein ganz schön anstrengend«, fuhr sie fort. »Ich hatte an Markus' Seite irgendwann das Gefühl, eine Ente im Schwanenkostüm zu sein. Verkleidet, verstehst du.«
»Und dabei bist du doch ein Schwan im Entenkostüm.«
»Unbedingt!«, erwiderte Milli und überlegte, Paul in einem ihrer letzten Briefe diesen Schwan mal vorzustellen: »Paul, was ich noch sagen wollte, die Leute haben recht, ich bin wirklich eine Hexe. Ich kann Menschen gesund schwingen. Mein Haus ist ein belebter Organismus, und die Wildnis auf meinem Grund ist mein Regenerationsalkoven. Ich werde voraussichtlich hundert Jahre alt, dabei nie krank sein, und ich liebe Dich, egal, wo Du bist.« Genau so!
Milli erinnerte sich gerade an einen Tag hier am See, als

sie mit Fanny und ihrem Mann hier gewesen war. Sie war ein Stück weit im flachen Wasser gelaufen und hatte in einer der Buchten eine Frau entdeckt. Diese saß nackt auf einem Badetuch, sehr aufrecht, drehte ihr den Rücken zu und las. Ein wunderschöner starker Rücken, dabei war sie schlank, die Hüften, die Beine, wie mit einem schwungvollen Pinselstrich ans Ufer gemalt. Die Fremde hatte hüftlanges, leicht gewelltes, volles Haar, etwas länger als Millis und grau. Sie trug es offen. Und obwohl Milli ihr Gesicht nicht sah, schätzte sie sie doch auf etwa siebzig. Ihre Haut war nahtlos braun gebrannt. Sie verbrachte sicher viel Zeit hier am See. Ein paar Krücken lagen neben ihr am Strand. Gewiss hatte es sie Mühe gekostet, hierherzukommen. Dieses Bild fiel Milli heute wieder ein. Das war ein Blick in ihre Zukunft gewesen. Eine Frau allein, aber vollständig, die Unabhängigkeit, Freiheit und Lebensfreude ausstrahlte. Und sich nicht hinter schleichender Gebrechlichkeit oder der bleischweren Last der Konventionen versteckte. Sie saß hier nackt und anmutig und ohne Scham, alt und makellos. Ja, heute verstand Milli, was ihr diese Frau am See erzählt hatte. Dass auch sie vollständig war, selbst ohne Marie oder Markus und sogar ohne Paul. Alles, was sie sich für ihr Leben wünschte, hatte sie bereits, es gab nichts, was sie sich noch hätte beweisen, und nichts, worum sie hätte kämpfen müssen. Die Abenteuer, nach denen Fanny sich sehnte, während sie den behaglichen Stillstand beklagte, machten das Leben nicht aus. Für Markus schon, der würde noch ein paar Welten aus den Angeln heben und wenigstens einer weiteren Frau das Gefühl geben, dass der Olymp Wirklichkeit war und Apoll und Aphrodite am Leben.

»Vielleicht haben wir uns aber auch geirrt«, überlegte Milli laut, »und ich bin ein ganz anderes Federvieh. Ein Phönix zum Beispiel, wiedererstanden aus der eigenen Asche, von Scheiterhaufen zu Scheiterhaufen.« Von Scheitern zu Scheitern, dachte sie. »Was sagst du dazu?« »Ganz egal, Milli«, meinte Marie. Sie hatte wieder dieses mondsteinfarbene Flimmern um sich, das Milli bei keinem anderen Menschen je gesehen hatte. »Auf jeden Fall kannst du fliegen.«

Der provisorische Fischmarkt neben dem Rathaus mischte die ersten Stimmen in den Tag. Jalousien wurden hochgezogen, Fensterläden aufgeschlagen und die Auslagen präsentiert. Lotto-Totto, Alimentari, Scarpe di Milano, Gelateria, was immer man am Morgen schon brauchen konnte oder begehrte, bunt durcheinandergemischt. Die Händler begrüßten sich lautstark, Zigaretten in den Mundwinkeln und Kaffeebecher in den Händen. Waren wurden vor die Läden geschafft, Tafeln mit Kreide beschrieben und die italienischen Hausfrauen begrüßt. Touristen sah man zu dieser Stunde nur selten, es sei denn, sie besaßen wie Paul einen Hund, für den die Nacht ab sieben Uhr früh zu Ende war. Gegen acht wurde Hope unruhig, und spätestens um neun Uhr musste Paul mit ihr raus. Heute verband er die frühe Runde gleich mit ein paar Einkäufen. Er besorgte sich Wein, frisches Obst, Gemüse und Spada. Der Schwertfisch war ganz frisch und würde eine Herausforderung darstellen. Das waren Pauls erste Versuche, sich selbst zu bekochen. Es musste doch wohl möglich sein, das Gemüse zu dünsten und den Fisch mit ein paar Kräutern in der Pfanne anzubraten. Er sammelte auf seinen Spaziergängen regelmäßig allerlei Grünzeug, das vertraut roch. Aber wirklich sicher war er sich nur beim Rosmarin, der in dieser Gegend wie Unkraut wuchs, wie dieses Limonadengrün in Millicents Garten, Waldmeister, genau. Und wenn alle Stricke reißen würden, konnte er sich immer noch mit seinem edlen Fang zu den Nachbarn unten an den Strand gesellen, die dort fast jeden Tag am Grill standen. Das wäre nicht das erste Mal.

Zur Mittagszeit, als der Ort sich schon wieder ausruhte, telefonierte Paul an diesem Tag lange mit Anna. Ihrer Familie ging es gut. Sie hatte gemeinsam mit Maggie bereits etlichen Hausrat von Paul verpackt und fragte an, ob sie seine Möbel nun wirklich einlagern lassen solle. Paul hatte letzte Woche in einer Trattoria am Hafen von Bogliaco Elena kennengelernt, eine der zahlreichen Maklerinnen am See, und sie waren ins Gespräch gekommen. Er hatte an den Winter gedacht und überlegt, ob die Wohnung in Gargnano nicht zu klein sein würde, wenn sich das Leben mehr nach innen orientierte. Wenn er sein Haus und die Praxis tatsächlich verkaufte, wäre es kein Problem, sich hier etwas anzuschaffen. Zumal da ja auch noch sein Erbe von seinem Vater war. Finanziell war Paul wirklich ganz und gar entlastet. Ihm schwebte ein kleines Haus mit Grundstück vor. Elena wollte ihm das Rustico eines Deutschen zeigen, das dieser erst vor zwei Jahren gekauft und aufwendig hergerichtet hatte, den es jetzt aber schon nicht mehr in Italien hielt. Es lag unterhalb von Muslone, in der letzten Straßenkehre, hatte reichlich Grund mit Olivenbäumen und Bambus, Feigen, Akazien und den so typischen Zypressen – und einen mächtigen Strommast im Nachbargrundstück. Das war ein kleiner Schönheitsfehler oder wie Millicent sagen würde: »Da kannst du

dich auch gleich ans öffentliche Stromnetz anschließen, mein Guter, und schnell durchgaren lassen. Das ist bestimmt humaner, als den Elektrosmog über Jahre zu konsumieren.« Tatsächlich gab es überhaupt keine aussagekräftigen Studien, weder für Strom noch für Mobilfunkmasten in direkter Nähe, nur verängstigte Anwohner. Nun ja, vielleicht gab es eine gewisse Häufung bestimmter Erkrankungen im Umkreis, aber man konnte es auch übertreiben. Elena meinte, der Blick, etwa dreihundert Höhenmeter über dem See, bis ans Südufer nach Sirmione oder Lazise sei überwältigend. Paul konnte sich gut vorstellen, Tag um Tag über die Rasenkante hinweg das große Wasser zu beobachten. Er erzählte Anna heute, dass er darüber nachdachte und dass sie doch noch abwarten solle, was sich konkret ergab. Einige seiner Möbel würde er dann brauchen können, es wäre sinnlos, sie extra zwischenzulagern.
»Du willst wirklich umsiedeln?« Anna konnte es noch immer nicht glauben. »Ist das nicht etwas drastisch?«
»Emma und ich hatten oft darüber gesprochen, wenn wir hier waren. Sie konnte es sich nur deinetwegen und wegen der Kinder nicht vorstellen, aber ich mir schon.«
Anna erzählte von Phil, er habe eine neue Stelle in der Pinakothek der Moderne. Zum Studiengang der Kunsthistorik hatte Paul ihm damals geraten, und es war später immer ein Genuss für ihn gewesen, mit dem Jungen in Ausstellungen zu gehen. Phil hatte ihm so voller Enthusiasmus die Details der Werke und die Absichten der Künstler erklärt. Gott, ja, die Kinder, Paul hatte sich im Juli nicht einmal verabschiedet, und sie kannten auch seine Hope noch nicht.
Dann sprach Anna über den Unfall und den Prozess, der

noch immer nicht abgeschlossen war. Die Gerichte waren überlastet, und es war zudem nicht allzu schwer, so eine Verhandlung zu verschleppen, wenn man das wollte. Der Beklagte war laut eines psychologischen Gutachtens nicht in der Lage, vor Gericht zu erscheinen, doch das war Paul nicht sonderlich wichtig. Er hatte an den Prozess kaum gedacht, und es wäre ihm heute fast lieber, wenn Anna auch nicht involviert wäre. Es war an der Zeit, loszulassen. Den Unfall, nicht Emma. Über sie unterhielten sie sich heute lange. Über die gemeinsamen Urlaube der beiden Familien und die Feste, das waren liebe Erinnerungen. Paul holte während des Telefonats seine Fotoalben heraus und blätterte darin. Er beschrieb Anna die Schnappschüsse, sie lachten und waren wehmütig und glücklich zugleich, diesen Moment zu teilen.
»Ich bin froh, dass ich mit dir reden kann, Paul«, sagte Anna ganz leise. »Du bist der Einzige, dem sie so nahestand wie mir. Der Einzige, der sie so geliebt hat.«
»Der es versteht«, entgegnete Paul, »der weiß, wie es sich anfühlt.«
»Und wie fühlt es sich jetzt für dich an?«, fragte Anna ihn da vorsichtig.
»Die Dankbarkeit, die Zeit mit ihr gehabt zu haben, dieses Leben gehabt zu haben, überwiegt. Der Preis dafür ist hoch, aber ich durfte sie bei mir haben, Anna, über dreißig Jahre lang.«
»Ich weiß, was du meinst. Dass Emma nicht mehr da ist, fügt sich langsam auch in unser Leben. Es ist ein Teil davon geworden. Heute ist es schon mehr Teil als Lücke.«
Annas Stimme beschwerte Paul nun nicht mehr, er genoss den vertrauten Klang. Das war noch immer seine Familie.
»Ich werde mir das Haus hier ansehen, und dann melde

ich mich«, sagte er. »Letztlich wird das natürlich Hope entscheiden, ich unterschreibe nur den Vertrag.«
Anna lachte. »Dass ausgerechnet du dir mal einen Hund zulegst, hätte ich wirklich nie gedacht. Erinnerst du dich noch an Wilma, den Golden Retriever meiner Eltern?«
»Mein Gott, ist das lange her«, erwiderte Paul. »Emma wollte sogar mit ihm umziehen, als wir damals geheiratet haben.«
»Unsere Eltern haben die gute Wilma aber nicht hergegeben. Warum hattet ihr euch eigentlich keinen eigenen angeschafft?«
»Weil ich Haustiere nicht mag«, antwortete Paul spontan.
»Bitte?« Anna hatte sich wohl verhört.
»Nein, wirklich. Ich wollte nie ein Haustier, man ist so angebunden. Emma hat meinetwegen darauf verzichtet.«
»Hope würde ihr sicher gefallen. Und du auch, Paul. Ich meine, was ich sagen will, ist, du hast viel Kraft aufgebracht. Emma wäre glücklich, dass du weitermachst und dir ein neues Leben aufbaust.«
Ein neues Leben, das war es allerdings. Nicht zu vergleichen mit seinem alten, aber doch gut. Und es war noch keinesfalls festgeschrieben. Jeder Tag brachte neue Überlegungen, neue Einsichten und zeigte ihm eine unbekannte Seite seiner Persönlichkeit. Dreißig Jahre lang hatte Paul Emma voller Staunen und Freude betrachtet, er hatte sie beide betrachtet, als eines, und nun richtete er seinen Blick auf sich selbst. Dabei nahm auch ein Gefühl Kontur an, das er in den vergangenen Monaten weggeschoben hatte. Ein Gefühl, dessen er sich gar nicht wirklich bewusst gewesen war, obwohl es immer da war. Unbestimmt und schwebend im Kanon der Empfindungen. Liebe ohne Begehren. Sehnsucht ohne Anhaften. Ein Tas-

ten, das unter die Haut ging, ohne sie zu berühren. Diese Liebe existierte schon viele Jahre neben Emma. Ihr fehlte manches, was eine Beziehung zwischen Mann und Frau ausmachte, ohne dass ihr dabei etwas fehlte. Paul verstand das langsam, doch er war zu ängstlich zu fragen, ob sie das Gleiche empfand, und mehr noch zu ergründen, ob dieses Gefühl – so wie er – einer Wandlung unterlag.

Es war kaum kühler geworden in der Nacht, auch wenn das Haus Milli vor der ganz großen Hitze immer bewahrte. Die dichten schweren Ziegel dämmten es und ließen gleichzeitig die Luft zirkulieren. So war es nie feucht, glühend heiß oder erbärmlich kalt, wenn der Winter kam. Die Sonne stand am morgendlichen Osthimmel und blendete Milli durch das geöffnete Schlafzimmerfenster. Zwei weitere gingen auf die Südseite hinaus. Unter einem stand Alice' Schminkkommode mit Utensilien, die Milli mal mehr, mal weniger benutzte. Es war der 31. August, und sie wollte den Tag nicht beginnen. Sie beobachtete, wie sich die langen Vorhänge leicht bewegten. Sie flossen in blauen Bahnen wie schmale Bäche auf den Boden und fingen den Wind aus dem Garten ein. Kassiopeia streckte sich am Fußende des Bettes.

Milli würde heute auf den Friedhof fahren und ein schlichtes Etuikleid anziehen, eines, wie Alice sie geliebt hatte, und dazu die Perlohrringe ihrer Mutter tragen. Als sie aufstand, sprach sie mit ihr, als wäre sie im Zimmer: »Wir sehen uns nach dem Frühstück, Ma.«

Aber Milli aß nichts, während der stumme Morgen dampfend aus ihrer Teetasse aufstieg. Stattdessen saß sie mit ihrem Tarotdeck am Küchentisch und zog eine Tageskarte. Eine Karte aus den achtundsiebzig, die ihr etwas

über die Zeitqualität der nächsten Stunden erzählen sollte. Das tat sie nur zu besonderen Gelegenheiten, wenn sie nach einer Antwort auf die Frage suchte, was sie aus einem Tag lernen sollte oder wie er zu meistern war. Der Tag oder auch das Jahr, denn an ihrem Geburtstag stand die eine Karte für ihr Jahresthema. Und das war im Juli das »Ass der Kelche« gewesen. Eine wunderschöne Karte, die gar nicht mehr im Gegensatz zu Millis aktuellen Lebensumständen stehen konnte, als es der Fall war, zumindest was ihr Liebesleben anbelangte. Das große Glück, die tiefe Empfindung, der eine wahre Gefährte war die Bedeutung der Karte. Doch das »Ass der Kelche« barg die ganze Welt der Gefühle, sein Wasser stand für die Seelentiefe, es erzählte vom Heil, das aus der Dunkelheit erwächst, und beschrieb eine große Chance. Es war ihr Geburtstagsgeschenk gewesen, und heute, am Todestag ihrer Eltern, zog sie diese Karte wieder. Nun, der Tag lag ja noch vor ihr. Vielleicht, so dachte sie, kam ja heute einmal ein Brief?
Bevor sie das Haus verließ, schrieb sie im Kontor der Worte an Paul. Bald war es vollbracht, nach dem 7. September war sein Trauerjahr beendet, und sie würde das Schreiben einstellen. Hatte sie seit Emmas Tod darauf gehofft, von ihm zu hören? Irgendwann einmal?
Ja.
Doch jetzt war er schon seit sechs Wochen am Gardasee, seit dem Sonntag im Café, als er mit seinem voll bepackten Wagen durch ihre Zukunftspläne gerauscht war. Und er würde dort für immer bleiben und sein Haus und seine Praxis tatsächlich verkaufen. Sophie hatte es sie erst gestern wissen lassen. Sicher war das der geeignete Moment, um zu begreifen, dass auch das kleinste bisschen

Hoffnung, er könnte ihre Liebe erwidern, und sei es auch nur platonisch, ein Trugschluss war. Nichts von dem, was sie je in ihm gesehen, was sie je für ihn gefühlt hatte, nicht einmal die zärtliche Zuneigung, hatte er je empfunden. Hätte er sonst einfach ohne ein Wort verschwinden können? Hätte er sie einfach aus seinem Leben streichen können?
Nein.

31. August 2013

Lieber Paul,

der Sommer geht langsam zu Ende, und ich schreibe Dir einen der letzten Briefe, heute nur ein paar Zeilen, denn der Tag gehört einem anderen Abschied als dem unseren.
Du weißt, ich hatte immer nur vor, Dich ein Jahr lang zu begleiten, das erste Jahr ohne Emma. Und ich habe keine Ahnung, wie es Dir in all der Zeit ergangen ist, ob Du wieder aufgestanden bist oder aufgegeben hast. Aber mir wird immer klarer, dass ich mich in dieser Zeit über den Briefen und dem Warten selbst verändert habe.
So bin ich vor nicht allzu langer Zeit einer Frau begegnet, die sich mir in einem meiner Spiegel gezeigt hat und die ich in einer Erinnerung vom See wiedergefunden habe. Sie ist mein »Ass der Kelche«, das, was mich vollständig sein lässt. Das verstehe ich gerade erst, während sich die Zeilen fügen. Und ihre Mitte, Paul, ist nicht der Mittwochnachmittag, nein, diese Frau füllt alle Tage.
Rückblickend sind unsere Irrwege, die Umwege, also womöglich ein Segen.

Achte auf Dich, Christopher Kolumbus, dort in der neuen Welt.

Millicent

Als Milli an diesem Spätsommertag zum Grab ihrer Eltern auf den alten Waldfriedhof ging, hatte sie wie immer die kleinen Rosen dabei, die heute mit einem lindgrünen und einem altrosa Samtband umwickelt waren. In der Ferne sah sie, dass die Steinbank in der Nähe der Grabstätte besetzt war. Ein Mann mit Hund saß dort und las in einem Buch. Der Hund war angeleint, er döste im Schatten der Bank, ein Mischling, etwa kniehoch, weiß mit cognacfarbenen Flecken. Für einen Moment erstarrte Milli, denn sie dachte, Paul zu sehen. Der Mann, der dort saß, war nicht besonders groß und schmal, und er hatte schütteres, kurzes Haar, beinahe wie er. Aber sie fasste sich schnell und schob das Bild wieder weg. Als sie am Grab ankam, stand ein frischer Strauß aus Ranunkeln darauf, in einer Vase in die trockene Erde gedrückt. Von wem?
Milli suchte hinter dem geschmiedeten Lebensbaum nach einem weiteren Gefäß für ihre Blumen und bemerkte dabei, wie der Fremde aufblickte. Und da sah sie plötzlich in die Augen, die sie in jeder Zelle ihres Körpers spüren konnte, die so tief und dunkel und samten waren, wie sie sie in Erinnerung hatte. Sie sah in Pauls Augen, die nichts mehr von dem erzählten, was sie früher wussten, und doch so vertraut waren wie ihr eigener Herzschlag. In diesem Moment konnte sie nicht mehr atmen, und sie konnte auch nicht auf ihn zugehen. Sie fühlte nur die Tränen auf ihrem Gesicht, die nicht zurückzuhalten waren. Paul bewegte sich ebenfalls nicht. Er hatte nur das Buch sinken lassen und schaute herüber. Alle Worte des vergangenen Jahres, jeder ihrer Briefe lag in seinem Blick. Alle Antworten auf jede Frage, die Milli nicht gestellt hatte. Dankbarkeit, Sehnsucht und Verstehen. Jetzt legte sie ihre Blumen ab und ging hinüber. Sie setzte sich zu

ihm, er schlang seinen Arm um sie, und ihr Kopf sank auf seine Schulter. Seine freie Hand umschloss die ihre, und die Erde hörte auf, sich zu drehen. Ein Jahr schrumpfte zu einem Augenblick und alle Liebe zu einer absichtslosen Umarmung. Er war braungebrannt und gar nicht so dünn, wie sie befürchtet hatte. Er sah gut aus, gesund und fast heil. Er leuchtete sogar ganz schwach.

»Du gehst also für immer fort?« Milli hatte allen Mut zusammengenommen, um zu fragen, und sie versuchte dabei so sehr, sich ihre tiefe Enttäuschung nicht anmerken zu lassen.

»Nein. Ich habe mich anders entschieden. Ich hätte nur die nassen Sommer bei uns gegen nasse Winter eingetauscht.«

Seine Stimme bohrte sich in ihr Herz, sie war der Widerhall seines Schlagens. Ein Jahr lang, ein ganzes Jahr lang hatte sie sie vermisst.

»Außerdem ist mir dort einiges klargeworden. Mir haben Anna und ihre Familie gefehlt. Und Menschen, die mich ansehen und erkennen, Menschen, die mich brauchen. Also bin ich zurückgekommen, ziemlich spontan, und ich werde bleiben und arbeiten. Immer einen Tag nach dem anderen.«

Also bin ich zurückgekommen ... und ich werde bleiben ...

Das »Ass der Kelche«, der eine wahre Gefährte, kam es Milli in den Sinn.

Paul lächelte. Er war ernst und sprach so ruhig und bedacht, dass sie spürte, dass er viel nachgedacht und abgewägt hatte.

»Und ich werde mich von Hope durch den Stadtpark schleppen lassen.«

»Sie heißt Hope?« Milli musste schmunzeln.
»Nun, sie kommt aus dem Tierheim und hatte keinen Namen. Und weil sie mir eine kleine, verrückte, anglophile Dame aufs Auge gedrückt hat, schien mir ein englischer Name angemessen, findest du nicht, Millicent?«
Millicent. Sie liebte die Art, wie er ihren Namen aussprach, so sehr, immer etwas zu korrekt.
»Das mit dem klein nimmst du besser zurück. Ich habe neuerdings Schuhe im Schrank, die du sicher nur im Sitzen an mir sehen willst.« Sie lächelte. »Seit wann hast du Hope denn?«
»Seit Juni. Sie war mit mir in Italien. Sie liebt die kleinen Skorpione, die es dort gibt. Die rennen so schön, wenn sie sie jagt, und verschwinden in Mauerritzen.« Paul war fast vergnügt. »Kann ich sie dir ab Montag tagsüber aufhalsen? Sie mag Katzen, genauer gesagt, sie ignoriert sie, was auch schon was ist, und ich käme immer mittags rüber, um mit ihr rauszugehen. Anna hat sich auch angeboten, aber sie arbeitet an drei Tagen in der Gemeindeverwaltung. Vielleicht können wir das ja aufteilen.«
»Nein, nein, sicher, also ja. Das hatte ich doch angeboten.«
»Und Mittwochnachmittag und den ganzen Freitag über bleibt die Praxis zu. Ich werde etwas kürzertreten, sonst läuft der Rest meines Lebens an mir vorbei, ohne dass ich dabei war.« Paul sah Milli an. »Weißt du, die ersten sechzig Jahre vergehen verdammt schnell, hab ich mal irgendwo gehört. Und eh du dichs versiehst, zählst du nicht mehr die Jahre, sondern nur noch die Tage oder die Stunden. Ich bin mit Stunden geizig geworden.«
Paul hatte sich verändert, er wirkte klarer und aufgeräumter als früher, aber doch vertraut. Das Gefühl, bei

ihm zu Hause zu sein, war noch immer da, so als hätten sie sich gerade gestern erst im Café in der Bahnhofstraße voneinander verabschiedet, als wäre nur eine lange, dunkle Nacht darüber vergangen.

»Nächste Woche ziehe ich übrigens schon um. Anna hilft mir. Sie hat für mich eine Wohnung in der Nähe der Praxis gefunden. Erdgeschoss mit Garten, damit Hope rauskann.«

Milli kannte Pauls und Emmas Haus nicht. Vor einem Jahr, an ihrem konfusen Einmachwochenende, war sie lediglich beinahe einmal da gewesen, aber das letzte Stück des Wegs schien damals unüberwindbar. Und dann hatten sich diese fünfhundert Meter Distanz in dreihundertfünfundsechzig Tage Abschied verwandelt.

»Vielleicht verlegen wir die Sachertorten dann dahin«, überlegte Paul laut. »Hope mag den Trubel im Café nämlich nicht. Wusstest du, dass man mit einem Hund nirgendwo reindarf? Keine Oper, kein Museum, kein Kino. Sie dürfte nicht mal hier auf dem Friedhof sein.«

»Dann werde wohl in Zukunft ich dir die Programmhefte mitbringen und von den Aufführungen erzählen müssen. Wie schade, Paul.«

Er zog seinen Arm enger um sie und schüttelte sie ein wenig, bis sie sich befreite. Sie war ihm noch nie zuvor so nah gewesen, was sie ein wenig verlegen machte.

»Und ich werde kochen lernen, die Mikrowelle fliegt raus.«

»Ich kann dir gern ein paar Rezepte zeigen. Wie du weißt, koche ich leidenschaftlich. Und gut.«

»Vegan«, kommentierte Paul.

»Natürlich.«

»Auf keinen Fall, Millicent, bei aller Liebe, nein!«

»Du hast ja keine Ahnung, worüber du da sprichst«, erwiderte sie.
»Und das soll auch so bleiben. Ich lass mir das von Anna zeigen. Wollen wir ein Stück zusammen gehen?«
Ein Themenwechsel. Bitte schön, sie war ja schließlich kein Missionar.
Paul stand auf, nahm die Leine, auf der er gesessen hatte, und Hope sprang sofort erwartungsvoll hoch. Milli sah den Untersetzer eines Blumentopfs unter der Bank stehen, in den er Wasser geschüttet hatte. Wie umsichtig er sein konnte.
Sie kamen während ihres Spaziergangs an Emmas Grab und bei den alten moosbewachsenen Gedenkstätten an der Nordseite vorbei. Sie gingen bis zu den Gräbern der kirchlichen Würdenträger und Ordensschwestern im Osten, die, ihren jeweiligen Gemeinschaften zugeordnet, einheitliche Kreuze hatten. Sie verteilten sich wie gleichförmige kleine Inseln um die Wege. Am Grab von Michael Ende blieb Paul dann stehen.
»Du kennst es?«, fragte Milli ihn überrascht.
»Nein, ich sehe es heute zum ersten Mal bewusst, aber ich bin sicher schon vorbeigelaufen.«
Paul studierte alles genau, das aufgeschlagene bronzene Buch, das den flachen Grabstein bildete, die Eule an seinem linken oberen Rand und die Schildkröte mit der Inschrift »Habe keine Angst«, die scheinbar das Umblättern übernehmen sollte, auf dass Endes Geschichte sich weitererzählte.
»Kassiopeia hat in *Momo* Nachrichten auf ihrem Panzer getragen«, erklärte Milli die Worte auf dem Reptilienrücken.
»Ich habe keine Angst, Millicent«, meinte Paul da ganz in

die Betrachtung versunken. »Nicht, dass ich nichts mehr zu verlieren hätte, das hab ich immer noch, und dass ich das sage, überrascht mich selbst. Aber ich habe mich gehäutet. Unfreiwillig. Und habe jetzt ein dünnes Hemd übergestreift. Nur ein Hemd, zu mehr reicht es noch nicht.«
Er lächelte, und sie sah die Falten, die sich in den Monaten tiefer eingegraben hatten. Jede einzelne erzählte eine Geschichte, die Milli kannte.
»Aber Angst, verletzt zu werden, habe ich trotzdem nicht – nicht mehr so sehr.«
Paul sah sie lange an, er suchte nach Worten, den richtigen, endlich nach einem sprachlosen Jahr. Worte, die ausdrücken konnten, was er empfand.
»Millicent, deine Briefe ... sie haben mir viel bedeutet ... und du sollst wissen, dass ...«, begann er. Aber was konnte er schon sagen, das dem, was er fühlte, gerecht wurde? Es war alles so unzureichend, Worte waren einfach nicht seine Welt.
»Es gibt wirklich nichts, das ich wissen sollte, Paul«, unterbrach sie ihn da, denn sie wusste in diesem Moment, dass sie nun tatsächlich keine Worte mehr brauchten, beide nicht. »Lass uns einfach nur weitermachen, wie du gesagt hast, einen Tag nach dem anderen.«
Dabei nahm sie Pauls Hand und zog ihn fort, über die vertrauten Wege in eine Zukunft, die ungeschrieben war, ohne Versprechen und Sicherheit. Nur die kleine Hoffnung hatten sie im Schlepptau.

8. September 2013

Liebe Millicent,

hab Dank für die wunderschönen Rosen, die Du Emma gebracht hast, und Deinen Rat, gestern mein Haus weiter auszuräumen. Es ist eine so herrlich stupide Beschäftigung und beruhigt das Gemüt. Ich hab die Kraft gefunden, noch so manches aufzugeben. Die Wohnung ist schließlich nicht allzu groß, und ich will sie nicht überladen. Am Nachmittag habe ich mit Anna mein neues Wohnzimmer gestrichen, und Maggie hat die Küchenutensilien eingeräumt, wobei mir einfiel, dass das doch Dein berühmtes Einmachwochenende ist. Die legendären Chutneys und Pickles, Du bist also auch ordentlich beschäftigt. Heute hilft mir Phil bei der Schlepperei weiterer Möbel. Ich werde also bald einziehen können. Das ist neu. Ich habe noch nie allein gelebt, vom unseligen letzten Jahr abgesehen. Während des Studiums war ich noch zu Hause, dann mit zwei anderen Assistenzärzten zusammen in einer WG. Das war nicht die schlechteste Zeit! Damals haben Emma und ich uns kennengelernt. Ich werde die meisten Möbel weggeben und mich neu einrichten. Hättest Du Lust auf einen samstäglichen Bummel durch die seelenlosen Möbelhäuser in der Stadt und dem Umland? Ich hatte ja immer den Eindruck, dass sie alle die gleichen schrecklichen Wohnwände und Esszimmer verkaufen, aber wem predige ich? Du bewohnst schließlich das Bewährte. Kann man mit Dir überhaupt Möbel aussuchen?

Jenseits der Antiquariate ist Dein Geschmack mit meinem wahrscheinlich nicht kompatibel. Ich hab es gern zweckmäßig, was Dich kaum überraschen dürfte. Die letzte Nacht habe ich schon mit Hope in der Wohnung verbracht. Es war kein guter Tag, um im alten Haus zu bleiben. Die Narben haben gepocht, und das Zeitrad wollte sich ständig zurückschrauben. Aber ich beschwere mich nicht, denn ich habe sie wenigstens, diese Narben. Die offenen Wunden sind verheilt.
Ja, Millicent, ich danke Dir für die Rosen und den guten Rat. Und ganz besonders für all die postalischen Pflaster, die Du mir bis gestern aufgeklebt und mit denen Du meine Seele, als sie zersprungen war, zusammengehalten hast. Ich danke Dir, dass Du das Quadrat unserer Beziehung offen gehalten und mich immer hast spüren lassen, dass ich trotzdem nicht herausfallen werde. Das hat mir eine Zukunft bewahrt, die ich heute, ein Jahr nach dem Sturz – trotz Traurigkeit und Sehnsucht –, auch annehmen kann.
In Verbundenheit

Paul

PS: Apropos Umzug. Brauchst Du die Beckmann noch als Küchenhilfe? Sophie hat sich da wohl mit einem Orthopäden angefreundet, der seine eigene Praxis begründet und Interesse an der Dame hätte. Sie ist ohnehin kein Aushängeschild für Deine Kochkunst, denkst Du nicht auch? Details am Mittwoch. Ich besorg uns die Sacher. Kommst Du zu mir?

Danksagung

Im Herbst 2011 hatten mich Sonja und Peter Veit wegen meiner plötzlich aufgetretenen Katzenallergie zu ihrer »Hexe« nach Gräfelfing geschickt, der wunderbaren Heilpraktikerin Christa Reichert. Dort bin ich in der Villa der Seidlhof-Stiftung, die 1909 vom Hutfabrikanten Anton Seidl erbaut worden ist, der Idee zu meiner Milli und ihrem wundersamen Haus begegnet. Beim Schreiben ihrer und Pauls Geschichte haben mich meine lieben Katzen viele Tage, Wochen und Monate begleitet und ausdauernd neben meinem Computer gelümmelt.
Liebe Dany Utecht vom LAGATO Verlag, Du hast sie als Erste gelesen und gerade genug humorvolle Kritik mit Lob vermischt, dass ich mich an eine Überarbeitung gewagt habe.
Und in Deiner Küche bin ich später auch Nadja begegnet, meiner furchtlosen, neugierigen, energiegeladenen Literaturagentin. »Aber ja, schick mir das ruhig mal!« Was für eine unfassbare Chance!
Liebe Nadja Kossack, Du hast damals etwas gesehen, woran ich selbst noch gar nicht zu glauben gewagt hatte, und den entscheidenden Vorschlag zur zweiten Überarbeitung gemacht, für die Du dann die umsichtige Christine Steffen-Reimann bei Droemer Knaur begeistern konntest.
Ein neuer Autor ist immer ein Wagnis, aber Sie, liebe Frau Steffen-Reimann, wussten, was der Geschichte noch fehlte. Ihre Anregungen sind in die dritte Überarbeitung eingegangen, und Sie hatten den Mut, gemeinsam mit so

vielen kreativen Kollegen im Verlag aus meinem Traum auf Papier ein Buch zu machen.

Ein paar Probeleser hat es in der Anfangsphase auch noch gegeben. Meinen Kollegen und Freund Axel Wostry möchte ich nennen, der eine nüchterne, aber nicht ernüchternde Analyse vorgenommen hat, meinen Redaktionsleiter beim Bayerischen Rundfunk, Ronald Köhler, dessen Begeisterung und Manöverkritik mir Ansporn waren, weiter zu feilen, und Stephanie Mende vom audio media Verlag, die mir während der ganzen Zeit immer wieder Mut gemacht und nagende Zweifel zerstreut hat: »Ich freue mich schon auf die Hörbuchfassung, Frau Fischer.« Danke schön.

Ja, es sind viele Menschen, die das eigentlich stille, zurückgezogene Schreiben begleiten oder auch aushalten, wie die eigene Familie zum Beispiel, die mitunter sogar als Vorlage für Figuren herhalten muss. Aber keiner liest, prüft und recherchiert das Geschriebene so intensiv wie sein Lektor.

Liebe Frau Dr. Gisela Menza, Ihre Gründlichkeit ist spektakulär, die Sorgfalt und Zeit, die Sie aufwenden, zeigen, dass Ihre Arbeit, die den Autor am Ende so gut dastehen lässt, für Sie nicht nur Beruf, sondern eben auch Berufung ist. Danke, dass Sie mich und Millis Geschichte mit Ihrer ganzen Kompetenz so ausdauernd begleitet haben.

*Ein Roman über die Macht der Bücher,
die Liebe und die Magie des südlichen Lichts*

Nina George

Das Lavendelzimmer
Roman

Er weiß genau, welches Buch welche Krankheit der Seele lindert: Der Buchhändler Jean Perdu verkauft auf seinem Bücherschiff »pharmacie littéraire« Romane wie Medizin fürs Leben. Nur sich selbst weiß er nicht zu heilen, seit jener Nacht vor einundzwanzig Jahren, als die schöne Provenzalin Manon ging, während er schlief. Sie ließ nichts zurück außer einem Brief – den Perdu nie zu lesen wagte. Bis zu diesem Sommer. Dem Sommer, der alles verändert und Monsieur Perdu aus der kleinen Rue Montagnard auf eine Reise in die Erinnerung führt, in das Herz der Provence und zurück ins Leben.

»Dieser Geschichte wohnt ein unglaublich
feiner Zauber inne.«
Christine Westermann (WDR)